献给留在异国他乡的青春

左岸右盼

姚中彬 --- 著

百花洲文艺出版社
BAIHUAZHOU LITERATURE AND ART PRESS

图书在版编目（CIP）数据

左岸右盼 / 姚中彬著. —— 南昌：百花洲文艺出版社，2019.5
ISBN 978-7-5500-3088-6

Ⅰ.①左… Ⅱ.①姚… Ⅲ.①长篇小说 – 中国 – 当代
Ⅳ.①I247.5

中国版本图书馆CIP数据核字（2018）第247662号

左岸右盼

姚中彬 著

出 版 人	姚雪雪	
责任编辑	刘 云	
书籍设计	方 方	
制 作	何 丹	
出版发行	百花洲文艺出版社	
社 址	南昌市红谷滩世贸路898号博能中心一期A座20楼	
邮 编	330038	
经 销	全国新华书店	
印 刷	江西千叶彩印有限公司	
开 本	720mm×1000mm 1/16	印张 18.75
版 次	2019年5月第1版第1次印刷	
字 数	225千字	
书 号	ISBN 978-7-5500-3088-6	
定 价	39.00元	

赣版权登字 05-2018-451

邮购联系 0791-86895108
网址 http://www.bhzwy.com
图书若有印装错误，影响阅读，可向承印厂联系调换。

十年后重新翻阅中彬兄弟的《左岸右盼》，是因为想起还欠他的一个序。

冬夜渐长，万物静谧，枯槁陌野，露珠凝窗。

华灯初上的冷雨夜，每个人的记忆里，都藏有一簇薰衣草。枯萎也不过是你刻意的遗忘，最荒凉的一页，曾经有最浓烈的芬芳。

喜欢现在自由蜂蝶花香的时刻，那种味道梦寐以求，这些颜色无法代替，我想，这就是薰衣草的花语。

与中彬相识与2008年12月的印度恐怖袭击，困顿在华美达酒店的几天几夜，让我略有了解：曾经有一位少年就住在心里，是时窗开了一道缝隙，他恰时溜了出去。我想他希望在有风的高岗，成了一枚夏叶，一首词赋，一盏清茗，一望无际的紫色的花海；或者是给目不能及的万物之间的一种生灵，廊桥不只是有遗梦，还有双眸里熠熠的漂泊。

总会在凌晨神游太虚，在表相与质里之间，就像黑与白失踪之谜，始终在寻找。

"物在其位，位列其物"，这就是生活，和季节无关。

我也曾在地中海边久坐，看天色渐晚，望海鸟飞绝。告别皱褶的蓝色调，融进灰暗的浓重，这片无边无际的海的影像，有着老油画里的忧郁气质。

尘梦十年，似有似无。

入世纷扬，两俱相忘。

不过戚戚然。

南风轻寒

2018年冬　宁波

引　子

"请买一张去普罗旺斯的票。"（注：普罗旺斯为法国南部省份）我低头对着窗口棕色头发的售票员小声说道。

6月初的地中海阳光格外好。我回头看天空的时候，太阳照得我眼睛都睁不开，真后悔出门的时候没戴一副墨镜。

"好的，先生，您去哪里？"她笑着问我道。

我以为自己声音太小她没听清楚，便大声重复了一遍："去普罗旺斯。"

说话间我有些漫不经心，这天气让人有些燥热。

"哪里？先生您云哪个城市？"她表情严肃起来，认真地看着我。

我定下神来，认真地看着她说道：

"随便，我只是想去看看薰衣草。"

她的表情这才松弛下来，笑着对我说：

"好吧，往返吗？"

"单程。"我不假思索地回答道。

我接过车票，看到了我的目的地：Arles（阿尔勒）。

阳光有些炙人。我穿着一件有些皱的棉质衬衫，觉得汗快要冒出来。出门的时候该穿短袖的。我赌气地把背上那个鼓鼓的牛仔包往地上一扔，在月台上继续等着发车，我看了看手腕上那块卡地亚男表，1点05分——离开车还有45分钟。我索性盘腿坐了下来，靠在了牛仔包上。

我从上衣口袋摸出一包骆驼烟丝，又拿出烟纸，熟练地卷好，点着以后，吸了一口，顿时觉得优哉起来。这时候我看到那个女售货员扭着屁股走了出来，站在离我一米开外的地方。

她二十五六岁的样子，面容和蔼，体态丰满，棕色的卷发很好地表达出优雅。她掏出一盒白万，熟练地拿出一根点了起来。

我朝她看看，她也朝我看看。

"嘿。"她算和我打了招呼。

我报以微笑，在阳光下微微眯起眼睛，看了下手表，问道：

"下班了？"

"很不幸，没有，中途休息。"她耸耸肩说道。

"会下班的。"我用了一句俚语，又卷起一根烟来。

"其实，这不是去看薰衣草的好时节。"她一本正经地告诉我，她知道外国游客有时候会弄错看花的季节，扫兴而归。

"没关系，我会在那边待整个夏天。"

"专门去看薰衣草？"

"不完全是，我去赴个约会。"

"是吗？和谁？"女人特有的好奇心被激起，她迅速问我道。

"和……不和谁。"我怔了一下，不知道怎么回答她。

"以前我也抽这个。"我找了个话题，目光指向她手中的白万，说道。

"我女朋友也是。"说罢忍不住又补充了一句。

"你要么？"我的回答显然激起了她进一步的好奇心，她似乎想拿香烟和我做某种交易，换取我说去赴约的原因。我笑了起来。

"不用了，谢谢，这个挺好。"我扬扬手中细细的卷烟说道。

我深深地吸了一口手中那软软的烟草，闭上眼睛慢慢地吐出烟圈，睁开眼睛的时候我看到黄乎乎的焦油冒出来。

"假期愉快！"她在我继续走神的时候，礼貌地对我说了这句法国人这个季节说得最多的祝福语，然后扔掉手中的香烟屁股，悻悻走进了办公室。

正在我发呆的时候，一个穿制服的司机走过来。他肥胖的身体走路气喘吁吁，两只手前后摆动。走近之后他朝我歪了歪头。我明白他是在示意我上车，便站了起来，拍拍屁股上的灰尘，拎起大包，随他上了车，走到靠后的位置坐了下来。

半晌之后汽车发动了，五十六座的大巴就我一个人。因为不是周末，又不是旅游季节，这样的时间段客源稀少也正常。

司机刚关上门，外面就有人不停拍门。我看到下面站了两个喘气不停的年轻人，显然是对情侣。趁司机开门的时候他们亲吻道了别，然后女的急忙跳上了车，向司机说了谢谢，坐在了前排的靠窗位置。

车子缓缓地驶出了老尼斯，转到了英伦散步大道。

我对这条观光大道熟悉不过，以至于懒得睁开眼睛。只要我愿意，脑子想想就出来所有的场景了：左边是大海，右边是房子。对于一个居住于此的居民来说，这个城市并没有什么特别之处。

前一段时间我每天都来这里，每天都会在海滩上昏昏睡去。我曾经一度苍白的脸色在地中海阳光的沐浴下回归了红润，并且有些古铜色的味道。我在这炙热的微微灼痛的阳光下想找到某种元气的回归，事实上我得到了这样的回归，并且完成了和这个城市的告别。

昨天我已经把我所有的家当寄到了夏天之后我去的城市，门卫会帮我保存直到我入住。我身上这个大牛仔包，装满了这个夏天的必需品，它将随我去普罗旺斯。

这个季节，尼斯这个欧洲度假名城天天都人声鼎沸，现在正是下海游泳的最好时间。海水暖暖的，而黄昏的到来往往是在晚上八九点钟。我来不及看到今天的黄昏了，只能回忆那些个场景：阳光透过棕榈树，在散步大道上洒下一片片的黯淡光晕，华灯初上的夜市摊头上五颜六色的水果，和煦的海风吹过模糊的人脸……

再次睁开眼的时候，大巴已经到了戛纳附近。我把腿跷得高高的，换了个坐姿，歪着头睡了过去。

我知道，我在那陌生又熟悉的地方有个约会，虽然我已说不出约会的对象。

事实上，我对即将到来的7月和8月丝毫没有期待。

我的记忆里，曾经满是薰衣草，它们在我生命里早已开放并且枯萎过，我只是去那里过夏天，就这么简单。

我离别的这个城市，或许今生不再回来。

再见，尼斯。

左盼右盼

第 1 章

　　整个旅途我大多数时间在昏睡，偶尔因为司机按动喇叭而惊醒。A8高速公路在南阿尔卑斯山脉间蜿蜒，路边是松针树和橄榄树，偶尔也会有一片葡萄坡地出现，它们在这个季节泛起的浅绿色会给高速公路上的人视觉上的调剂。

　　大巴一路奔驰，丝毫没有中途停留的意思。车内空荡荡的，前排的女孩靠着窗户已经睡去。我担心司机也困得睡了过去，这会让我小命不保，几次偷偷朝他看去，发现他肥胖的背影臃肿而冷峻，反光镜里他肉鼓鼓的脸部表情没有什么变化。正当我忧心忡忡的时候，司机的电话响了，他接电话的时候，也是"嗯""好"之类的简单应答。

　　我猜他一定不是地中海人。

　　不过我确定了他没有睡着之后，精神松弛下来，又睡了过去。

　　迷迷糊糊的我感觉有人对我说话，连忙睁开眼睛，发现车已经停了下来，外面是各式各样的大巴车。好像是到站了，车里只剩了我一个人。当我发现司机微怒的表情的时候，一股脑儿从座位上跳了起来，拎起包，匆忙从后排往前走去。

　　我面带愧色地向肥胖司机道了谢，跳下了车。

　　我背着包走出长途汽车站之后，来到了一个路口。这时四个不同的路标出现在我面前，一个是市中心，还有三个看上去是小镇。

我毫不犹豫地往市中心的反方向走去。

我不知道我得走多久，也不知道能不能遇到适合停留的地方，只是这么走着，毫无计划的徒步旅行，便是我的计划。

我越走越远，越走眼前越荒凉。我的身后时不时有汽车走过，有的还朝我按喇叭。我只顾低头走路，没有拦车的意图，他们便走了。

累的时候我会停下来，靠在路边的橄榄树上，从包里掏出矿泉水，大喝一口，悠闲地卷一根烟，眺望远方，慢悠悠地抽着卷烟，然后起身，拍拍屁股上的尘土继续走路。

夕阳西下的时候，我来到一个小镇。我向报刊亭里的老头打听附近有没有薰衣草的农场。他正看着封面上印着袒胸露乳的女郎的花边杂志，看都没看我一眼，便伸出手指朝西边指去。

我连忙道谢，朝着他指的方向走去。

走了个把小时，我身后开过来的汽车数量越来越少，偶尔会有穿着鲜艳的自行车运动爱好者从我身边骑车经过。他们朝我竖起大拇指，我也朝他们做出同样的动作。

我就这样朝着太阳下山的方向走去，任凭太阳的余晖将我的背影越拖越长。我知道那轮巨大的红日最终会掉落到地平线之下，我也最终会像蚂蚁一样被暮色吞噬。

这样的徒步旅行能让我忘记过去，还是记住过去，我已分辨不清。

黑暗降临的时刻，我开始担心今晚的住处，并且开始怀疑报刊亭的老头是否记错了方向。我的背包里只有一个三明治，没有睡袋。最坏的结果是往反方向折回，运气好说不定能搭到顺风车，在镇上的小旅馆过一夜，明天继续找农场。

正当我的期待逐渐融化在渐浓的暮色里的时候，远处忽然出现几盏昏黄的灯火。我心里一亮，加快了步伐，朝那黑暗中的光亮走去，起码可以试试能否借宿一晚。

这是栋在法国常见的二层小楼，由石头和水泥构造而成，一楼是车库，楼梯直接到二楼，阳台上种满了红艳艳的盆花。

我小心翼翼地走上楼梯，轻轻敲了门。几分钟之后门"吱呀"一声打开了，一个浓妆艳抹的老妇人出现在我面前。

"晚上好，先生。"她打量了一下满脸疲惫背着行囊的我，打了声招呼。

"对不起，夫人，我是个中国学生，过来旅行，不过我运气很糟糕，迷路了，请问可以在这里待一晚上么？"

我为自己唐突地闯入感到很抱歉，只是在试试自己的运气。

"抱歉，您可以等我一分钟么？"

"当然可以，夫人。"我毕恭毕敬，站到了一边。我已经在考虑往反方向回城里过夜。

老妇人转身朝屋里走去，看来她是去问她的家人。

"您请进吧！"两分钟后，她走到我面前，朝我友善地笑了起来。

这意味着不用再无一个多小时的夜路回镇上，我满身的疲惫似乎一下子都消失了，连忙谢道：

"多谢了，您太友好了！"

屋子里面灯光柔和，壁纸是紫色华丽的格调，吊灯是有些黯淡的铜饰古典风格。屋子里面传出悠扬的古典音乐。这家主人，和我之前脑子里豪放粗鲁、性情激动的地中海普罗旺斯人丝毫搭不上边。

"向您介绍一下，这是我丈夫，杜博瓦先生。"

我眼前的这位老人坐在轮椅上，体态臃肿，头发已经全白，脖子上围了一条毛巾，表情略微僵滞。

"晚上好，杜博瓦先生，我叫兰晓，很抱歉打扰你们用晚餐。"

此时已经是晚上7点一刻，他们正在用晚餐。我为自己的唐突到来再次表示道歉。

"Ni hao！"杜博瓦太太用带了很多法语口音的中国话和我打招呼，这时候她笑了起来，表情已经丝毫没有了初见我敲门时候的疑虑。

杜博瓦先生严肃的表情突然松动，友好地笑了起来。口水从他嘴里流出来，他立即停下笑，用手颤抖着缓缓拿起脖子上的毛巾，擦了下口水，表情有些尴尬。

"那好吧，您请入座，晓！"杜博瓦太太示意我入座。

我的肚子这时候不合时宜地"咕咕"叫了起来，我尴尬地一笑。杜博瓦先生再次笑了起来，又一次流出口水。这时杜博瓦太太放下手里的杯子，起身笑着对我说：

"我丈夫是残疾人，几年前得了帕金森综合征，您听说过这种病么？"

"听说过的，拳王泰森也是。"我想了想，回答道。

"我曾经……比他……强壮。"杜博瓦先生幽默地说道。

我们都笑了起来，陌生感全消。

晚餐简单而丰盛，半只烤鸡，一份地中海沙拉，还有是粗麦面包。就着当地风味的奶酪，喝着普罗旺斯地区浓郁的红酒，我的目光开始迷离，往事想涌上心头，我试着压制住它们。

这对夫妇谈吐幽默，似乎对中国有着无比的好奇。期间老太太不停地从房间和客厅找来一切与中国相关的物品，比如纸扇，比如舶来的鼻烟壶，还有些仿制的我说不出什么名堂的奇怪东西。

通过交谈，我了解到他们曾经住在巴黎，退休后卖掉房子来到

左顾右盼

这边，买下这栋房子，安度晚年。

酒足饭饱之后，我告诉他们，我来法国快两年了，曾经在巴黎，后来一直住在尼斯，这个夏天过后我会去斯特拉斯堡读书。

入乡随俗，我顺着他们感兴趣的话题聊着天，不觉已经9点多钟。

这时候杜博瓦太太注意到我看墙上的挂钟，便笑着说：

"晓，我想您一定很累了，请跟我来，我带您去今晚您住的房间。"

我起身随她走进一个房间，打开灯，一个温馨的小房间展现在我眼前：床不大，但床单洁白，房间被主人收拾得干净利索。

"这是我儿子的房间，他叫菲利普，他在波尔多工作，您听说过这个城市么？"

一听波尔多，我明白那里最有名的就是葡萄酒，便做了个喝酒的姿势。她会意地笑了。

房间里的设备一应俱全。我洗了个热水澡，迫不及待地躺了下来。

普罗旺斯的乡村夜晚格外安静，和海滨城市尼斯夜晚的人声鼎沸、酒鬼成群截然不同。我关上台灯，疲惫不堪地睡了过去。

第2章

醒来的时候，我觉得腿有些酸，一想到即将开始的长途跋涉，那些疲惫感就变本加厉地向我袭来。我翻了一个身，想再睡一会儿。

屋外传来走路声和餐具碰撞的声音。我不想过多地打扰主人，便起身穿好衣服，洗漱完毕之后开门出去。杜博瓦夫人立刻热情问道：

"您昨晚睡得好么，晓？"

"很好，这里非常安静，我很喜欢普罗旺斯的乡村！"

"Morning！"杜博瓦先生善意一笑，颤巍巍地用法式英语对我说早安。

"Morning，杜博瓦先生！"我刻意用带着法国口音的英语回答道。

厨房的桌上已经准备好了早餐，绿色格子的桌布上摆着长棍面包、果酱，还有煎鸡蛋和牛奶。

我在杜博瓦先生对面坐了下来。他们的过度热情让我顿觉不好意思。

收音机里放着古典音乐。听到那首老歌《La vie en rose》（玫瑰人生）的时候，杜博瓦先生的目光突然明亮起来，杜博瓦夫人也是。我猜这是他们夫妇都喜欢的一首歌，便也随同欣赏起来。

音乐结束的时候，我觉得我得走了。我想了想，问杜博瓦夫人要了一张纸和一支笔，写下"感谢杜博瓦先生和杜博瓦夫人。兰晓"几个汉字。

杜博瓦夫人看到自己的名字成了这样几个复杂的汉字，好奇不已，连忙道谢，仿佛得了一件宝物似的收起来，说要好好保存。

我回房间背起我的牛仔包，走过去和杜博瓦先生握手说再见。

正是早上9点多钟，太阳刚刚升起，杜博瓦夫妇的房子周围除了一条通往镇上的路，其余都是农田。

这时候我发现屋后的那块田地里，生长着我要寻找的植物：薰衣草！

我顿时眼前一亮。这块地差不多一个足球场大小，那些墨绿色的茎叶在晨风中微微摆头，仔细看去，已经有若隐若现的花朵藏于茎叶中，极淡极淡的紫色点缀其间，生机勃勃。

我连忙放下包，跑回房子正面，跑上楼梯，敲起了杜博瓦夫妇的大门。

屋里响起熟悉的脚步声，门开了之后，杜博瓦夫人惊讶地说道：

"又迷路了？"

"不是，您屋后的是薰衣草么？"

"是的，怎么啦？"

"我的这次旅行，其实就是来看看薰衣草。"

"可是现在才6月，起码再过三个星期你才能看到。"

"没关系，我会在这里等。"

"是吗？"

"是的，我想整个夏天都在这里。"我觉得这句话会让人不解其意，便补充道：

"您，您家需要人帮着料理这片地么？我可以的，我在农场做过，我摘过苹果，摘过西红柿，很有经验。"

"我得去问问我丈夫。您稍微等一下。"杜博瓦夫人说完转身朝里屋走去。

两分钟之后她笑着出来了，说道：

"照顾我丈夫的一个学生放暑假回去了，我们正打算找个替工，如果您不介意每天上午照顾我丈夫，您可以在这里住下，我们可以按照正常的工资支付你——没什么重活，就是按时给他吃药，帮他整理一下文件。"

"这太好了，谢谢您，杜博瓦夫人。"

我如愿以偿，在这个有着一片薰衣草地的人家，停留了下来。

放下行李之后，杜博瓦夫人带我参观了她家的所有房间，走到车库的时候，她指着那辆酱紫色的雷诺25说：

"这辆车现在很少使用了，除了我儿子回来的时候。以前杜博瓦先生带着我四处走的，现在用不上了。"她话语间有些黯然。

"这些都是他原来使用的工具，他就喜欢修修补补。而我，喜欢逛逛，比如逛早市——你来了，正好我又可以每天早上去早市了！"她很开心地说道。

"没问题，如果您愿意，我可以开车带着您去。"

"真的么？中国驾照可以在法国开车么？"她有点不相信。

"可以的，我在巴黎的时候开过，只要带着公证处的文件就可以用。法国法律规定的，学生签证可以使用。"我回答道。

"哦？那真是太棒了，没准我丈夫也能沾光。"她笑了起来。

接下来的几天，每天早上杜博瓦夫人出门之后，我便来到杜博瓦先生的书房，坐在他的旁边。

杜博瓦先生坐在轮椅上，颤抖着手试图整理他的文件。他的手边，放着一个蓝色的小盒子，小盒子的每一格都标有时间，里面放着大大小小的药片。

我的工作，便是按照他的意思，把那些来自不同机构的信件和账单分门别类地放好。

我毫不费力地记住了他的口头禅：

"物在其位，位列其物。"

其余的时候，就是安静地陪他坐着，听着收音机的古典音乐。我最重要的任务，是每个小时给他喂药。我明白这些化学小颗粒对他有多么重要。

喂药的时候，他会对我说：

"我……不喜欢这个，但——没有选择。"杜博瓦先生一脸无奈。

"这就是生活。"我用了一句法国俚语。

他会意一笑，口水流了出来，我已经养成及时帮他擦口水的习惯了。

杜博瓦夫人会在11点半准时回到家，开始准备午餐。吃完饭之后我便解放了。下午的时候，我会一个人安静地坐在院子后面，对着这么一大片薰衣草地发呆。

我的行为一定引起了他们的好奇，终于有一天，我转身看到杜博瓦夫人推着轮椅站在我后面。

"不好意思。"我急忙掐掉手里的卷烟，面带愧色地看着他们。

"不，没关系，您可以在房子外面吸烟。"杜博瓦夫人说道。

风微微吹起杜博瓦先生的白发，他表情严肃，时而看着远方，时而看着我。

"这片薰衣草，是当年我丈夫送给我的惊喜。"杜博瓦夫人指指眼前这片即将开放的薰衣草，带着一丝骄傲的口气说道。

"真的么？"我有些惊讶，眼前的这位瘫痪的老先生当年如此浪漫。

"是的。六十年前，我们就是在这个小镇认识的。"

"然后你们就结婚了？"

"没有，他是个军人，那时候正是战争时期，我是当地人。"

我对眼前的杜博瓦先生肃然起敬，问道：

"后来你们相爱了？"

"是的，他走了之后，我们一直通信，他是巴黎人。"杜博瓦夫人一边说，一边帮杜博瓦先生整理脖子上的毛巾。

"后来呢？你们怎么在一起的。"我饶有兴致地问道。

"战争结束后，他的信突然中断了，为此我伤心了很久。"杜博瓦夫人说道。

"怎么了呢？"

"几个月之后我收到一封来自阿尔及利亚的信，这封信让我伤心欲绝，您要知道，对于一个恋爱中的女人，这是难以忍受的——"

"他怎么了到底？"我迫不及待地打断她。

"他告诉我他随他家人去了阿尔及利亚，在那里买下了农场，打算在那边定居了，而他，也要和他父亲的朋友的女儿结婚了。他让我忘记我们的过去。"杜博瓦夫人黯然神伤。我能想象当年的她该有多么伤心。

"阿尔及利亚是法国的殖民地，肯定很多法国人去定居。"我说道。

"是的，您历史学得不错，可这对我来说是个糟糕的消息。"

"然后？"我继续问道。

左顾右盼

"然后……没然后了，他真的和别人结婚了，男人都是坏东西。"杜博瓦夫人愤愤说道。

这时我看到杜博瓦先生哑然失笑，口水又欲流出来。

"一年后我再次收到了他的信，这是从巴黎写来的。他告诉我，他觉得很不幸福，心里一直想着我，让我原谅他，并且邀我去巴黎和他一起生活。"说到这里，杜博瓦夫人神色才转回了正常。

"然后您就去了？"我笑了起来。

"没有，我生气了，他开车来接我的，求了我一个月我才去。"她心满意足地答道。

"那您还是去了，总之。"我笑了起来。

"是啊，恋爱中的女人都是傻子，真是傻子。"杜博瓦夫人也笑了起来。

听完他们的爱情故事，我不禁喃喃自语道：

"阿尔及利亚……"

"怎么，您也有朋友在那里？"杜博瓦夫人看着我笑。

"是的，有一个。"我的微笑很勉强。

"法国人么？"

"中国人，她很漂亮。"

"您说来这里过夏天，我就猜到总有些原因，是因为她？"

"也许——不过我不确定。"我被杜博瓦夫人问得有些不知所措。

我后悔说出心思，便想转移话题，我问道：

"为什么退休了你们又回到这里呢？"

"在我退休的那年，趁夏天长假的时候他说来度假，把我带到这里——您知道，我已经很久不回来了。家乡的人们非常热情。那个假期我开心极了，其实我早就厌倦了巴黎的生活，那里的人，太冷漠了。他其实一直知道我的心思，假期快要结束的时候，他带我来到这栋房子跟前对我说，'嘿，尊敬的杜博瓦夫人，我们其实不用回去了，巴黎的房子已经被我卖掉了，行李随后就会收到，这个房子便是我们安享晚年的地方！'"杜博瓦夫人难以掩饰激动，继续说道：

"您知道吗，晓，当他把我带到房子后面的时候，我惊呆了，这么大一片美丽的薰衣草就在我的跟前。他说这是送给我的礼物。当时我觉得自己是世界上最幸福的女人——当然现在也是。"杜博瓦夫人说到这里，有些难为情。她甜蜜的表情让人觉得她刹那间仿佛回到了少女时代。

"好浪漫的故事，你们真幸福。"我微笑道。

"您呢？您现在有女朋友么？"

"没有了。"

"不过这样也好，单身乐趣多一点。"

"或许吧。"我想杜博瓦夫人理解错了，不过我依然这么回答她。

他们回屋里之后，我一个人坐在一张小椅子上，面对着眼前这片未开放的薰衣草，陷入了沉思。

回忆已经苍凉冷却，面对即将吐蕊绽放的这些紫色，我内心有些恐惧，我其实害怕眼前这片植物的盛开。

这个太阳逐渐西斜的午后，我恍若所思，眼看着太阳在远处慢慢移动。暮色笼罩大地的时候，远处似乎升腾起缥缈的烟雾。从杜博瓦先生的书房里飘出来的古典音乐，时而激扬，时而压抑，时而缠绵，时而哀伤。这些画面和声响混杂在我断断续续的回忆里，一切遥不可及。

这让我似乎看到自己的垂暮时刻，我分明能够感觉出那份尘埃落定的安静和黄昏的隐匿以及生命的召唤。

　　傍晚时分，杜博瓦夫人常常会做飘出奇怪味道的蔬菜汤。她把胡萝卜、大葱、香菜、蒜头在机器里绞碎，放进奶油，做出浓汤，吃得时候津津乐道地向我介绍制作方法。

　　我会不失时机地赞美她的厨艺。我对普罗旺斯地区的腌制橄榄赞不绝口，偶尔会把它们和尼斯的橄榄沙拉做一番比较。

　　美食是我们共同感兴趣的话题，我们用一大半的时间来讨论美食，每到这个时候杜博瓦先生总是默默地听着，从不打岔。

　　我也会教她做些简单的中餐馆常做的点心。她乐此不疲，并且对我刮目相看，后来甚至直接以"中国大厨"称呼我。

　　早上我和杜博瓦先生在书房的时候，我会刻意找些话题，转移他一心整理那些信件的注意力。实践证明，一说起战争，他就会神采飞扬，看来他确实对美食不感兴趣。我会故意问道：

　　"二战开始的时候，德国人先是攻克了波兰，对吧？"

　　"1938年。"他立刻说道。

　　"那时候您多大了，估计没我大吧？"

　　"15岁。"

　　"那么小就参军了？"我有些惊讶。

　　"不是，我……1942年参军的。"他回答道。

　　"19岁。"

　　"没错，你数学……不错。你们中国人……很精明。"他面带笑意。

　　"然后您就来这边打仗了，遇到了杜博瓦夫人？"我问道。

　　"1944年，我……不知道会遇到她。"他嘴巴欲言又止。

　　"不然呢？"我追问道。

　　"不然……我就不来了。"他笑了起来，我连忙给他擦口水，眼前的这个法国老头变得可爱起来。

"女人比……战争更糟糕……有时候。"他继续笑说道。

"一点没错！您该吃药了，杜博瓦先生。"我彻底被他逗乐了，拿起药盒中的药片，放到了他张开想继续朝我吹嘘的嘴巴里，同时拿过来杯子。他看看我，笑着含住吸管吸了一口水，把药片咽了下去。

我决心带他出去走走，离开这个让人压抑的书房。他是个固执的老头，开始不为所动。几次思想工作之后，有一天早上，还没等我开口，他突然对我说道：

"我们走？"

"去哪里？"

"菜市场……找我老婆。"

我连忙推着他的轮椅，慢慢地推下宽宽的楼梯，来到车库旁，然后拎着他的裤腰带，把他放进汽车的副驾驶上，收起轮椅放进后备箱，发动了车子。

在他的指引下，我们很快到了早市。镇上的人看到杜博瓦先生重返集市，热情得出乎我的意料，像是看到了大明星，甚至有喝彩的意思。看来杜博瓦先生几年没有过来这里了。

我们在蔬菜摊头找到了正在闲聊的杜博瓦夫人。

她大吃一惊，欣喜地像个孩子，说道：

"瞧瞧，杜博瓦将军来了！"

杜博瓦先生眼睛放光，笑了起来，得意扬扬。

我站在轮椅后面，内心充满了感动。

普罗旺斯乡镇上热闹的市井生活让我融于其中，我内心时而悄然泛滥的那些旧日悲伤，正在渐渐退去。

从那以后隔三岔五我都开车带杜博瓦先生去镇上的市场。原先杜博瓦太太是骑自行车去，现在她坐在我们后面，开心得很。集市上似乎每个人都认识其他人，大家热情地叫卖，开着各种玩笑。

市场上的人都认识我了，他们会大声地冲我喊：

"嘿，小中国人，你好吗？"

"晓，帮你介绍个法国女孩子啊，保证你喜欢！"

卖土豆的戴眼镜的老头双手插在口袋里，经常会冲我们喊道。

"晓，杜博瓦先生是不是又想来喝酒了？"

"晓，你真英俊，听说你还做得一手好菜，要不是50几岁了今晚我一定喊你喝一杯！"鱼市第二个摊子那个卖金枪鱼的肥婆抖动着胸脯，一本正经地对我喊道。

我对这些洋溢着泥土气息和地中海放荡不羁的玩笑已经习以为常。我偶尔会和其中的某个老头一起抽根烟，一起说几句废话，再推杜博瓦先生的轮椅往前走。我喜欢那些带着泥巴的蔬菜，喜欢那些手写的价格，喜欢那些布满沟壑的老农脸和阳光下熠熠生辉的表情。

杜博瓦太太则单独活动，边买菜边和路人聊天，买回一堆蔬菜瓜果。我们会在11点钟准时在卖土豆的摊位集合。那部酱紫色的雷诺25笨重而大气，我开着它回去的路上，会有时光交错的感觉，觉得似乎自己成了三十年前的杜博瓦先生，嘴里咬着大烟斗，开着车，听着Edith Piaf的《La vie en rose》，带着穿着盛装的杜博瓦太太从集市满载而归。

汽车前面的路上会有薄烟升起，偶尔走过一两只乡下野狗。

这样的乡村生活让我半醉半醒，时光交错。我俨然忘记自己为何身在此处，忘记自己将要去向何方。

第 3 章

普罗旺斯的这个7月是干燥的，自从我来了之后这里就没下过雨。路边的野草有的已经被炙热的太阳烤得干瘪枯黄，只有远处的那几棵橄榄树，一脸严肃地忍着干渴，站在那里——他们应该是适应了南部干燥的气候。这也是干燥的南欧各国盛产橄榄油的原因。

"这样下去那片薰衣草地会枯死的，那今年就看不到美丽的薰衣草了。"杜博瓦夫人忧心忡忡地说道。

"我会来料理这片薰衣草地，今年的薰衣草一定会盛开的。"我信誓旦旦地说道。

她笑了。

从那之后，每天下午三四点钟的时候，我总会戴着一顶从车库里找来的旧帽子，身穿汗衫和大短裤，出现在薰衣草田里。我会蹲下来，仔细地拔掉那些与薰衣草争夺养分的杂草。

拔完一段之后，按照杜博瓦夫人的提示，我从车库里搬出沉沉的水管，拎着它们从地的这头走到那头，再回到车库，拧开水龙头，然后迅速回到田里捡起水管，逐行逐行给这块地浇水。看着那些干燥得有些皲裂的泥土变得湿润，我内心有些欣慰。

湿润的土壤，一定会给这些植物充分的营养，让它们精力充沛地盛开。

烈日下我身上的汗衫被汗水浸透，我再也不是两年前刚来法国的时候那个血气不足的柔弱书生，我的肌肉在体力劳动之后变得格外结实，肤色变得有些黝黑，更像地中海人。

杜博瓦先生不再整理他的那些文件，他每天下午会坐在书房的窗口。我时而停下来，向他挥手致意。

暮色渐起的时候我会收起水管，去房间里冲个澡，洗去那些泥巴和汗臭味，换上干净的衣服，然后从车库里搬出大遮阳伞和一张小桌子，静静地坐着发呆，抽我的卷烟。

偶尔我会看看眼前的薰衣草地，那些藏于绿叶之间的紫色花蕊，逐渐变大，乍一看去，紫色越来越明显，风一吹，像是无数个紫色的精灵在跳舞。

杜博瓦夫人笑着告诉我：

"夕阳下你的背影像是一幅油画，这是个安静的美好场面，只是这幅画面给我忧郁的味道。"

她偶尔会端来从镇上买来的中国茶叶给我看，然后泡上一壶茶，将杜博瓦先生推过来一起，沏上茶，递给我一杯。我会仔细地品上一口，然后恭维地说道：

"不错，真是好茶，茶具也很漂亮——一定很贵吧？"

"还可以，说这是上等的茶叶，我猜他是蒙我的，是否正宗你最清楚了——你要加点糖么？我要加点。"

"不用了，谢谢。"我没有告诉她在中国喝茶不加糖这个事实，这已经不再重要。

晚餐之后他们会在客厅看电视，而我通常在自己的房间里看书。我会拿出杜博瓦先生书房里那些发黄的法文小说翻翻，不求甚解的阅读令我常常走神．不过回过神之后我会继续往下看，完全不在乎是哪一页。杜博瓦夫人也会拿一些当地画家塞尚的画册给我欣赏，我便在那些抽象的风景画里试着去琢磨这个普罗旺斯艺术家的心思。

日子就这么平静地过着。

7月的最后一个午后，我正要准备下楼去田里除草，突然间天气转阴，乌云密集过来，压在头顶，一副"山雨欲来风满楼"的样子。

杜博瓦夫人走过来对我说：

"今天下午你可以休息了，天气预报说早上就下雨的，害我没去早市——他们又失灵了，不过看样子马上就要下了，我去关窗户。"

"哦，刚才还是大太阳的天气呢！"

"地中海的气候就是这样的，说下就下，你在尼斯没经历过么？"

"经历过，不过我记不确切了。"我笑道。

沉闷的雷声已经响起，我在房间的窗口，看到地上已经有黄豆大的雨滴落下。先是灰尘被掀起，继而雨越下越大，地上开始潮湿，最后雨滴落到地，开始溅起水花。

我习以为常的劳动被打断，甚不适应。

然而干燥的7月总算迎来大雨，这份浓郁的潮湿袭来，带着泥土的味道，逐渐让干涸的心灵有了一丝慰藉。

我拉上窗帘，躺在床上静静翻起塞尚的画册。

屋外的雨声越来越大，不知为何，我的眼角逐渐湿润，泪水在眼眶里打转起来。

来到这个普罗旺斯的小镇已经快一个月，几个月之前的点点滴滴开始慢慢涌现。我隐忍的外表之下，那些关于海边的回忆，那些在巴黎的场景，那些相关人物的表情，如同一个伤疤，被这场突如其来的暴雨揭开来，让我觉出伤痛来。

我不知道自己算不算是在哭泣，为什么要在这样一个暴雨袭来的午后，在某个普罗旺斯乡村的一隅，黯然流泪？

那些涌上心头的往事让我无法平静如初，让我从安静的乡村生活中掉落下来，重重地摔倒在泥泞的记忆里。

我蒙上被子，压低声音，失声痛哭起来。

许久之后我才安静下来，身体微微颤抖，脑子疲惫而空白。我逐渐睡了过去，直到杜博瓦夫人过来敲门喊我吃晚饭。

今晚的晚餐格外丰盛，地中海鱼汤、烤三文鱼、地产奶酪、白葡萄酒，当然，也少不了当地的红酒。

我对杜博瓦夫人的鱼汤赞不绝口。

她扬扬自得，说：

"在马赛——你或许没去过，老港那边有很多饭店，他们的招牌菜就是地中海鱼汤，可是不正宗，都是骗游客的！"

"你这个肯定是正宗的。"我不失时机地夸道。

"你说对了！"她得意地笑了起来。

杜博瓦先生也笑了起来，他似乎对杜博瓦太太的王婆卖瓜习以为常。

窗外的雨一直没有停，老天似乎积蓄了很久的雨水，这次统统还给大地，哗哗不停。

吃完烤三文鱼，我把白葡萄酒杯推到一旁，这时候杜博瓦夫人说道：

"夏天的雨来得很粗暴，这和地中海人的性格一样。"

"我今天下午一直在想一个朋友，她的名字很奇怪，叫夏雨，夏天的雨。"我有些失魂落魄地打岔道。

"是吗？我很喜欢这个名字，你们中国人的名字总是有很不同的含义，不像我们，就是简单的名字，比如'木头'（注：DUBOIS

杜博瓦，BOIS原意为'木头'），'桥'（注：DUPONT都彭，PONT原意为'桥'），'石头'（注：PIERRE 皮埃尔，原意为'石头'），等等。她也是像地中海的雨一样吗？"杜博瓦夫人停下唠叨，好奇地接起我的话题问了起来。

"这个……"我难以掩饰心里的痛苦，一时间不知道怎么回答。

"晓，你总是很悲伤，虽然你会和我们开玩笑。"杜博瓦夫人关切地看了我一眼，说道。

"是吗？可能我的性格是这样。我出生在中国的江苏南部，那边的雨很少是这样的，那边就像是法国的布列塔尼（注：法国西北部城市，近大西洋），终日阴雨绵绵，我估计是受了气候的影响，性格有些忧郁。"

"布列塔尼？哈哈，那里的人喝酒的时候可不是忧郁的，他们总是手举杯空！"杜博瓦夫人说完看了下杜博瓦先生，他们相视而笑。

"是吗？那看来是我估算错了。"我低下了头。

"我一直想和你讲一个故事，你想听么？"

"好啊，关于什么的？"

"薰衣草。"

"我很想听。"我表情专注起来。

"很久很久之前——当然，一般故事以这个开头的都是不存在的。"杜博瓦夫人打趣道。

"那并不重要，请继续。"我的表情认真得很。

"普罗旺斯当地有个美丽的姑娘，有一天碰到了一个英俊的小伙子——"

"我比他更帅一点。"杜博瓦先生突然开口，把我们逗乐了。

左瞅右盼

他也咧嘴笑了，口水从嘴里流出来。

"这个小伙子受了伤，而且迷了路，他向这个在山谷里采花的姑娘问路。姑娘正捧着满不的花束，眼睛注视着这个异乡青年，就在一刹那间，姑娘的心已经被英俊青年热情阳光的笑容打动，并且迅速被占据。这个姑娘把他带回家照顾他。来，干杯！"杜博瓦夫人停下来，举起手中的红酒杯。

"为健康干杯！"我对杜博瓦先生举杯道。

"为了……爱情！"杜博瓦先生颤巍巍说道。

"哦，亲爱的，你说得太好了！"杜博瓦夫人眼中洋溢起爱情的光芒，眼前的她，似乎又回到了几十年前那个地中海女郎的样子，热情、浪漫、优雅、奔放。

"后来呢？"我急于听下面的故事，向杜博瓦太太追问道。

"后来两个年轻人深深地相爱了，然而那个小伙子养好了伤之后，要离开那里。那个姑娘不顾家人的反对，想和小伙子一起走——她要和他一起去开满玫瑰花的地方。"

我起身给杜博瓦夫妇斟上酒，也给自己倒了一大杯，坐了下来。我已经被这个故事深深吸引。

"村里的老太太——你可以说她是个巫婆——在她临走前，抱着一捧初开的薰衣草花束，让这个痴情的少女用这初开的薰衣草试探青年的真心——据说薰衣草的香气会让不洁之物现形。

"就在那个山谷中开满薰衣草的清晨，正当英俊的青年牵起少女的手准备远行时，少女突然将藏在大衣内的一把薰衣草丢掷在青年身上，就这样，青年消失了，只留下一阵紫色的轻烟忽聚忽散……

"山谷中隐隐约约留下一串回声，冷风飕飕袭来，像是青年在低吟。"

"什么内容？"我好奇不已。

"我，其实是你想远行的心……"

"然后呢？"我追问道。

"那个少女傻了，孤独地在山谷间独自惆怅……

"没多久，少女也不见了踪影，有人说，她是循着花香找寻青年去了，也有人说，她被青年幻化成一缕轻烟卷走了……"

"结束了？"

"是的。"

"很遗憾。"我想拿出口袋里的卷烟，看了看杜博瓦夫人，又放了下去。

"你可以吸一根，网开一面！"杜博瓦夫人笑了，继续说道：

"我想告诉你，薰衣草在我们这边代表的寓意，是等待爱情。"

"晓！晓！"我回过神来，手中的卷烟快要烧到手指。我发现杜博瓦夫妇都看着我，连忙掩饰住刚才的表情，害怕他们看透我的内心。起身到水池边，拧开龙头，浇灭了香烟屁股，把它扔进了垃圾箱。

"真是个好的故事，我很喜欢。"我重新坐了下来，举起杯子，一干而尽，然后又独自倒满。

"您现在和法国人一样了，喝酒当水一样喝。"

我笑而不语，脑子里回想起那个久远的传说。

"其实我一直忘不了那个在阿尔及利亚的女孩。"

"是嘛？就是上次你说到的中国女孩？"

"是的。"

"她一定很漂亮吧？"

"是的，比鱼市里那个老妇人要漂亮100倍。"我故意调侃道。

这时候杜博瓦先生咧嘴笑了起来，口水流个不停。

"那你怎么不去找她？"

"不了，我打算把她放在心里。"

"一辈子么？"

"或许。"

"真是太奇怪了，你应该告诉她你的感受。"

"本来想告诉的，后来发生了别的事情，就不告诉了。"

我觉得不该继续说下去，便话锋一转，另起话题道：

"这酒很不错，我很喜欢，和别的地方的红酒口感不一样，很浓郁，好像一下子芳香能到心里。"

"您说对了，普罗旺斯地区的红酒味道特别之处就是浓郁，度数也是比其他地区高，况且，您觉得味道不同是有根据的。"

杜博瓦夫人卖关子的水平很高，难怪当年杜博瓦先生对她念念不忘，从遥远的北非再次回到她的身边。我顺着她问道：

"哦？什么根据？"

"这个酒，是我一个老朋友的酒窖酿造的——就在十公里之外的一个酒庄。"

"是吗？怪不得！"

"是的，那是六十年前的事情了。"

杜博瓦夫人似乎有无穷的故事要告诉我。她娓娓道来，我似醉非醉，听得逐渐入迷。幸亏自己一段时间勤于学习法文，基本上能听懂她的内容。

"那时候，弗兰克比我大一岁。他是贵族人家的小孩，拥有很大的庄园，有自己家世袭的酒庄。而我是穷人家小孩，我妈妈在他家做季节工。小时候偶尔我们在教堂会遇到，高中的时候他就开始不断追求我。他喜欢开着他拉风的小轿车来找我，这让我妈妈很生气。我并不喜欢他，因为我天生不喜欢有钱人。这样的情况持续了好几年，村里的人都知道了。您要知道，那个时候的我风华正茂——可不是现在的样子。"她停顿了一下，抿了一口红酒，好像在品味过去的丰韵。

"现在您也很好，很优雅。"我想出了"优雅"这个单词来赞美她。

"谢谢，您真会说话。那么我继续告诉你这个故事。"她笑了起来，继续说道：

"因为那个时候杜博瓦先生出现了，我一下子爱上了他——那个年代，军人格外让人着迷——因此对于弗兰克的追求，我置若罔闻。后来他结婚了，娶了一个有钱人的女儿，可看上去他并不开心。

"弗兰克接手酒庄之后，经营得很好，酒庄的规模越来越大，随后的几年正是二战之后的繁荣年代，他的酒卖得很好。

"再后来杜博瓦先生回了巴黎，我去巴黎了，您知道的，我们在巴黎住了很多年。不过每次回这里，他都会去接我们，我们两家成了好朋友，包括我们的小孩。

"退休之后我们来到这里定居，我们两家会经常一起吃晚饭，或者一起野炊。"

"那很好。"我轻轻品尝杯中的红酒，试图去体会这酒中蕴含的别样滋味。

"后来，弗兰克得了心脏病去世了。那个年份很糟糕，杜博瓦先生也查出了帕金森综合征，快乐的时光便一去不复返了。"

"我很抱歉听到这个消息。"我也跟着她哀伤起来。

"生活就是这样。"她说了一句法国人最常说的俚语。

"但是生活是美好的。"我也用一句俚语补充道。

"您说得对，后来弗兰克家红酒生意好像逐渐败落了，可能做酒的太多了，我不懂这些。不过每年，小弗兰克都会送来几箱红酒，说这是父亲临终前的交代。"

"弗兰克……妒忌我……在酒里面……下了毒药……所以我残废了。"杜博瓦先生的突然发言让我吃了一惊。正当我诧异的时候，他们夫妻两个笑了起来，我这才明白杜博瓦先生开了个玩笑。

"这酒味道不错，我一直都……很喜欢。"杜博瓦先生说道，他拿吸管喝进去的红酒从嘴里溜出来，是紫红色的液体。

"多美好的……夜晚！"杜博瓦先生今晚的话格外多。

我习以为常地伸手给旁边的他擦去口水，我觉得今晚他有些醉了。

"我们今晚都喝多了。"杜博瓦夫人喃喃自语。

"是的，可是很开心，谢谢您给我讲的两个故事。"

屋外的暴雨没有停下来的意思，这漫天大雨曾让我整个下午失声痛哭，而晚上听到的这些故事又让我充满期待。我的心里在怀念谁，我很难说清楚，正如我内心为何而挣扎一样琢磨不清。

但是我明白，她们和这个夏天已经没有实质关联了，她们或将永远沉睡在我的记忆里。

我们年轻时遇到过的那些人，会随着我们一样老去，容颜不再么？

她们会随着我们身体的萎缩而模糊么？

会随着我们思想的迟钝而逐渐被淡忘么？

我回到卧室，听着雨声，想着这些问题，逐渐地入睡。

第 4 章

次日清晨，我早早地醒来了，屋外的鸟叫声叽叽喳喳，格外清脆。我觉得头有些晕，恐怕是昨晚喝酒太多的缘故。

我起身之后，小心翼翼地洗漱。才6点45分，我不想惊动隔壁的杜博瓦夫妇。

当我拉开后窗的窗帘的时候，惊讶极了，昨晚我还在隐约担心这些植物是否能够抵抗暴雨的袭击，而眼前这一切已经证明我的担心是多余的了：屋后那片薰衣草地，已经是紫色的海洋！它们在曙光中轻轻摇曳，顽皮得像亭亭玉立的纯洁少女！

我内心充满惊喜，压着步子走下楼去，眺望远方，似乎又看到了那个美丽动人的身影，那个穿着白色连衣裙的姑娘，她似乎就站在眼前这片紫色的海洋里，露出神秘动人的淡淡笑意。

我真想此时纵声呐喊她的名字，可是我不想吵醒熟睡中的杜博瓦夫妇，只能独自沉醉。

我不想拍照，一点都不想，这样的场景放在脑海里已经足够了。往事如同昨晚的美酒，轻轻啜来是最好的，定格成某种物理的东西，我怕失去味道。

"张晓兰，此刻你在干什么？"我内心轻轻响起这样的呼唤。

我心里立刻会想到另一个名字，我不用问同样的问题，因为我知道她在哪里。

左岸右盼

我安静地回到屋里，轻声上楼，去找口袋里的卷烟。在这个清晨，我刻意尘封的记忆被眼前这样的场景触及而泄露的时候，我无法控制想去吸食这种浓郁的烟草。

我小心翼翼地下了楼，搬出一张小凳子，坐在了这片盛开的薰衣草前，卷起香烟抽了起来。

太阳从远处的橄榄树后面慢慢升起，我知道，8月来了。

抽完烟的时候，我使劲调动被麻醉过的嗅觉，去感受那迷迭的香味。它们一直若隐若现地在我的记忆里飘动，陪伴我无数个夜晚。如今，鲜活的花儿就在我的眼前，我触手可及，自然清新。

我感激上天，这个夏天近乎完美，我不仅听到了关于薰衣草真谛的故事，还听到了杜博瓦夫妇的故事，还有弗兰克。我辛勤守护并且料理的薰衣草终于熬过炎夏，熬过暴雨，盛开在晴朗明媚的早晨！

"晓！"

我听到杜博瓦夫人喊我的名字，她一定是起床烧早饭了。

"早安，杜博瓦夫人，您瞧，薰衣草开放了，真美！"

"我看到了，我在楼上看到您，您很早就下来了。"

"这对杜博瓦先生会是个惊喜！"我坚信地笑道。

"不可能了。"杜博瓦夫人的表情有些奇怪。

我一下子怔住了，转过身惊讶地看着她，我读出她表情的悲伤来。

"我丈夫，走了。"

"什么？杜博瓦先生怎么了？"

"他离开我们了。"杜博瓦夫人流下泪来。

我走到她跟前，鼻子一酸，眼泪流了出来。

"什么时候？"

"刚才我去看他的时候，他的身体已经冰冷了，没有了呼吸。"

我急忙跑上了楼，走进杜博瓦先生的房间，来到他的窗前，伸手摸了下杜博瓦先生的手。他的手已经冰凉，他面容安详，仿佛熟睡了过去，嘴角还残留紫红色的液体，那是昨晚的红酒。

这时候杜博瓦夫人已经站在我的身边了。

"晓，其实医生说他活不过今年夏天的。他拒绝留在医院的观察室过夏天，执意要回来。"

"我很抱歉，杜博瓦夫人。"

"昨晚我们喝得很开心。"她一边去擦拭泪水，一边说道。

"我会今生难忘。"我低着头说。

"他也会的，我肯定。"

"希望他在天堂一切都好。"

"他说过他会陪我一起老去的，他又毁约了。"

我内心一阵痛楚，不知道如何安慰这个慈祥的老人。

"他很喜欢你，晓，你的到来让我们很开心。"

"我也一样开心，杜博瓦先生很幽默。"

杜博瓦夫人走进书房，拿起了电话，我听到她哭泣着说话，心想她一定在告诉他们的儿子这个噩耗。

我回到楼下，对着那片几分钟之前还给我惊喜的紫色薰衣草，完全失去了兴致，变得失魂落魄。

我万万没有料到8月的来临意味着一个老人的离去，没有料到薰衣草的盛开意味着一个生命的凋谢。

我内心忍不住想起了一个人，眼泪不禁流了下来。

接下来的几天里，平时安静的杜博瓦家来了很多戴着黑花的亲戚。他们表情痛楚，低声问候杜博瓦夫人之后，便一同哀悼着杜博瓦先生的离去。

葬礼在村子尽头的教堂里举行。牧师庄严地祷告之后，亲友挨个向杜博瓦先生的遗体告别。在棺木盖上之前，杜博瓦夫人失声痛哭，在亲友的搀扶之下，将一大束采摘的薰衣草，放在了杜博瓦先生的身上。

就这样，这个老人永远睡在了小教堂旁的墓地里，那个世界，没有战争，没有别离，也不需要轮椅。

杜博瓦先生下葬之后，杜博瓦夫人变得寡言少语。头几天的晚饭由我和菲利普两个人做。我们会随便聊些不着边际的话题，比如斯特拉斯堡的圣诞市场之类。

几天之后菲利普告别了我们，他公司的假用完了，得回到波尔多上班。他托付我陪他母亲说说话，我答应了。

他亲吻了他妈妈之后，发动了汽车，探头和站在门口的我挥手作别。

他走后，我偶尔会开车去集市买回些必需品。杜博瓦太太不再想去集市了。下午我会照例在薰衣草地里除除草，傍晚我在厨房烧点吃的。集市上的人会热情如故地问道：

"晓，杜博瓦夫妇呢？"

"他们去度假了！"我匆匆离去，不再会停留和他们唠叨。

8月，整个屋子笼罩在哀伤里。

我知道，夏天快要过去，我也即将离开这里，有一天晚餐的时候我对杜博瓦太太说：

"杜博瓦先生走得很安详。"

"是的，我们都会有这一天，只是他先走了。但是，今年的薰衣草开得格外美丽，谢谢你！"

"没事的，是不是该收割薰衣草了？"

"是的，在盛开的时候就该收割了，用不了一个星期，它们就会枯萎。杜博瓦先生残疾之后，每年8月我们都会请园林工来收割。"

"今年我来收割吧。"

"不用了，让他们干枯吧。"

"我来吧，我想她们在最美丽的时刻被保存下来。"

"既然这样，那好吧。"

第二天下午，我又找出了那顶帽子，从车库的工具架上找出镰刀，磨亮了之后，来到薰衣草地的尽头，挥动镰刀开始收割。

收割到一定数量之后，我会用绳子将它们捆绑起来，积攒到一定数量之后，再搬到门口去晒。

8月尾声的一个黄昏，当地里的薰衣草所剩无几的时候，我突然停了下来，怅然若失。我明白，我离去之后，或许今生再也看不到这样的场景。

这时，小路上驶过的一辆汽车突然停了下来。我站直了之后，朝那边望去。

开车的人在朝我按喇叭，我估计他们是迷路了，便放下镰刀。

这时候一男一女朝这边奔奔跳跳地走了过来，看上去满是欢喜。走近了，才发现他们是亚洲人，他们讲话之后，才听出来是中国人。

"好漂亮啊这里，快点快点，过来给我拍照！"女孩的普通话里，夹杂着东北口音。走近了，才看到，这个女孩容貌秀丽，高高瘦瘦的个子，满脸洋溢着幸福。

"来了来了，别急嘛，这就来。"男孩身材也像是北方人，蛮壮实。

见他们并非迷路，我便弯腰拿起镰刀，继续收割。

他们的欢声笑语让我想起很多场景，这些场景本来是我和我的女孩的，而我此刻，正是在这片田地里，在灌溉和料理这片植物，并目睹了它们的盛开之后，在收割它们。

他们的脚步声向我逼近的时候，我抬头朝他们看云，毕竟在这个小村庄看到中国人，是非常凑巧的事情。

"你是——中国人。"女孩的法语带了一点东北口音。

"是的。"我站直了，握着手里的镰刀。

"太巧了，这里居然还有中国人！"女孩兴奋地转向男孩。

"你怎么会在这儿。！在这里打工？你是在这里长大的？"女孩好奇地问道。

"不是，我才来两个月不到，我来这里过夏天，顺便做点零工。"我淡淡说道。

"你好啊！我叫顾强，这是我女朋友侯婷婷！我们是想去那个什么修道院，结果迷路了，转到了这里，没想到这里也有薰衣草！"这个叫顾强的男孩伸出手和我握手，我擦擦手上的泥土，朝他伸出手去。

我的反应一定不是他们想象得那么热情，我只是向东指指说：

"应该往那边走，到了镇上你们再打听，远也不是很远了，你们有车，天黑前肯定能到了。"

"你住在这里？你叫什么名字啊？"女孩好奇地问我。

"是的，我住在这里，也是碰巧的事情。我叫兰晓。"

我见他们丝毫没有走的意思，便继续说道：

"6月初我就来了，不过我不是想去景点，只是找个有薰衣草的地方住下来，夏天一过，我收割完这片薰衣草，也就要走了。"

"今晚我们住这边好不好？"女孩兴高采烈地对男友说。

"好啊，就住这！明天再去修道院！"男孩应声答道。

"你们——"我迟疑了一下，马上被男孩打断。

"没关系，我们带了帐篷，本来就打算在野外露营的，既来之则安知，我们带了很多吃的，晚上可以一起喝点小酒啊！"

他们这样一说，我也不好意思回绝，只能说：

"那好吧，我去问问这个房子的女主人，她应该会愿意让你们在屋后停留。"

我放下镰刀，走进了屋里。杜博瓦夫人正在客厅闭目养神。我弯下腰，轻声地和她说了刚才的事情。

她淡淡笑道："可以的，晚上您可以邀请您的中国朋友共进晚餐。"

我出门告诉他们这个消息的时候，他们欣喜不已。

男孩把车子停到了房子跟前，他们开始在屋后搭建帐篷。

我没有走过去帮忙，只是返回田里继续收割，直到暮色降临，才停了下来。我返回房间里去冲凉，换上了干净的衣服。

下楼之后，我看到他们的帐篷已经搭好了，看来他们是经常在野外游玩的人。

做完晚餐之后，我邀请他们进厨房共进晚餐。顾强说道：

"我们不如在屋子后面用餐，还能看看普罗旺斯的乡村夜景，怎么样？"

"我去问问看。"我不想扫他们的兴，便去问杜博瓦夫人。

杜博瓦夫人听罢说道：

"可以，好好享用晚餐，不过我就不参加了，在屋里吃一点就睡觉，我觉得很累。"

"好的，我把您的晚餐留在厨房。"

下了楼之后，我让顾强和我一起从车库搭出一张餐桌，铺上了桌布，拿出了三张座椅。侯婷婷将它们擦干净了，把食物放在了桌子上。

我打开屋子后面的电灯，晚餐便在这对情侣的欢声笑语里开始了。

我做了个土豆炖牛肉，弄了个腌制的橄榄沙拉，他们带了罐头凤尾鱼，还有些香肠。估计一路旅途劳累，他们狼吞虎咽地吃了起来。

夜幕已经降临，太阳降落前的一丝微光被黑暗没收殆尽。

"多美的夜晚！"侯婷婷忍不住赞美道。

"这里天天是这样，其实黑漆漆的，什么都看不到——你们从哪里来？"我问道。

"我们都是长春人，在巴黎四年了，不过过几天我们就回国结婚了。都毕业了，刚拿到了文凭，这不，来普罗旺斯拍点照片纪念一下，都说这里是最浪漫的地方嘛！你呢，兰晓？"侯婷婷有着北方女孩惯有的热情奔放，快人快语。

"我才来法国两年，还没读完书，希望早点吧。我原来也在巴黎，后来在尼斯，接下去要去斯特拉斯堡。"

"来来来，你们别光顾说话，我们喝一个！"顾强递给我一罐青岛啤酒说道：

"这是我出发前从中国超市买的，尝尝故乡的酒吧！"

"你这人忒俗了，来普罗旺斯要喝当地的红酒！"侯婷婷指指桌上的红酒说道。

我给他们各倒上半杯红酒，说道：

"这酒是不错，我在这天天都喝。不过我先喝点青岛啤酒，来，很高兴认识你们，祝你们一切顺利！"

"来，干杯！"顾强和我两个人咕噜噜一口气喝了一罐，他又打开一罐放在我跟前，说道：

"哎呀，真巧，没想到在这穷乡僻壤的地方能遇到同胞呢！对了兰晓，那个房东怎么不来吃饭？去喊她一起吧，还没谢谢她收留我们呢！"

我摆摆手，低声说道：

"不用了，她丈夫前些日子去世了，心情不好，她自己吃点就休息了。"

"哦，这样，那就不打扰了。"侯婷婷接道。

花园里薰衣草的香味袭来。因为近两个月不理发，我的头发已经有些长了，晚风刮起它们，我觉得自己看上去一定像个失意的80年代文艺青年。我喝着苦苦的啤酒，望着眼前这对热恋的情侣，心绪复杂。

"怎么感觉你有心事，兰晓，不开心么？"侯婷婷放下手中的刀叉问道。

"没有啊。挺好的。"

"来，干杯哥们，好久没喝酒了，平时打工上学的够折腾，现在总算好了，可以回国了，你也加油啊！"顾强又举起啤酒罐。

"祝贺你们！"我一饮而尽。

"你在这边给他们打工，收割薰衣草？"侯婷婷问道。

"是的，杜博瓦先生行动不便，照顾他的人过暑假去了，正好我过来了，就做个暑假替工，顺便料理一下这片薰衣草。"我答道。

"那你怎么想到从尼斯来这边过暑假啊，尼斯不是夏天的度假天堂么？帅哥美女那么多！"顾强也好奇我为什么在这里。

"说来话长。"两罐啤酒一下肚，我觉得脑子轻飘飘起来。

"说来听听嘛！"侯婷婷笑道。

见我低头不语，她开玩笑道：

"说出来我给你介绍女朋友，我巴黎有好多小师妹呢！"

我连忙摇头，说道：

"不用了，没心思，老了。"

他们大笑起来。

"你们接下来就回国？"我问道。

"不是的，去完修道院看薰衣草，我们就去尼斯，在那边过一个礼拜，然后再回巴黎，卖掉车子，收拾行李回国。"

"哦，尼斯啊，不错。"我脑子里想起那个两个月之前作别的城市，垂下了头。

又喝了两罐啤酒之后，我想起过不了几天也要离开这里了，那些过去的事情或许没人会记起了，便醉眼醺醺地对他们说：

"你们真想听我的故事？"

"想啊！说吧，不想说的地方可以省略！"顾强打趣道。

我从口袋里掏出骆驼卷烟，刚准备卷，侯婷婷一把夺过去说：

"你说，我来给你卷。"

"嘿嘿，这么想听。"我笑道。

"说吧，他乡遇故知，难得！"侯婷婷一边说话，一边已经开始卷了，她很熟练，估计顾强也抽过卷烟。

顾强拿出一包中华来，说道：

"你福气真不错，我平时抽烟都被人管着，还头一回见她主动给人卷烟呢。卷好了，我也尝尝，这个烟丝味道不错的。来，先抽这个，前几天他们刚从国内带过来。"

我接过顾强递过来的香烟，点了起来。

月亮从西边渐渐升起，弯弯的月牙挂在天际，满天的繁星在天幕下熠熠生辉。我头一次看到这么多的星星离自己这么近，仿佛触手可及。

我知道，一旦黑夜降临，这世间的一切都会被吞噬，所有的眼睛都会失去作用，只能够凭记忆去打捞。

　　晚风吹来，我觉得自己已经醉了，开始胡言乱语。而眼前这对即将回国结婚的恋人，在一旁听着，一边喝着酒，一坐就是一个晚上。

第 5 章

2004年夏天，那时候我大学刚刚毕业。原先班里的同学要么继续读研，要么回老家工作，要么就是出国了。我没事就开车在校园里乱逛，几次下来我失落得很，我已经不属于这个地方了。

校园里很冷清，连保安都在荫凉处打着哈欠。一想到别人开始去公司正儿八经地上班我就有压力。几个月前我就不想排着队等半个小时交自己空泛的简历，左思右想几天之后，我对爸爸说："我打算出国。"

"怎么从来没听你说过。"他一愣。

"突然觉得想出去，这样的生活我厌倦了。我过了暑假打算出国，再去读个文凭吧。"我表情认真得很。

我爸是除了我妈之外最了解我的人。

我妈在十二年前得了乳腺癌去世之后，他就是最了解我的人了。

最后拿到大学文凭都很勉强，我说出国拿个文凭他才不会相信。

不过第二天他就走进我的房间，郑重其事地对我说：

"你出去也好，省得在家里我操心。我会让别人去办出国的手续，你暑假在家里老实点。"

他说他操心我我也不信，一个礼拜见他一次就不错了。

他很忙，很少在家过夜。他在省里面都是有头有脸的人物，市里就是数一数二了。

自从我妈去世之后他没有再结婚。不过我知道他有别的女人，就像他知道我经常把女朋友带回家过夜一样。

他让我老实点，意思就是不要出去太招摇，给他惹麻烦。

我过20岁生日的时候他送我一辆自动挡的帕萨特。说实话我不喜欢这部车子，因为都说男人对车子的屁股与对女人屁股的喜好一样，厚厚的大屁股女人我一点都不喜欢，何况自动挡的车子开起来就像弄玩具一样。虽然那时候我刚有驾照几个月，就一本正经地和爸爸的司机小张私下里讨论了车子的喜好问题。

他说："你就开着吧，要不然你总问我借，我想借又怕你爸爸骂。"

我"嘿嘿"一笑，他也知道我对那辆新的奥迪A6跃跃欲试。

我开车其实都是小张教的，喊他小张是随我爸爸他们，其实他都30多岁了。有一次我和一群狐朋狗友喝多了酒给我爸打电话，他说了句"没出息的东西"之后就挂了电话，二十分钟后小张过来接我了。我酒兴发作非要抢着开车，小张顺从了我，结果我稀里糊涂地撞了一辆出租车。幸亏小张拉了手刹，车子横了过来。那次小张差点被我爸爸开除，从那以后小张再也不肯让我碰方向盘了。

这辆车子应该是别人送的。

我已经习惯这种事情了，从读初中我就寄宿，经常在宿舍里打开家里送来的苹果箱子时候发现装了钱的信封或者金戒指。数目大的我会告诉爸爸，数目小的我就懒得说了，他也表现得漫不经心。我总觉得爸爸很了不起。有时候我看到报纸上某某官员被双规，总想和他说说这些事情，可是每当看到他和上面的领导称兄道弟，在酒局上八面威风的时候，我就觉得我的担心是多余的。

他久经沙场，应该心里有数。

读大学的时候我就在本市。我经常开着我的帕萨特在学校里转圈子，带着小娜——带着别的女孩子的时候我一定不会在白天出现，我还不至于傻到那个地步。

我爸爸说我没有出息是有原因的。

有一天下午我实在忍受不了数学老师背对着我们在黑板上不停画着各种外星符号，一画就是半个小时，便偷偷溜出了教室，接了在图书馆自习的小娜，跑回家去了。正当我和小娜赤条条地在家里的时候，听到门口有动静，便慌慌张张地围了毯子，跑出了房间，正碰上回来拿东西的爸爸。我支支吾吾了半天说不出话。他气愤地"哼"了一声，撂下句"你这个没出息的东西"后就走了。

"没出息的东西"成了他对我的唯一评价。我当时心想，如果这个都算没有出息，那泡不到妞的岂不是更加没出息？

小娜是我大学里的女朋友，也是和我在一起时间最长的女人。她是北京人，我们学校外语学院法语系的系花之一。

除了抽烟的姿势老练之外，你从她身上找不出任何坏女孩的特征。她的确是个好女孩，她从来不花我的钱，而且她身上有难能可贵的宽容，不会像某些女人一样抓住你一点就不放。我经常毫不顾忌地在路上指着别的女孩评头论足，她会讥讽着说：

"兰晓你是不是要流鼻血了。"

过了两分钟她又当什么事没有了，依然和我嘻嘻哈哈起来。

她也是唯一知道我家里事情的女人。

在她身上我似乎能找到一种母性。我喜欢和她做完爱以后躺在她怀里睡去。我几乎每天晚上都要从噩梦里惊醒过来，她会安慰一身冷汗的我，等我渐渐平静之后再睡去。她说她觉得我很需要一个人陪伴，如果不是这样她早就甩了我了。

我常常无言以对。

大三结束的时候，她突然说她要去法国读书，离开这个城市之前的晚上她曾对我动情地说：

"等我回来好吗。"

我摇了摇头说："不可能的。"

我是个悲观的人。

不可否认，我对她有信心，我是对自己没有信心，对此我毫不隐瞒。

那一晚我们通宵达旦地做爱，直到做不动了彼此笑出声来。

安静下来的时候，她突然哭了。

我第一次看到她哭。我没好声地对她说：

"别哭了，我讨厌别人哭。"

她便停下来，从黑暗里找到我的衣服掏出一包南京来，又从床头柜上摸索着我的打火机，开始抽烟。

我10岁的时候我妈死的。

因为家里办丧事，来来往往的人很多，一下子来了好多不认识的叔叔阿姨，哭哭啼啼的，还有很多看热闹的也在掉眼泪，整个小区都能听到撕心裂肺的哭声。那时候我还不是很懂事，不懂得什么叫难过，从那之后我特别讨厌哭声。

眼泪是个晦气的东西，我把它归结为某种不幸的来源。

她走的时候我开车去机场送她，到了机场我都没有下车，我怕又看到她哭。不过从那以后我再也没有联系小娜，尽管我有她所有的联系方式。我倒是时不时地收到她的电子邮件，最后一封邮件是几个月前，她说在巴黎刚找了法国男朋友，让我不必有压力。

她的意思我明白，我也没有解释什么。

我一直觉得，过去的事情就让它过去了，再拾起来可能没有任何滋味。

我内心很感激她，她自始至终没有怪过我，也没有骂过我没良心。

只是她走了之后，我没有再找女朋友。

大四那一年，我的记忆破碎而伤感，全是那些断断续续和离别相关的场面。那些白天摆摊卖家当、晚上喝得烂醉的校园青年；那些在自习教室白晃晃的3灯光下装模作样地学习，晚上在林荫道上昏黄的灯光下纵情拥抱，在学校后山上发狂呐喊的青春狂人。我原本也该成为其中一个。

婉转的伤感已经属于70年代的青年了，理想、诗集和吉他早就已经生灰，或者被扔进了垃圾堆。80年代的我们，需要呐喊和拥抱。

我虽尽力成为局外人，却也在思量这一切荒谬的根源。

第 6 章

这一年的夏天无聊而漫长，或许我对国内的生活早就心不在焉。

大热天我一个人在市中心乱逛，盼望着早点出去。晚上偶尔也跟爸爸出去吃饭应酬，听他在饭局上介绍着他的朋友，"这个是某某房地产公司的周总，这个是某某银行的孙伯伯……"这些叔叔伯伯对我说的话听起来都差不多：

"小伙子有出息啊，出国深造，叔叔没有什么好送的，包个红包给你在路上买点水。"

爸爸总会说：

"这就见外了，自己人不要客气嘛……"

我知道这些人都是有目的的，我爸爸的一句话或者默许就能让他们赚到大把的票子。

因此我总是假装客气几句然后在他们一再坚持下收起红包。

出国手续办得很快，而且是要去法国，我爸说是那边有朋友帮联系学校。他给我一个姓林的叔叔的电话，说到了巴黎他会去机场接我，那边都安排好了。

我有点担心，暗自思量会不会遇到小娜。

走的前一天下午，他很早就回来了，出乎寻常地说要自己开车带我去郊外。

我知道，他是要带我去妈妈的墓地。

车子缓缓地开着，通往郊外的路上那些老房子一直没有变化。我清楚地记得那个下着暴雨的夏天，懵懂的我端着妈妈的相框，走在送葬队伍的前列，也清楚地记得那些因为穿着雨披仍被雨淋得湿透的管乐队叔叔阿姨的埋怨，记得路两边的这些老房子，如同一只只蹲在暴雨里闭目的乌鸦，沉闷而任暴雨蹂躏。

我的心情逐渐沉重起来。

这个地方我们很少来。我曾想刻意忘记这里。有时候年底爸爸忙于应酬，都不会来烧点纸钱。开始的时候我会觉得悲哀，心里会骂他没良心。可是偶尔我会从推门回到家满脸悲伤的爸爸的眼神里，确定他一定去过了那里，只是不想和我说，我心里便原谅他了。

而我，除了17岁那年单独去过一次，就再也没单独去过。那次我挨了爸爸一顿暴打，一个人走了很久到了郊外，伤心地哭了半天。正是在这里，我第一次试着抽烟。

这个地方是我们唯一无法忘记，并时时寻求安慰的地方。

妈妈的墓地很普通，十多年来从未修葺过，坟上长满了野草，风一吹，野草就不分方向地乱扭了。

我已经记不太清她的模样了，只记得她弥留之际面色蜡黄，嘴巴微微张开，表情极为痛苦。

这和我经常看到的抽屉里那张照片上烫了卷发神气活现的女人丝毫联系不到一起。

过了半晌，爸爸坐下来，抽着烟许久不说话。

我在他背后站着，对着墓碑发呆。

过了好久爸爸喊我的小名，让我坐在他旁边，给我递过一支中华。他已经好多年没有喊我的小名了，我长这么大他也是第一次给我递烟。我有些拘束地从他手里接过烟，他亲自帮我点着了。

我知道此时此刻他心里很难受。

我也不说话，闷着头抽烟不敢看他。

连着抽了五根烟之后，爸爸怔怔地对着墓碑说：

"丽珍，这十二年来你经常托梦怪我没有带好晓晓，你知道我工作太忙没有办法……你要原谅我。明天晓晓就要坐飞机去外国了，这孩子从来没有出过远门，你要保佑他一路平安，在外面顺顺当当的……我以后会常来看你……"

我的鼻子开始酸起来，也坐在了地上。

我从来没有看到爸爸这么沮丧过。

整个陵园就我们两个人。车子远远地停在那里，西沉的太阳从墓碑后面照过来，把人的影子拖得长长的，风吹过来，野草不分方向地乱扭。

那个下午我们两个人抽了一整包烟，等到天完全黑了才离开。

爸爸说好久没有一家人这么长时间待在一起了。

等我们站起来的时候，我腿都麻了。

晚饭是在外面吃的，他点了很多菜，我们两个男人在小包厢里一声不吭地吃着饭，还一起喝了点酒，似乎是要告别。

晚上我在收拾箱子的时候爸爸走进来，给我一张中国银行的信用卡，说道：

"在外面自己一个人当心点，不要轻易相信别人，不要学坏。"

我点头说："知道了。"

他好像要说别的东西又没有说出口，几次停下来又转身离开。

第二天一早，小张来接我去机场。按照计划，我先飞到上海，几小时后在浦东机场换乘国际航班飞往巴黎。

路上小张对我说："上飞机前给你爸打个电话吧。"

我"哦"了一声，心想，又不是生死离别，有必要这么正式嘛。

我在路上倒是等不及地拿出手机给那些酒肉朋友打了一通电话，他们对我说了些将来飞黄腾达了不要忘了兄弟之类的废话，我也得意扬扬地说了一通兄弟有福同享之类的废话，好像前面真的有飞黄腾达的日子等着我似的。

看着小张的车子开走的时候，我心里突然有种莫名的轻松和喜悦。

我意识到我现在自由了。

我要开始过一个人的生活，我盼望已久的自由生活，我差点为此欢呼起来。

飞机在跑道上转了好久，腾空的一刹那，我的心也沉了一下。飞机平稳上升时，我从窗口眺望这个生活了二十多年的城市，有种前所未有的征服感。我天生的阿Q精神让我把要离开这里当作成功。

飞机缓缓在虹桥机场降落，我拿了行李之后打车去浦东国际机场。一路上我东张西望，出租车司机都看出我不定心来。

"你这是第一次出远门吧？"

"是啊，很远。"我意味深长，还故意看了司机的眼睛。他平静得很，没我想象的关心我的去向。

师傅没继续问下去，我也没再说话。到了浦东国际机场之后，才发现机场好大，我看到好多老外推着行李车在走。我心想：

"十几小时后我也会成为一个老外。"

我扬扬自得起来。

托运完行李后，我开始在免税店乱逛，顺便买了两条出口中华，不知道味道会有什么不同。

我给爸爸打了电话，他说正在和省里的领导谈公事，简单说了几句就挂了，他让我安定好了来个电话。

上飞机前我心里有些莫名的冲动，居然翻到了小娜的手机号码，拨出去又挂掉了，反复了好几次，最后还是没有打。

我很难解释那一刹那的心理。

我算了下时间，法国此时正是清晨。她一定和她男朋友睡在一张床上，和她讲电话岂不是很滑稽。

登上法航班机，高大的法国航空小姐对我说"WELCOME（欢迎）"的时候，我竟然有点紧张。

我座位两边都是男的，我站起来扫视了一圈，飞机上没有美女。并没有想象中的艳遇，难免有些沮丧。

我闭上眼睛，昨晚由于兴奋几乎一晚没有睡觉，在机舱密封的环境里我的困倦顿时袭来。

波音777引擎发出巨大的轰响，摆脱地球引力的一刹那，我脑子开始晕眩，脑子里一下子涌现出很多混乱交错的场景：我的出生，妈妈，爸爸，认识的人，不认识的人，小娜……他们同时俯视着我，我平躺在那里一动不动，目光呆滞，视听模糊而混淆，下沉，晕眩……

这种感觉让我联想到死亡，我惊讶于我的大脑会自作主张地联想到死亡，似乎它已经历过那濒临死亡的时刻。

我迷迷糊糊地睡了过去，在这个会飞行的密封冷气盒子里飘着，穿越云层和黑暗，飘向一个未知的地方。

第 7 章

我在飞机降落前把对法国的认知复习了一遍，巴黎、埃菲尔铁塔、凯旋门、罗浮宫、葡萄酒、香水、法国名模……

走下飞机的时候，我用唯一会的法语单词假装老练地对面前的漂亮空姐们挨个说：

"Bonjour！（你好）"

她们朝我程序化地微微一笑，无一例外地用英语回道："Hello。"传说中的法国美女居然不解风情，我顿时有些沮丧。

戴高乐国际机场比我想象的要大，七拐八拐地走到出口的时候，我从人群里一眼就看到了写着我名字的牌子。举牌子的是个高高瘦瘦的女人，二十五六岁年纪，面容俏丽，身材苗条，凹凸有致。

她似乎也看到我了，对我微笑。我有些不好意思地低下头，朝着她走过去。这时一个穿着灰色夹克、戴茶色墨镜的中年人朝我走过来，我想他就是林叔叔。他笑着和我打招呼：

"兰晓，欢迎来到法国啊，怎么样，一路都顺利吧？这是我的助手小范。"

我看见她朝我点头微笑，也礼貌地对她笑了一下。等她帮我拿行李的时候我偷偷瞄了她几眼，心想，这个漂亮的女人估计是他情人了。

从机场出来后，我发现巴黎的天空有些灰暗，阴阴的有些压抑。我觉着有些冷，便和林叔叔说道："这里是什么季节，怎么感觉不像夏天啊？！"

说话间我身上已经起了鸡皮疙瘩。林叔叔笑着说道：

"巴黎的夏天就是这样的啊，你加一件外套吧，现在只有20度。"我没兴致开箱子，说道："还是不加了，到了住的地方再说吧。"然后随他上了一辆黑色的奥迪A4敞篷车。坐下来之后我看到那个漂亮姑娘开着的居然是辆保时捷的四驱车。这款车我在网上看到过，在那时的国内并不多见，这更让我对他们的关系揣测不停。

从机场高速出来的一路上，林叔叔和我聊了一下国内的情况，问到我爸爸最近在忙什么的时候，我就说不大清楚，事实上我确实不清楚。我没有问他太多的问题，我知道有些东西不方便问。

我问他我们要去哪里，林叔叔说："我在九十二省有个房子空着，你先住着吧。过两天我让小范和你联系，告诉你上学的事情。在法国遇到什么事情给我打电话就行了，放心，我和你爸爸是多年的交情了，他的事就是我的事。"

我拿出手机想给爸爸打个电话报平安，又突然想起来有六个小时的时差，国内现在还是深夜，就收起了手机。

"怎么样，感觉法国有什么不同的？"林叔叔一边开车，一边和我搭话。

"感觉啊，好像有点沁人肺腑的感觉，这边空气要干净吧？"

"那是，发达国家当年污染过了，现在治理好啦。"

"这里出租车怎么都是奔驰啊，真有钱！"我看到机场附近的出租车都是高档车，不禁感叹道。

"哈哈，这里奔驰不算豪华车啊，有个好点的稳定工作就能买啦，每个月付300多欧元。"林叔叔平静地说道。

"这么爽啊，那这里人不是都开奔驰啊？"我一边看着路上的车子，发现到处都是两厢小车，有的还很破，疑惑地问道。

"喏，你也看到了，普通人还是开很一般的车子，几百欧元就能买一辆。"

"林叔叔你来了很多年了吗？"

"我啊，也没几年啊，你爸爸没和你说么？"林叔叔转过来望着我。

"没啊！他就说认识个朋友在巴黎，其他的没说。"我内心有点诧异，没几年就混得这么好，连助手都开保时捷四驱车，有点奇怪。

大约半个小时后车停了下来。我下了车，伸了个懒腰。长途飞行让我疲惫不堪。

我的眼前是栋二层的小楼，不是很新，但位置很好，边上是一片小树丛，隔壁是个阳台上种满鲜花的小洋楼。有个老太太神情诡秘地探出头来看我们。

拿下行李以后，我问：

"里面能上网么？"

林叔叔笑着说：

"应该可以吧，无线上网，这里才两个月没人住，网应该没停掉。"

听到这话我踏实了些，毕竟初来乍到，网络暂时是我唯一和熟人联系的工具了。

他指着楼下的一间房子对我说："那是车库，给你车子和房子钥匙，这车子以后你开着，法国这边路窄，你开车不要太猛。我们先走啦。"

我有些吃惊，想推却却什么也没有说。

我道了谢，从他手里接过了钥匙。

看着他上了那辆银灰色的保时捷，走了好远，我才缓过神来。转过身对着这栋房子，还有门口停着的那辆黑色的奥迪，有些欣喜若狂。我把车子倒进车库，在车里待了一会儿。淡黄色的真皮座椅，手感特好的方向盘，索尼的CD机，音响绝对棒，这可比那个帕萨特好多了。

我上楼理好东西，洗了个热水澡，躺在床上，觉得一切转换得太快。十几小时前我还在浦东国际机场东游西荡，这会儿就到了法国了，房子、车子，一下子都有了，虽然我知道不是我的，起码暂时属于我了。

我拿出手机，看着原先朋友的手机号码，觉得已经很遥远了，甚至都有把他们删掉的冲动，翻到小娜手机号码的时候我停了下来，看了很久，然后把手机丢在一边，昏昏睡去。

我做了个梦，梦见她走的最后一个晚上我们疯狂地做爱，只是那个女孩的脸很模糊，以至于我开始怀疑她是不是小娜。又突然梦见妈妈长满野草的墓地，夕阳下爸爸的背影，他捉摸不透的眼神……

突然"哐"的一声，我惊醒过来，在黑暗中屏住呼吸好一阵子，发现是窗户没有关好，被风刮开了，这才松了一口气。

"妈的，吓我一跳！"我心里骂道。

我探头望了望窗外，外面漆黑一片，几盏路灯暗暗地埋在树叶里。

我看了下手机，现在是巴黎时间21点43分，国内也是下午了。

外面开始下雨了，淅淅沥沥的。

我突然意识到我现在在法国某个我不知道名字的地方，在一栋空荡荡的二层小楼里，像极了恐怖片里的场景，一种恐惧感袭上心头。我打开灯，点了一支烟，抽到一半的时候我突然去翻箱子，从箱子底层翻出妈妈的照片来，看了一会儿之后放进了床头抽屉里，钻进被窝又睡了过去。

第 8 章

　　第二天一大早我朦朦胧胧地醒了过来，冲了个热水澡，找出干净的衣服换了之后，觉得体力恢复过来。

　　我推开窗户，是个淡淡的晴天，隔壁老太太正在给阳台的花浇水。她看到我，便对我打了招呼，我也礼貌地说了"你好"。真是个惬意的早晨。

　　我进屋打开箱子，翻出一件淡色的夹克，穿在了身上，打算出去找点吃的，顺便逛逛。

　　郊区的早晨格外安静，这和国内热闹的早晨很不一样。到了这边我感觉时间一下子慢了下来，有点不适应。不光路上走路的人慢，开车的人也慢，估计是人少的缘故。人和人之间亲切了很多，路上遇见了都会打招呼，有时候他们会停下来聊几句，很多人手里还会牵着一条小狗。那悠闲的架势让我感觉自己也到了退休的年纪，被迫跟着这节奏慢下来。

　　我是个彻头彻尾好奇心十足的陌生人，我顺着那些买菜回来的老太太走的路，找到了一个超市，便走了进去。保安是个高大的黑人，他一见我，居然用中文对我说道："你好！"

　　我一愣，也说了"你好"，没想到他接着说道："我爱你！"

　　他露出洁白的牙齿，得意地笑了起来。估计这边也不少中国人，他从人家嘴里学来的。我朝他竖起大拇指，笑了起来。

超市里琳琅满目的商品让我看不过来，我一个人好奇地在里面乱转，看看这里，望望那里。事实上，来法国的前几个月，我接触法国社会最多的也就是逛逛超市了，但次数一多，就觉得索然无味了。

这天中午的时候，我进了超市旁边的小餐馆，看了半天菜单，不知道要点什么。老板倒是很热情，和我说了一大堆，我一句没听懂。我耸耸肩，很尴尬地指指旁边人吃的东西。他明白了，转身和厨房嚷了一下，然后给我拿来面包和水。

这边上菜的速度够慢的，要在国内我早抱怨了，可惜我不懂法语，只能耐心等待。半小时后总算上菜了，我不是太适应拿刀叉吃东西，只能勉强应付，谁让我来国外呢。那厚厚的牛排简直是生的，刀一切下去殷红的血就冒了出来。我已经饥肠辘辘了，顾不得这么多，硬着头皮吞下那一块块带血的牛肉，仿佛回到茹毛饮血的蛮荒时代。

我开始对在法国的生活恐惧起来。

从饭店走出来后，肚子已经填饱了，却一阵阵反胃，嘴巴里索然无味，好像没吃东西一样。

"早知道从国内带点方便面来了。"我内心抱怨道。

我和巴黎的第一次相遇，便是在这个午后。

正是盛夏的巴黎，阳光明媚而轻柔。我慢腾腾地开着车，顺着写着巴黎的路牌往市区开。半个小时的样子我远远看到了埃菲尔铁塔，那个曾经在杂志上看到的地标性的庞然大物，现在就在我的前方。我顺着塞纳河往前开，戴着墨镜，听着音乐，感觉好极了，像是在朝着幸福的目的地驶去。

河两边郁郁葱葱的是枝叶茂盛的树，塞纳河碧波荡漾，绸缎一般，远处的河面上零零星星地停着几只漂亮的游船。我不禁陶醉在这惬意的美景里。

车子开到了铁塔附近的时候，隔河望去，只看到密密麻麻的人头，估计都是等待上塔观景的。我继续向前，拐了个弯，便望到那凯旋门了，心里一下子紧张起来。往日里遥远的东西变成现实，往往有点缓不过神来。香谢丽舍大道游人如织，我看到两边停满了车，便也停了车，走进人群中停了下来。

在这繁华的世界里，我突然停了下来，望着来往不息的车流，望着三两成群自得其乐的游客，一阵落寞。我舔了舔快要干涸的嘴唇，如同在稻谷飘香的稻田里失去方向的癞蛤蟆。

几天前还期待的陌生、繁华、浪漫，如今真的到了跟前，却一下子空洞起来，这是我始料不及的。

我手插在口袋里，吊儿郎当地从人群走过，有谁会看到我脸上的落寞？

这天下午，我在标志、雪铁龙、奔驰、丰田等汽车专卖店转了很多圈子，看到了许多在国内还看不到的新款车，心满意足了。

香街上奢侈品商店比比皆是。我惊讶地看着在LV专卖店门口排起的长队。从举止打扮来看，估计一小半是日本人，一小半是中国人，只有很少的西方人。我又去卡地亚专卖店里转了很久。我在那里流连忘返，那些精致的腕表让我心动，只是售货员小姐一走上来，我就不自觉地挪开了步子。

这个"万城之城"聚集了来自世界各地的富豪商贾、大腕明星，这些奢侈的符号在这里格外受到追崇，它们在方寸柜台里光鲜亮丽地躺着，如同在深潭死水里生长的浮萍，吸附了无穷的营养，发出魔鬼般的铜绿色。

太阳快要下山的时候，我拖着疲惫的步子往车子那边走去，走到跟前发现车子上已经贴了一张罚单了。我假装熟练地拿下罚单，放到了车里，发动了往回开去。

经过凯旋门的时候，我顺着大转盘，丝毫不顾后面车子对我不停按着的喇叭，顶礼膜拜式地注视着这个宏伟的建筑。刹那间似乎时光倒错，自己也回到了几百年前，莫名其妙地成了拿破仑得意扬扬地凯旋时戎马列装的队伍中的一员，两岸民众夹道欢迎，人群中我意外发现一位眉毛都泛出夕阳的光彩的姑娘，正对我微笑……

正当我得意的时候，突然前面的车右拐到我前方，我下意识地一个急刹车。这时路边的警察朝这边走过来。我觉得不妙，赶紧油门一踩，溜之大吉了。

还好，没有警匪片里常有的警车警笛呼啸地追赶我的场景发生。我再想想刚才的幻想，哑然失笑。

明明是一群古代欧洲人凯旋，我一个路过的毛头小子插在中间，又是中国人的脸，人家姑娘看到了不笑才怪。

心情因为自己的开小差而愉快起来，我顺着夕阳下落的方向，沿着塞纳河边的快车道，往郊外驶去。

晚上我打开电脑，因为时差，在线的朋友寥寥无几。我没有想说话的冲动，看了部电影就睡觉了。

很奇怪，白天在凯旋门转盘开的小差又在梦里重现了，只是那个对我笑着的姑娘脸很模糊，但是我肯定她是个亚洲人，很可能和我一样，是个中国人。

接下来的几天，我无非就是在网上看看巴黎有什么好吃的中餐馆，看看巴黎有什么消遣的地方。我按照网上推荐的地方摸了过去。这些特色的中国菜，虽然没有国内的好吃，但是毕竟有种家乡的味道，这让我心里很舒坦。

我还去体验了一下巴黎的夜生活，去了十八区的红磨坊。令我惊讶的是，门口排着的长长的队列中，竟然有不少于三分之一的同胞。我排队的时候有几次笑了起来。他们对红磨坊的艳舞表演充满了期待，尤其是站在我后面的几个叔叔辈的男人，他们互相隐晦地引导着对方的想象力，在门口就开始意淫。

看完表演之后我的感觉是，这种持续百年的巴黎贵族阶层的艳舞演出精彩的成分不在于半裸的身体，而是其中的艺术性。

至于什么是艺术，我也弄不清楚。

这个区的两边的街道开满了性用品店，还有各种的艳舞表演，门口站了很多拉客的女人，她们会说简单的中文，一边做着挑逗的动作。我不明白是自己的猎奇心理还是潜意识里的欲望在作怪，我认真地转了很多圈子，最后也没发现这个所谓的红灯区有什么公开的色情场所。

开车回家的路上，我听着在国内常听的歌，点起一根烟，平静而孤寂地驶在这个欧洲古城繁华艳丽的夜晚。

我一个人过了好几天，感觉和这个世界隔绝了。

周末的时候我又转到了香榭丽舍大道，进了那家卡地亚专卖店，看了一会儿之后，镇定地对着前几天对我微笑过的售货员小姐，指着柜台里一块标价3500欧元的腕表，故作轻松地说了句"Please"。她的脸上马上又露出笑容来，拿出来要给我试。我摇了摇手，拿出了那张金卡晃了晃，她便带我去结了账。

走出店里的时候，我分明觉得，心里的那股空虚和浮躁像个魔鬼，时时想从身体里窜出来，并没有因为我的奢侈消费而被抑制。

"就是你带着的这块手表？"

侯婷婷问道。

"是的，那时候我是个有钱人，现在不是了。"我笑了起来。

手表上的时间停留在10点40分，我问他们道：

"你们累的话，我就不继续说了，明天你们还要赶路。"

"别，我们想听呢，你继续，我不打岔了。"侯婷婷连忙说道，一边又给我卷起了烟。

我便继续说下去。

第 9 章

那天晚上，我打开电脑，上了msn，看到祥子在线，一下子来精神了，骂道：

"妈的，晚上三四点钟还不睡觉！"

祥子也骂道："靠，你不也是一样。在干吗呢？"

祥子是我大学的同班同学，毕业后再也没有联系，他好像回老家那边工作了。他爸是某市教育局长。他不知道我来了法国。

"嘿嘿，我在泡妞，你呢？"

他回道："鬼才会相信你，泡妞哪来的时间上网，一个暑假没有消息，死哪去了。我刚从迪厅回来，刚钓了个读大二的姑娘，嘿嘿。"

"禽兽啊，真是狗改不了……"

他哈哈大笑，说："你他妈的得了吧，快说身边有没有女人。"

"我现在在法国呢，刚来巴黎一个礼拜。"

他一愣，说道："你开玩笑，去法国干吗，找小娜啊？"

我一愣，想到自己没这么专情，有些过意不去，我答道："不是，国内待腻了。"

"那你去做什么，泡洋妞啊？"

我想了想，回答道："还不知道啊，先待着吧，耗着呗。"

"到哪耗着不一样，服你了。哎对了，我有个初中同学在巴黎，你是在巴黎么？"

"在啊，我在巴黎乡下好像，也算巴黎吧。"

他说："这哥们儿他爸是搞建筑的，有钱的主，前年就去法国了，给了我他的手机号码让我哪天去找他玩呢，我这么远怎么去，给你他的电话吧，没准可以一起出去泡妞呢，哈哈哈哈……"

我拿起手机，记下手机号码，正在输入赵启波这个名字的时候，祥子说他下了，有急事。

我当然知道他有什么急事要做。

第二天早上我逛了一下附近的超市，又添置了些生活用品。林叔叔那边还没有给我电话告诉我上语言学校的事情。待在家只能耗在网上，看到先前的同学或者朋友在线，突然觉得和他们有了一层隔膜，聊得多了我都能猜出告诉他们我在法国之后我们的谈话内容，不谈也罢。

我突然想起了昨晚祥子给的电话号码。

打通赵启波电话的时候，那边窸窸窣窣了一阵才说话。

"谁啊？"上午11点，他好像还在睡觉，迷迷糊糊地回答我。

我说："不好意思打扰你，是祥子告诉我你的电话。我刚来巴黎。"

"谁？"那边反应很慢。

"祥子。"

"你打错了。"那边正要挂电话。

"周祥。"

"哦，这样啊。你好。"

"不然你先睡觉吧，回头我们再联系。"

"这个是你的电话么，怎么是国内的号码。哦，刚来还没有签

062

左岸右盼

手机是吧，我知道了，这样吧，回头我给你电话。"

"好。"

挂了电话我就出门了。

第二天，巴黎依旧晴朗，路上有人在散步，我也在房子附近漫无目的地转悠。路上有个黑人小孩冲我说"你好"。他的中文带了很多的口音，笑起来的时候露出洁白的牙齿。还有一个包裹得严严实实的阿拉伯妇女推着婴儿车从我身边走过。

四周很安静。

我浑浑噩噩四处乱转了一天，傍晚的时候，手机响了，是赵启波打来的。他问我住在哪里，我告诉他我的地址，他说知道了，半个小时后见，然后就挂了电话。

半个小时后，一辆黑色的雷诺车停在了房子前。我在国内从来没有见过这款车。车上下来一个穿着黄色皮夹克的男孩，一米八左右的个子，从副驾驶下来个穿碎花裙子的女孩，高高瘦瘦的个子，气质不错。

赵启波肤色有点黑，浓眉大眼，标准的北方人长相。他爽朗地对我笑着，伸出手来说"你好"。

"你好，速度很快啊，你住在附近么？"我笑笑说。

"我也在九十二省住。这是我女朋友，佩佩。"

她伸出细长的手，我也伸出手来，礼貌地说道："你好。我叫兰晓。"

"这车很漂亮啊，雪诺什么来着？"我问。

"梅甘娜，不错吧，刚买半年。我喜欢这车屁股，开起来很有型。"

"嗯，不错。飙车的时候，它一定很有型。"

我带他们进了家门，佩佩惊讶地问我："你一个人住？"

"是啊。"

"好奢侈啊，这么大。"

"这很大么？你们的房子不大么？"

赵启波转过去对她说："他刚从国内来，嘿嘿。"

我说："房间挺乱，我还没有收拾。"然后递给他和佩佩香烟。

佩佩说："我不抽，谢谢。刚戒掉。"

他笑着说："看，国内刚来就不一样，抽中华。对了，今天晚上去我那里吃饭，还有几个朋友来。正好给你介绍一下。"

我想了下，说："我和他们都不认识……"

他点上烟，抽了一口，慢慢吐出来说："咳，都是要好的朋友，成天耗在一起。我和周祥从小就穿一条裤子长大，中午刚和他通过电话，他小子日子滋润着呢。你是他哥们儿，也就是我哥们儿，在法国我们就一起混啦。"

我笑笑说："你们来多久啦。"

"我一年半，她去了英国两年，后来来的法国，才半年。"

我对着佩佩说："被他骗的？"

佩佩说："是啊，上当了。"

"哈哈哈哈……"我们笑起来。

他们的到来让我感觉好了很多，不至于有被软禁的感觉。

"哎，对了，明天带你去签个手机，这样联系方便点。"赵启波说完拿出电话，对着电话那头嚷道："喂，在哪呢，什么时候过去？"

他讲电话的时候佩佩凑过来问我："有女朋友了么，兰晓？"

我说："没有，等着你给介绍呢。"

"好啊，没问题，就怕你看不上人家。"

说罢我们大笑。

她确实是个赏心悦目的女孩子。

这时候赵启波说："咱们走吧。佩佩你开车，我们在后面聊聊。"

我说："我这边有车子，你们在前面，我跟着，也好认认路。"

他们有些惊讶，说："你买的？"

"不是，我亲戚的，这房子也是。"

我想这样回答最好，否则解释不清楚。

车子开出车库，赵启波走过来说："嘿，奥迪A4敞篷，可以啊兰晓！走吧咱们。"

看得出佩佩开车很老练，我在想，她握着方向盘的手一定很纤细。怎么在想别人女朋友这个那个，我突然觉得自己的思想有点不检点，就拿出根烟点了起来。

他们住在一栋公寓楼里。我们停好车子，上了电梯，发现这电梯只能站四个人，佩佩似乎猜出我的心思，说："看见了吧，法国的电梯就这样，又小又慢。"

我"嘿嘿"地说："还行还行。"

"哇，你的表不错嘛！在国内买的？"佩佩目光朝我手腕看过来。

我有些拘谨，忙说道："前几天无聊，去了几次香街，就买了，比国内便宜些。"

"哈哈，看来你在国内也常逛啊，这边确实便宜些，我上次回国还给我老头子买了块劳力士的。"赵启波笑着说。

他们住三楼，一个两室一厅的房子，还算宽敞。我问道："这样的房子在巴黎多少钱？"

赵启波说："这算三间房，一千一百欧不包电，你那样的单独一个二层小楼带车库，两个房间一个客厅起码得两千五百欧吧。"

这么贵，我想在心里，但是没有说出口。

赵启波给我递过来一支万宝路，我接过来点着了。我们在沙发上坐了下来。佩佩端过来两杯泡好的茶，说一会儿罗导、阿明以及他们的家属都过来，然后她去了厨房。

赵启波笑着说："怎么样，时差倒过来了么？"

"倒过来啦，本来在国内就日夜颠倒的。你现在在读什么呢？"

"我注册了L3啊，相当于大学三年级吧，在国内我都本科毕业了，注册这个说白了就是混个长居，那法语授课，我去听了几次头都大了，后来就不去了。"

"那不去再办居留还好办么？"

他摇摇头，喝了口茶，说："所以很郁闷啊，呵呵，成天在家打游戏打发时间。"

这时候门铃响了，赵启波起身去开门。

进来两男两女，女孩子都长得不错，中等个子，其中一个衣服领口很低，我忍不住多看了两眼。

赵启波过来介绍说："这是兰晓，我哥们儿的哥们儿，刚从国内过来。这个是罗导，这是他女朋友曲琪。"他指着那个穿着休闲的女孩。

罗导？是他的名字还是……我暗自揣测。

"这是阿明，这是他女朋友Sophie。"

阿明穿着衬衫，戴着眼镜，看上去比较斯文，这和他露出胸口的女朋友Sophie似乎很不搭配。

佩佩从厨房走出来，说道："呦，哪来的帅哥美女，好刺眼呀。"

Sophie走过去打她，一边说道："哟，美女，两天不见，脸色越来越红润了，看来老公对你不错嘛。"

Sophie说话的腔调让我想起古代妓院拉客的女子，娇媚而放荡。我越发觉徥阿明是个具有传奇色彩的人物，尽管他看上去是个书呆子。

第 10 章

晚餐很丰盛，佩佩、曲琪都会做菜。好久没吃到这么多好吃的东西，也好久没真正地感受到热闹了，推杯换盏间我也喝了不少啤酒。那次我们一直闹到半夜。他们一看就是经常一起喝酒的架势，看起来是不醉不归了。我看着地上那一堆喜力啤酒，心里有点发毛。他们都挺油滑，劝酒推来推去最后都劝到我头上。

不过倒是觉得很开心，从冷冷清清一个人到一下子这么热闹，一派在国内喝酒的气氛。

从他们的谈话里，我知道了一些他们的情况。罗导的确不是他的名字，他姓罗，做导游的，北京人，谈吐幽默，二十五六岁的样子。吃饭的时候他说了很多国内过来的客人故事，比如，在协和广场上看到穿着西装走路双手别在屁股后面的，在中餐馆门口蹲下来压压腿的，一般都是大陆游客。他还会讲各种的黄色笑话，搞的气氛特别活跃，整个饭局都是他一个人的世面。

他女朋友曲琪似乎是个安静的女孩子，也是北京人。她一晚上都在一边听着，跟着大家一起笑，时不时地抽一根烟。我看了一眼，她抽大卫德夫的香烟。

阿明也不太说话，Sophie好像特别兴奋，听得高兴的时候会哈哈大笑，指着罗导的鼻子上气不接下气地说："你这个贱人……"

罗导拿出一包烟丝来，取出一些放在一张烟纸上卷了起来，他

"嘿嘿"地对我说："给你尝尝好东西。"

我知道这是大麻，电影里看到过，西方的青年聚会的时候大家常轮着抽。他们倒是本土化了，点着了一人一口地吸起来，然后慢慢吐掉，很享受的样子。传到我这里，我犹豫了一下，接过来，抽了一口。

"一股奇怪的味道。"我说。

他们哈哈大笑，然后继续喝酒。

我因为喝了太多的啤酒，开始头晕起来。赵启波和佩佩很好客，一瓶一瓶地给我开酒，其他人也不停地敬我。我感觉天花板开始转了，他们的欢声笑语在我耳朵里回荡，在最后一次和三个男生一起举杯说着"以后有妞一起泡"然后一干而尽之后，我终于忍不住趴在了桌子上。

半夜里我突然醒过来，看了下手机，是凌晨5点钟，不知道他们什么时候结束酒局的。我觉得尿急，摸着黑去卫生间。

走到门口的时候我好像听到隐隐约约地传来"嗯嗯啊啊"的声音。我停住脚步把耳朵贴近了，确定这时候不能进卫生间，心想，喝得这么多还能乱搞，真是可以。

我蹑手蹑脚地走回原处。我看到房间的门关着，赵启波和佩佩应该睡在里面。两张沙发上，却分别躺着一个人。我凑近了一看，顿时吓了一跳，心突然就"扑腾扑腾"地跳了起来。

一张沙发上躺着蛐琪，她散着长头发，曲着腿。另外一张沙发里躺着阿明，衬衫从裤子里露出来，一个手臂枕着脑袋。

罗立丰和Sophie在卫生间……

我假装什么都没有看到，趴在了桌子上继续睡觉，醉意全无，心跳无法平稳正常。

我憋得膀胱快要爆炸了。

"这对狗男女！"我心里狠狠骂道。

早上8点钟的时候，我假装自然地醒过来，打着哈欠伸了个懒腰，然后大大咧咧地去卫生间。

房子里很安静，他们都在熟睡。看到罗立丰抱着曲琪睡得很死，我突然很同情曲琪这个安静的女孩子。

我突然觉得头晕目眩，一阵恶心的感觉泛上来，转身去卫生间，对着抽水马桶开始呕吐起来……

离开他家的时候已经是中午。大家都很疲倦地坐着，都说头疼。除了赵启波和佩佩，我说话都不敢看其他人的眼睛，生怕被觉察出自己知道了什么。

一个礼拜之后，我在范小姐的安排下去读法语学校，空闲的时间基本都和他们混在一起。我的课程表他们比我都熟。他们先是带我去签了手机，然后开始带着我出入巴黎每一个在他们看来有意思的地方。我们几乎每天都出去，比如在LES HALLES的星巴克打发时间，在UGC看电影，逛老佛爷百货公司，去香街喝咖啡，或者去吃韩国烧烤、日本料理，他们似乎对巴黎了如指掌。

罗导开着一辆蓝色的欧宝 TIGRA，小小的跑车，动力还不错，我试过一次。阿明开的是辆老奔驰，Sophie成天吵着让阿明换车，阿明总是不耐烦地说："换，肯定换，不是暂时卖不出去么？"

白天我们出门很少开车到市中心，基本都是坐地铁，巴黎市区很难停车。晚上我们经常开车去巴士底狱一带泡吧，或者去迪厅。巴黎的迪厅好像没有他们没去过的，一区的Le Sunset，九区的Le Folie's Pigalle，三区的Les Bains，十区的Le New Morning，十一区的Le Gibus，十二区的Melody Blues，实在无聊的时候，他们还会假装同性恋，去St-Michel附近那家同性恋酒吧。我就进去过一次，看到好多男人对自己投过来暧昧的眼光。他们的眼睛里似乎流出电波，朝我袭来，我差点吐出来。

后来他们要去猎奇我就在外面等他们。

两个多月的时间里我接触了很多在巴黎的中国留学生。他们中既有很多专心求学的，也有不少混日子的，像我身边这样的吃喝玩乐的圈子大有存在。

巴黎华人KTV的包厢每天都是满的，我总是在那些流行歌曲里黯然失落。幸好，在巴黎我能从网上买到便宜的香烟，这几乎成了我唯一的精神伙伴。

巴黎的秋天很快过去了，寒冷渐渐袭来，穿透衣服，让人觉出国内江南地区特有的湿冷。

巴黎的初冬是灰色的，黯淡的掺入一点棕黄色的那种灰色。灰色的天空，灰色的桥，灰色的教堂和楼群，灰色的塞纳河，灰色的地铁通道，灰色的人脸……

正如和赵启波、佩佩、曲琪一起在电影院看的吕克·贝松的电影《ANGEL-A》，灰色得让人略带压抑。

看电影的时候，我一直想到曲琪，她被一个谎言蒙骗着，她简单平静的表情反而让我内心无法平静。

夜晚的巴黎永远是色彩斑斓的，老佛爷百货商店门口的彩灯眨着眼睛，香榭丽舍大街上人头攒动灯火通明，各种各样的酒吧灯光暧昧而妖艳，迪厅里震耳欲聋，激光闪烁，红磨坊的红色风车不停地转……

我在这白天和黑夜，单调灰白和色彩斑斓交替之间，开始厌烦这样的生活。

第 11 章

认识李冰是在一个下雨天的夜晚。

那次我和赵启波、佩佩、曲琪，还有Sophie，在Montparnasse附近的INDIANA酒吧喝东西，罗导带团去荷兰了，阿明在家里玩电脑没出来。他们在聊天，我则对着外面发呆。

已经是11月了，晚上挺冷了，加上下雨，露天座都被厚厚的塑料纸盖了起来。这样的天气毫不影响酒吧的生意，酒吧里面和露天座都点着煤气炉似的暖气，很舒服。

巴黎就是这样的城市，处处是咖啡店和闲适的人们。出门带着一把伞似乎成了生活在巴黎的人的习惯。

我看到路上行人竖着领子匆匆而过，偶尔会有流浪汉戴着帽子，手里拿着啤酒在雨里走，他们后面通常会跟着一条大狼狗。

李冰偶尔会去一些酒吧拉小提琴，赚点生活费。那天她进来的时候没有看到我们。她头发都有点湿，一进门就朝吧台走去，看来不是第一次来这边。稍微理理头发，和老板闲聊了几句，老板就关掉了背景音乐。她走到一个不起眼的角落里，开始拉那首《梁祝》。

酒吧的气氛一下子变了过来，东方韵味的背景音乐将这安静的雨夜烘托得格外醉人。

我开始仔细打量起这个中国女孩来，她一米六五的样子，长得

左尾右盼

很秀气，只是目光里带着很多看不懂的神情。

她专心拉着小提琴，丝毫没有注意到另外一个角落里正小声评论她的几个中国人。

他们说从来没有在这里见过她，估计新来的。这时Sophie朝我挤挤眼睛说：

"这姑娘长得不错哦，兰晓，这下你有奔头啦。"

大家的目光同时不怀好意地瞄向我。

我尴尬地笑了一下，没有说话。

演奏结束的时候，酒吧里的客人都鼓起掌来，她笑了一下，往后捋了捋头发，说了谢谢。

客人开始给小费。她过去拿小费的时候看到了我们，马上低下头去。她肯定觉得不好意思，都没有朝我们这边走过来拿这边客人准备的小费就匆匆出门了。我透过玻璃窗，目光尾随着她的背影，直到她消失在雨夜里。

这时候赵启波的电话响了，赵启波笑道："肯定是罗立丰。"

果然是，挂了电话后赵启波说罗立丰正在阿姆斯特丹的橱窗一条街上，客人去看表演了，他觉得腻味就自己出来了，在街上溜达，问我们玩得怎么样。

我早就听罗立丰说阿姆斯特丹是著名的性都，不管白天晚上橱窗里都会站满各种各样的妓女招揽客人，晚上霓虹灯闪烁，游人很多。那里还有各种廉价的性表演，罗立丰说过40欧元就可以入场，饮料免费。

后来她们三个女孩子开始讨论起圣诞节哪家商店打折，Sophie向大家炫耀她新买的LV的零钱包。

11点多的时候，阿明过来接Sophie，赵启波说："听说你在搞什么公司，弄的怎么样了？"

阿明推了下眼镜，说："正在写计划书呢，商人证不好办啊现在。"

"你要做什么生意？"我问阿明。

他笑笑说："具体还不知道呢，反正交钱注册学校也是办长居，有了商人证也有长居拿，再看吧。"

他似乎不愿意多说什么，我也没有问下去。

阿明他们走了，剩下我们四个。

曲琪转过来对我说："我坐你的车吧。"

"好啊。"我应道。

从来没有和曲琪单独相处过，我心里竟然有点紧张。她今晚化了淡淡的妆，一股幽香从她身上飘过来。

我发动了车子，放了一张蔡琴的唱片，是那首《读你》。

过了一个红灯以后，赵启波的车子开到前面去了。曲琪在我旁边坐着，我们不说话。她抽着烟，我也抽着烟。我脑子里闪现出几个月前的那个场景，心开始"扑腾扑腾"地跳起来。

我甚至有告诉她的冲动，可是我很快否定了自己的想法。

我眼睛斜过去看右反光镜的时候，看到她身体微微颤抖。她的表情看上去单调茫然。我知道抽烟的女人是在掩饰某种东西，通常假装镇定。她是在等待什么，还是想问我什么？

这几个女孩子中间，我有意无意间投去目光最多的就是曲琪。在我心里有种说不出的感觉，有时候甚至想拥抱她——只是简单的拥抱。

但是我从来没有主动接近过她，因为她的言谈举止从来都给人一种捉摸不透和距离感。

然而今晚，我们单独在汽车里，离得那么近，我分明能闻到空气里飘着的那一丝暧昧。

车子到她家楼下的时候，我心里又紧张起来，她会不会让我上去喝一杯？或者问我能不能一起聊聊？

她推开车门，笑着对我说："谢谢啊，改天见。"然后"砰"的一声，车门被关上了。

我觉得一震。

我在离开她家的路上，越发觉得自己可笑，便找出一支烟点了起来，关掉CD，打开了收音机。无线电里正放着法语歌曲，这首歌我知道，林志炫翻唱过，叫《散了吧》，法语叫《Comme Toi》，有些忧伤，在这寂寥的雨夜。

法语学校上的一段时间的课还是有用的，我开始会说一点简单的法语，比刚来的时候已经好多了。我的法语课每周只有16小时。班里有好几个中国同学，还有几个日本人，一个韩国人，还有巴西人、希腊人，不过上课都稀稀落落地坐着，似乎谁也不想认识谁。

我和家里也很少联系，基本上一个月一次，只是简单地重复告诉家里这边一切都好。爸爸总是很忙，我们的对话简练至极。

由于我住的地方空间大，且不用担心吵到邻居，后来慢慢成了大家聚会的场所。我常常在大家酒过三巡的时候，独自黯然伤神，抽许多烟。我带来的烟已经所剩无几了，我不知道是我在消耗这种烟草还是在被它们消耗。

其实见到李冰之后的一段时间我一个人去过INDIANA好几次，每次都见到了李冰。她也注意到了我。我们偶尔会目光交错，但从没打过招呼。

我一个人的时候常常会想这个中国女孩现在在哪里，在做什么。我不确定自己是不是喜欢上了她。

每次在那里她都是拉同样的曲子，而且马上就离开。有一次，我终于跟在她的后面出去了。

我在后面喊道："你好，我也是中国人。"

她头都没有回过来，像没听见似的。

我觉得好尴尬，走上前去，停了下来。

她好像受了惊吓，说道："你干吗？"

我支支吾吾说不出话来，只好让开了。

她看到我的窘相，似乎和气了一些，说："我还要去别的地方赶场子呢。"

"我带你过去吧。"

她问道："怎么带？你在前面带路啊？我认识路的！"

我也笑了，说："我的车子就停在不远的地方。"

她想了想，说："那好吧。"

我跑过去，把车子开了过来。她看到我开敞篷奥迪时表情有些惊讶，迟疑了一下，还是上了车。

"你每天都要来演出么？"我转过头问她。

"什么呀，哪是什么演出，你没见过巴黎地铁里的卖唱的？"李冰的反问带了些自嘲。

"我还没坐过巴黎的地铁，不过我蛮喜欢这样的呢，巴黎的魅力不就在于艺术没有高低贵贱之分，到处都能发现艺术的存在么？"我连忙说道。

"你刚来，就这么喜欢这个城市？"她的笑容和善了很多。

我为自己的话语暗暗得意，继续咬文嚼字地说道：

"一个城市会因为音乐而美好，不是么？"

她笑而不语。

车子右拐之后，她到了要去演奏的酒吧，她下车对我说："谢谢你了今天，再见！"

"哎！你叫？"我连忙问。

"我叫李冰，木子李，冰冻的冰。"

"我叫兰晓，兰花的兰，晓得的晓。我不急着走，在这等你吧，带你一段！"

她犹豫了下，默许了我的建议，说道："那你等我15分钟。"

我望着她背着小提琴，走进了那个胡同。酒吧门口有两个人拿着啤酒瓶在闲聊，看到有个女孩走过来，目光便盯着她。李冰完全没有顾及，径自绕过去，推门进去了。

我心有怜悯，顿时觉得这样一个女孩子很不容易。

我下了车，蹲在了路边，点起一根烟。

不知道为什么，李冰坐我车里的时候我一直想到小娜，总觉得小娜就在车后座默默看着我不说话。

在这个彻底陌生的地方，我的心是孤独的，她一定明白。

"兰晓！"

我一转身，看到李冰朝我走来，便从沉思中站了起来。她看着我脚下的几个香烟屁股，说道："抽烟对身体很不好，你烟瘾这么大！"

"哦，下次见你的时候我少抽点！"

"你抽不抽烟是给别人看的呀！"她望着我，目光带了些许责备。

算起来，这不是第一次见面，但是单独在一起算第一次，我们之间似乎没什么陌生，反而是有很多的默契。

我开车送她回了家，末了我们互留了电话号码。

我从不刻意约她出来，只是偶尔去某一个酒吧，等待她的出现，然后送她回家。事实告诉我，她也喜欢这样的相遇。

其实李冰是个蛮健谈的女孩，虽然神色有些许忧愁。她和我说了不少她的事情：她是上海人，父亲是某大学数学系的副教授，在上海一个月几千块钱的工资勉强够养全家，她妈妈总嫌弃她爸爸不会赚钱，从小就让她学拉小提琴，还东拼西凑了十几万送她来国外进修。

她告诉我说，她压力很大，拿不到文凭绝不会回国。

我没告诉她太多我家里的事情，只是说在亲戚家借宿，刚来法国没多久。她也没问更多。

我确定，在她眼里的我不是个讨厌的人，她从来没有拒绝过我送她回家。

2004年最后一个月的第一个周末，他们六个要过来聚会，我想了好几个小时，还是给李冰打了电话，让她一起来吃饭。她爽快地答应了。

后来他们六个人来到我家，看到李冰和我站在一起的时候，表情无一例外地惊讶极了，这着实让我得意了一阵子。

那个傍晚李冰穿着围裙，熟练地烧菜的样子给大家留下了深刻的印象。她表现得丝毫不像一个陌生来客，而是这个房子的女主人。

我也懒得解释，让他们去自由想象吧。

晚餐吃得很愉快，大家的话题都有意无意引到我和李冰身上来。我只顾喝酒，眯着眼睛笑笑，心里无奈。末了我有些醉，是李冰替我招呼着，送他们出了家门。

他们走的时候，三个男生对我说什么我也不记得了，只记得拍我的肩膀的时候都很用力，好像有点妒忌我，我无奈得很。

屋里突然很安静，就剩了我们两个。

气氛有一丝暧昧，有一丝紧张。

李冰收拾着桌上的一片狼藉，我坐在沙发上，内心平静，淡淡的若有若无的苦楚。

一个女人突然走进我寂寞的单身生活，我没任何思想准备，对她亦无企图，反而不知所措。

厨房里只听到锅碗瓢盆碰撞的声音，这些声音时重时轻，时远时近，我的思绪似乎一下子回到多年前那个昏暗的厨房里。这种声音让我安心让我沉醉，我居然一个人微微睡了过去。

"兰晓，你要好好照顾自己。"

"嗯。"

"有空多打电话给你爸爸。"

"嗯。"

"我走了。"

"嗯。"

那个发黄的人影转过身去的一刹那，我惊醒过来！是妈妈！我的心里发毛，猛地坐起来！

屋里漆黑一片，只听到挂钟在"滴滴答答"地响。

我感到口渴万分。

第 12 章

我发现自己在沙发上，身上的被子滑落在地。屋外月光皎洁，从窗户里投射进来。

我头有点晕乎乎的，这才想到昨晚的一切。

我捡起被子，想起李冰来，她回家了？这边晚上没车，她怎么走的？

我确定客厅里没有其他人之后，便起身轻手轻脚地走进房间。借着淡淡的月光，我看到床上蜷缩着一个人，我转身走到沙发跟前，抱起被子，轻声走近床边，俯下腰来，盖在了她身上。

她睡得很安详，我看到她的头发盖住了半边脸。我不敢靠她太近，走回到沙发上。客厅暖气不够热，我躺下没一会，又坐了起来，轻手轻脚地走进房间，想了一会，在她身边小心地躺下了。

我的心"怦怦"地跳着。郊外的夜晚格外安静，李冰做完家务也累坏了，发出轻微的鼾声。

那个几周前在酒吧拉小提琴的女孩，现在正躺在我身边，她身上发出淡淡的馨香。我试着让自己的呼吸均匀下来，过了一会儿，我又迷迷糊糊地睡了过去。

由于没拉窗帘，天渐渐亮起来的时候，我渐渐苏醒了。我有点害怕阳光照进屋子，我和李冰一定会尴尬相对，于是轻声起床，拉上了窗帘。

屋子里漆黑一片，我的心跳又开始加速起来。李冰翻了个身，平躺在我身边，手臂若有若无地碰到了我。我能隐约感到她微弱的体温，很想靠她再近一点，但是又像被绳子捆住了手脚，动弹不得。

这种似睡非睡的状态折磨着我。过了个把小时，我还是感觉得挣脱那个温度，轻轻地坐了起来，走出了房间。

洗漱之后，我走进厨房，发现被收拾得整整齐齐，顿时有种家的感觉。鬼使神差地想烧早饭，我找出米来，淘了几次水，打开了煤气，又回到了沙发跟前，躺了下来。

我觉得一阵口渴，又起身去烧水。我从厨房的窗户往外看，隔壁的老太太已经在花园里用机器吸那些掉落在草坪上的树叶了。

水开了之后，我泡了一杯茶，坐在沙发上，点上一支烟抽了起来。

这时我听到厨房发出"噗呲"的声音，这才想起锅里的粥，一着急，往厨房跑去，腿碰到了茶几，忍不住"啊"了一声，继续往厨房跑去关掉煤气。

很糟糕，灶台上和地上全是稀饭，我找出抹布，忙乱地擦了起来。

"兰晓！"

我一回头，是李冰。

"不好意思啊，把你吵醒了，我——"

"我来吧，看你弄的。"李冰走了进来，接过我手里的抹布，擦了起来。

我不说话，看着她麻利地收拾着一切，心里说不出的感觉。

"你去喝茶吧。"说话间她又重新扭开了煤气，继续煮粥。

"昨晚不好意思，我喝多了，居然睡着了。"

"没事啊，我也不好意思，那么晚我不敢一个人回去，就借你的床睡在这了。"李冰有些害羞。

"没事啊，其实柜子里有被子的，都怪我，迷迷糊糊睡着了。"我自责地说道。

"呵呵，你的床很软，也很大，比我的那个舒服多了。"李冰笑着说。

粥煮好以后，我到卫生间，找出一把新的牙刷和毛巾，递给她说："你去洗脸刷牙吧，我来盛粥。"

她便去洗漱了。

这个早晨有着巴黎冬天里淡淡的和煦，我们在客厅安静地吃着早餐，宛如一家人。

我说："要是有萝卜干就好了。"

"你刚来，不知道哪里有卖的，下次我带你去。"李冰笑道。

"好啊好啊，今天我们就去。"我听说能买到国内的酱菜，很是欢喜，但是一想是星期天，便沮丧起来，"忘了，今天周日，这边商店全关门！"

"谁告诉你的啊，十三区中国商店都开门啊！"李冰得意地说。

"那我们等下一起去？"

"好啊，那我今天不去酒吧了！"

"啊，那——"我有些犹豫。

"没事啊！给自己放一天假，也不错！再说你刚来，不认识，带你去一下，以后自己就可以去买菜了啊！"李冰坚持道。

饭毕收拾妥当后，我从车库倒出了车子，李冰坐了上来。不知道为什么，李冰坐到副驾驶这个位置的时候我总觉得别扭，虽然时空交移，那都已经是过去，我还是会想起小娜。

一路上我们随便聊着，李冰向我介绍起法国来，有些我已经切身感受到，有些听来还是不可思议。总之，她说我慢慢习惯就好。

车子上了环线，开了一阵子我看到很多栋高楼，我对李冰说：

"巴黎也有这么多高楼，难得啊！"

"高楼都是低租金住宅啊，你以为在纽约啊！这个区原先是填埋垃圾的地方。现在是十三区。"

"啊，不会吧！那就没一点现代化的气息的地方？"

"有啊，拉德芳斯！下次带你去逛逛！"

不久后我们下了环线，进入十三区的时候，我有些惊讶。这个街区确实不同于其他街区，周日还是人来人往，饭店招牌上写了法文、中文，还有一些是越南文字，橱窗里挂满了烤鸭和其他的广东烧腊，连麦当劳的招牌都是中文的，一派浓郁的国内生活气息——那种混杂了广东香港一带和南亚国家元素的生活气息。

我惊讶地问李冰："这边就是十三区？传说中的唐人街？"

"是啊！"

"真厉害，连教堂门口的公告都是中文的！"我感叹道。

"这边很多人来之后都信天主教了，所以这个区的教堂很多华裔信徒。哎，往右拐！"李冰指指右边，我便拐了过去。

"前面就是商场了，我们进地下车库吧。"

这个商店的建筑显得有些陈旧，商场也是几十年的老建筑了，极其简单，商品倒是琳琅满目。我们买了满满一推车东西，一副居家过日子的样子。我和李冰彼此心照不宣，谁都没说什么。

到了家，已经11点了，我们拿出买的菜，李冰让我给她打下手。我没动手烧过饭，这样的居家生活我从来没触及，有些不适应。这时候我的电话响了起来，我一看，是赵启波。

"你小子厉害啊！她还在你家呐？"

"嗯。"李冰回头看我，我不敢乱说话，只听到电话那头佩佩在争夺电话。

"兰晓，昨晚的不算，你得请我们吃法餐！"佩佩笑着说。

"哪和哪啊——"我想解释什么，被她打断。

"李冰真的很不错的，贤惠得很，又漂亮，你对人家好点啊！"

"我——"我实在不知道说什么好。

"好啦，不打扰你们的二人世界啦！回头联系啊，拜！"佩佩总算挂了电话。

我朝李冰耸耸肩，对她说："他们误会了。"

李冰"哦"了一声，便继续择菜。

这个午饭吃得有些沉闷。

我打开电视，电视里的综艺节目说着我听得云里雾里的法语，我时不时看看李冰。

看得出，她也有些尴尬。

"李冰，你来法国，有什么理想呢？"我找着话说。

"理想？没什么理想啊，就是读个文凭。"尴尬的气氛有些缓解。

"这不算理想，还有别的么？比如，你没想过有一天能在剧院里开自己的独奏音乐会？"

其实每次看到李冰演奏小提琴的时候，我都会想到这样的一场音乐会：四周寂静而漆黑，只有灯光投射到那个带了点幽怨的女子身上，她在台上独奏，琴声悠扬，她也如在无人之境，我只是个沉没在黑暗里的一个听众，对于台上的她，可望而不可即。

她想了想，说："其实在地铁里很多这样的艺人，我只是害羞，不然我也去卖唱，赚点零花钱——兰晓你电影看多了吧！"

左盼右盼

李冰的回答出乎我的预料，她在超市买菜和穿着围裙在厨房忙碌的样子和我初见时的那种幻想完全搭不上边的。不过，现实总是现实，谁会为了某一个人的幻想而存在呢。

我继续吃饭，赞道："你烧的菜，很好吃呢！"

她笑了起来，回道："那是因为你不会烧！"

吃完饭收拾妥当后，她说该回去了，我也没有再挽留，开车送她到她家楼下的时候，她说："喏，这就是你所谓的富人区，我住在6楼的阁楼，这样的算是佣人房。"

"这里很便宜么？"我问。

"也不便宜啦，大概人民币6000元每个月，9平方米大，就是交通很方便，平时上学、打工、坐地铁都很快。"

"哦，那还好，有空去我家做客啊！"

"你上来坐坐么？"李冰问我道。

"我不了，等下我还去我叔叔那有点事情。"

我也不知为何，随口编了个理由，一定是想自己独处一会儿了。我知道，这样的状态让我有些不安。

李冰稍有些尴尬，笑着说："也好，下次吧，我屋子里没收拾。会吓到你的！"说完便进了楼道。

望着李冰进去的背影，我心里一阵轻松。在回去的路上，我在想，自己到底是渴望一个人陪伴，还是渴望自由的漂泊状态。

到家后，困意袭来，我便倒在床上，沉睡过去。

第 13 章

我醒来的时候，暮色已经笼罩了大地。我没开灯，躺在床上，开始回想起昨晚做的那个令我匪夷所思的梦来。

我的手机响了起来，我一看，是李冰的短信。

"兰晓，没吃晚饭吧，把菜放微波炉里热一下，昨晚喝多了酒，胃一定不舒服的，把中午的剩饭加点水，煮稀饭吧。"

我摸索着开了灯，还真朝厨房走去。

走回卧室，拿出手机，想了想，给她回复了"谢谢"两个字。

我自己都觉得这两个字有多么冰冷。

这之后，赵启波他们和我疏远了很多，他们一定以为我沉醉在二人世界里而不愿意多和我联系，而我不主动联系他们是害怕他们问及我和李冰之间的事情。

我似乎对法语课程不是太感兴趣，上课常走神，想国内的那些事情，虚幻的场景比较多。老师是个慈祥的老太太，她常常喊道：

"XIAO，ATTENTION！（注意！）"然后笑嘻嘻地看着我。

这时我会脸上一阵发烧。

总是提不起精神，虽然我不知道自己想象中的留学生活是怎样的，却没想到是这么的封闭，来去路上都是开车，根本和别人没交集，不会说法语，也不愿意多说话。日复一日，我觉得压抑，居然开始怀念起国内的生活来，国内生活不是精彩，而是容易。

我开始试着坐公共交通工具去学校，我把车停到火车站旁的停车场，然后坐RER（郊区快线）和地铁去学校。

巴黎的地铁居然是这么破旧，我始料未及，不过再想想，他们在钢铁时代就造出了埃菲尔铁塔，使用了上百年的地铁，隧道如此陈旧也是情有可原了。

地铁里这么多人，也是让我感到惊讶的。平时开车不知道，巴黎的地下居然有着这么多人在来来往往。坐地铁让我有更多的时间发呆，时间一长，我开始慢慢享受起在那些晃晃悠悠的车厢里闭目养神的时光来。

地铁里偶尔会上来卖唱的人，他们常常是东欧人，引吭高歌之后，会拿着小盆去讨零钱，丝毫没有羞涩之意。这让我想起李冰，想到我很可能在她身边拿着小盆去帮着讨钱，脸就一阵发烧。

她提及的乐队演奏，我几乎天天都会遇到，有些乐队有三四个人，而且还灌制了自己的唱片。我开始慢慢喜欢巴黎的地铁艺术来。

终于有一次，我发短信给她。

"在干吗？我在地铁里走，听到小提琴在演奏，想到了你。"

李冰回复了："在上课，你这么晚才去学校？迟到了吧？"

"没有，我已经下课了。"

"哦。"

"几点下课啊，一起去喝咖啡么？"

"不了，我找了份接小孩的工作，等下下课要过去。"

"别接了，拿着你的小提琴，来这边卖艺吧，我在旁边收钱。"

"去你的。"

我笑了起来，看来她真的不敢出来摆摊。

不知道为什么，我还真的挺想见到她，便又回复她："你在哪里上课，我去等你啊，陪你去接小孩。"

过了5分钟，她回复了过来，让我半个小时后到REPUBLIQUE站等她。

见到她的时候，我觉得多了份亲切感。她扎起了马尾辫，精神了很多，一看到我就喊道："兰晓，从你的别墅轿车里走出来了啊，怎么，想体验贫民生活啊？"

"哪里啊，那些都不是我的！我这不是想多接触点人么。"我被她说得有点不好意思。

"是啊，看来这几天你反思了不少啊，哈哈！"李冰望着我的窘态，笑了起来。

我们一起进了地铁站，去学校等着小孩放学。过了半晌，李冰朝一个小女孩走去，拉着她的手，我们三个便一起又进了地铁站。

地铁里人很多，快到中午了，李冰告诉我，这边周三下午小学生都休息，所以周三中午很多家长找学生帮着接孩子，她正好下午没课，就找了这样一份工作。

"那中午我请你吃饭吧？"我对她说。

"干吗，为了表示感谢我带你去中国超市？"

"是啊，这不，你随口就说出来了，说明你一直记着啊！"

"好啊，我们去找个法国小餐馆，下午你要是没课，我陪你去蒙马特高地走走，要不我们干脆去那吃饭！"李冰总是很热情。

我们把小女孩送到家，和他们家的钟点工阿姨说了再见，便一起又钻下地铁。我跟在李冰后面，不知道她说的地方在哪里。

我们下了站之后，穿过人群，远远又听到乐队在演奏，李冰兴奋地转过身问我："兰晓，你猜，这是什么曲子？"

我皱起眉头，仔细听了起来，很熟悉，但是听不清，继续走了

左顾右盼

一会，这才清晰起来，我喃喃道：

"这个曲子似乎听过，但是我说不出。"

"我还以为你知道呢，呵呵，这是很有名的曲子啊！"

"反正不是《命运交响曲》！"

"晕，不和你闹了，这是《卡农》！"

"哦，卡门，知道了。"我望着神采飞扬的她，感觉音乐让眼前的她回到了脱俗的那个李冰。

"笨蛋！卡农！我们去跟前听，走！"李冰跑了起来。

我"哦"了一声，也跟着她跑了起来，不过她马上又掉头，说道："不是这边，是那边！"

地铁的过道四通八达，我跟在她后面，掉转头才勉强跑了几步，又听到她喊："错了错了，是那边！"她大声笑了起来。

我也笑了起来。地铁里很多人看着我们来回奔跑，都露出莫名其妙但是善意的笑。我这次步子快了起来，居然莫名其妙地跑上去，拉住了李冰的手。

李冰的手不自在地往回一缩，但是没松开，我们就拉着手大笑着朝乐队那跑过去。

我至今都记得那个中午，在那一段有着近百年历史的巴黎地下隧道，我拉着李冰的手，去寻找那小提琴的旋律。那一刻，我是开心的，我不再有孤独的感觉。那些来了又走、走了又来的地铁，那些来来回回忙碌奔波的旅客，似乎都静止成了黑白的画面，只有奔跑着的我们是彩色灵动的。我似乎回到了快乐的童年，在这美妙的音乐里肆意地奔跑，不惧牵绊，不怕摔倒。

走到了乐队前，我们气喘吁吁地停了下来，彼此相对。我们松开了拉着的手，乐队拉小提琴的那个老头似乎早就注意到奔跑过来的我们，本来欣慰得意的目光瞟着我们松开的手，变得沮丧无比。

我看了看李冰。她一看到我，立刻低下了头。我又拉起了她的手，这时那个老头表情转为欣喜，又眉飞色舞地拉起来。此刻，我觉得幸福在心里荡漾，虽然伴随着一丝紧张和不安。

出了地铁站，阳光好极了，这是个温情浪漫的冬日。

"这里我认识。"我说。

"你来过？"李冰惊讶道。

"红磨坊，那不是么。"我指着马路对门那个红色的大风车。

"好啊你兰晓，腐败！"李冰假装生气，甩开了我的手。

"哪里啊，网上一直推荐，之前没地方去，我就来看咯，不是色情场所啦！"我解释道。

"呵呵，我知道的啦，不过这个区确实是红灯区。"

"那你还带我来。"我埋怨道。

"哪里啊，我们往上走！"李冰指指前方。

"我都饿了，到哪吃饭啊？"我有些不想爬山。

"别懒了，运动运动吧，山上好玩得很！"李冰径直往山坡上走去。

我跟在后面，只得往上走。这是一条青色的石块铺成的山道，路两边有着杂货店、鲜花店、面包房、咖啡店，格外热闹，我东望望、西瞧瞧，只听到李冰在前头喊："快点兰晓！上面更好玩！"

我们到上面的时候，一个巨大的教堂展现在自己眼前，还没等我问她，李冰就给我介绍了：

"这是圣心教堂，1860年建造的一座具有东方色彩的教堂，怎么样，雄伟吧？"

"嗯，不错，东方到处是庙，西方到处是教堂，看来信仰是无所不在的啊！"我打趣道。

"哟，看你，现在说话很有哲理嘛！"李冰揶揄地笑道。

左顾右盼

我一把抓住她的手，她便不不作声了。

　　"饭店呢，肚子叫得不行了。"我问道。

　　"那边啦！你肯定早上不吃早饭！"李冰埋怨道。

　　绕过教堂，我们来到了一条小街。这边热闹极了，像赶集一样。我真没想到这个山头有这么多人。我们进了一家餐馆，点了两个套餐。我刚想拿出香烟来，李冰瞪着我说："不许抽烟啦，你的肺都黑了！"

　　"我的肺不黑，心黑的。"说罢我慢慢悠悠地点了一支香烟，很享受地眯起了眼睛。

　　"你真是没救了！"李冰失望地看着我，无可奈何。

　　吃完饭之后，我们点了咖啡，随意聊着天，阳光静静地从门口照进来，一切都很安静悠闲。

第 14 章

"李冰，你知道吗？我觉得你拉小提琴的时候和你做饭的时候是不同的两个人。"

"那是，多面性嘛！"李冰有些得意。

"不是多面性，简直就是两个人。"

"那你喜欢哪个，不喜欢哪个？"

我被她问得不知道怎么回答，我抬头看看她，她似乎也觉得说得太直白了，低下头去。

"我觉得你哪天要开个独奏会，就大功告成了。"我话题转到别的上面。

"这不是为生计所迫，天天上学打工吗！"李冰笑了起来。

"那我一定跑到台上去献花！还献吻！"我打趣道。

"谢谢啊，花收下，吻你自己留着吧！"

我们笑了起来。

从咖啡馆出来的时候，山上的人比起刚才更多了。我们手拉着手，从那些旅游品小商店里挨个逛过去，买了不少杂七杂八的小东西。看得出，李冰今天也开心极了。

走到一个小广场的时候，我这才第一次知道了什么叫流浪艺术家。整个广场上都是艺人，他们有的手拿画笔，专心致志地作画，有的在招揽游客作画，有的则在自己完成的作品前低头看报纸，丝毫不顾来来往往的游客。

"这里棒吧！"李冰得意地朝我笑笑。

我拽紧她的手，答道："哪天我老了，就来这里，也留个胡子，拿个毛笔来写书法骗钱。"

"哈哈，你来我就来拉小提琴！"李冰神气地看着我。

我们绕了一圈，走到了教堂前面。这个教堂雄踞在山头，确实非常壮观，教堂前面的广场游人如织，阶梯上坐满了人，还有几个年轻人拿着吉他在唱歌。

我站到栏杆前面，整个巴黎就在我的眼前了，

"好美啊这里！"我转过身去，想拉住李冰的手。

她躲到一边去了，一声不吭。

"你怎么啦李冰？"

"你老是拉我的手，我会误会的。"李冰说道。

我脸上一阵发烧，想想也是。

"你把我当什么啊？"李冰微怒道。

"我——"

"你什么你，你老是这样调戏小姑娘啊！"李冰瞪着我说。

"也没老是啦，难得，呵呵。"我尴尬地笑着。

她转过身去的时候，我一把抱住了她，她稍微挣扎了一下，红着脸问我："你干吗？"

"我喜欢你的！"

"你喜欢我我就要给你抱啊？有没有天理了还？"

"不用天理啊，教堂就在这里，上帝就在你身边！"我抬头望着洁白的圣心大教堂，目光和她交汇，我小声说道，"做我女朋友好嘛？"

过了几分钟，她回过头，说："那你说点好听的！"

"我说什么好听的啊，花言巧语的我不擅长呢，主要是，赵启波他们都当我们怎么了，我多亏啊我？"

"兰晓你——"李冰挣脱我正要打我，被我一把抱住，我们的嘴唇碰到了一起。

她紧紧地抿着嘴，过了半分钟，她放松了下来，我们开始接吻。

在这个浪漫的城市，这样的场景比比皆是，没有人会停下来多看你一眼，你完全可以忘记整个世界，只要记住，你是在巴黎。

我们一直站在高处眺望整个巴黎，看着塞纳河穿城而过，看着埃菲尔铁塔巍然耸立，看着巴黎一条条发散型的街道。李冰宛如我的导游，给我介绍着巴黎类似蒙马特高地这样有特色的街区。

冬日的巴黎日照格外短暂，下午4点多的时候，太阳就开始西斜了，风吹过来，带着丝丝寒意。我们打算下山去。

走到路口的时候，我们看到一个头发和胡子都已经花白的老头抱着一个和他人一样高的大提琴，颤巍巍地演奏着。他面带倦色，但神情专注，全然不顾周围走过的人群。淡淡的夕阳照射着他，在他身后拖出一道长长的影子，微风抚起他的白发和胡须，抚慰着他满脸的沟壑。他手指间流出的旋律舒缓而低沉，仿佛飘向山下，飘向整个巴黎城，飘向云端天际。

这一刻，我真正地爱上了巴黎。

"这是巴赫的《F小调协奏曲》。"离开的时候李冰怔怔说道。

我们手拉着手走下阶梯的时候，天色也缓缓地黑下来，寒冷让我们的手拉得更紧。

走进地铁的时候，我对李冰说："去我家吧，我想吃你烧的晚饭。"

她看看我，想了一下，说："那你陪我回家拿书，明天我上课要用。”

其实我不知道我是爱上了巴黎，还是爱上了李冰，我来不及给自己时间去分析。

这个夜晚，我们在黑暗里紧紧相拥，那些对陌生和未知的恐惧，一齐在拥抱和呢喃细语中融化。我触摸到她光滑的肌肤，感觉出她的微颤来，我的身体也对她第一次有了异动。我们的呼吸急促起来，开始忘情地疯吻。

等我褪去她所有的衣服的时候，李冰却紧紧地抱着我，一动不动。

我停了下来，轻声问道：“怎么了？”

她不说话，我也就没了兴致，从她身上跌落下来，抱着她，渐渐地睡去了。

半夜里我醒了过来，李冰还在我的臂弯里熟睡着，我另一只手不禁在她身上游离着，开始亲吻起她来。她的身体有了反应，我进入她的一刹那，她突然醒了过来，轻声喊道：

“兰晓！”

我没答应，继续扭动着身体，任凭李冰的喘息和微微挣扎，似乎要把那些青春的悸动和寂寞的狂躁一起发泄掉，直到快乐巅峰之后的崩溃……

“兰晓。”平静过后许久，李冰喊我。

“嗯。”

“你真的喜欢我么？”

“喜欢的。”

“什么时候开始的？”

“从第一次见到你，在那个酒吧。怎么了？”

“没什么，问问。”

"那你呢？喜欢我么？"

"我也是第一次见到你的时候，就注意你了。"

"为什么？你那次看到了我么？"

"嗯，我看到你了，你坐在那个角落里。"

"为什么喜欢我呢？"

"因为你和别人不一样。"

"怎么不一样。"

"我也不知道，反正就是和他们几个不一样，你好像有心思。"

我叹了一口气，抱紧了她。

"你给我一种忧郁的感觉，你其实并不能融入他们几个，不是么？"

"你在我家的第一天晚上我在沙发上做了个梦。"我喃喃自语道。

"什么梦？"

"梦到了一个人。"

"谁？"

我不作声。

半晌之后，我侧翻过去，摸索着扭开了台灯，从床头柜拿出那张泛黄的照片，递给了她。

她看了一会，轻声问我："你妈妈？"

"嗯，不在很多年了。"

她抱紧了我，许久不说话。

　　早上醒来的时候李冰已经不在床上了，我听到厨房里有动静，穿好衣服走进厨房，发现她在煮早饭。

　　那个周末，李冰搬来了我家，她退掉了那边的房子。

　　听说阿明的网上商店已经开张了，而且有人买东西。我们也替他高兴，我还专门叫他们来家里吃了顿饭。一桌子菜全都是李冰一个人烧的。他们都说我真有艳福，找个女朋友有才有貌、能里能外。

　　我没有让她再去酒吧拉小提琴，尽管她一再坚持，后来还是听了我的。李冰除了去上课，就在家里和佩佩、曲琪她们在网上聊天，或者在留学生网站发帖子顶帖子玩，偶尔会把自己做的菜传到网上。她喜欢逛街，但是很少买东西，即使买，也是淘一些打折的款式，但是每次买回来，等Sophie她们来了总要拿出来谈论半天。

　　上网成了很多留学生打发时间的方式，就像我可以坐在那里半天，抽烟打发时间一样，很多人可以挂在论坛上半天，说上几句废话打发时间。网上有各种各样的交易信息，房子、车子、香烟、衣服，应有尽有，还有人组织各种各样的聚会，比如老乡会、星座聚会、看电影聚会、迪厅聚会，甚至同性恋聚会。我曾笑着对Sophie她们说："他们是不是放个屁都要发个帖子告诉大家，或者搞个聚会啊。"Sophie瞪了我一眼，说："兰晓你说谁呐，这人说话怎么这么损呢……"

我"嘿嘿"地笑了一下，就不作声了。

任何不想寂寞的人都不会寂寞，我们生在一个自由的时代，不是么？

其实我和别人一样，也是个寂寞的孩子。

接下来的这段时间，李冰偶尔会带我去图书馆学习。我总有些心不在焉，其实我更喜欢在家待着，喜欢听李冰拉小提琴，我觉得那一刻我的思绪会跟着她的旋律发散开来。

圣诞节和新年的到来让大街上的橱窗变得格外漂亮，也让论坛格外热闹起来，大家都在想着过西方最重要的节日的时候，如何才不会落单。

巴黎接连下了好几天的雨。树叶全黄了，地上很多落叶，掉在地上的水塘里，打着漂儿。

我开始有些想家。

想起在国内我一个人在家的时候，下雨天我会待在家里不出去，抽烟，放点哀伤的老歌，偶尔会从抽屉里翻出妈妈发黄的照片，看着这个留着那个年代时髦的卷发、表情神气的女人发呆。

爸爸经常说我的性格像我妈妈，感情过于细腻，很情绪化，容易紧张，并以此断定我将来做不了大事。

他们几个都抱怨巴黎冬天的鬼天气，说不然圣诞节离开巴黎去外省算了。罗立丰说法国冬天气温最高、太阳最好的地方只有一个：尼斯。他们当中，罗立丰带团去过很多次，赵启波和佩佩夏天去度过假，Sophie在那里读过一年书，其他的人都没有去过。他们说到尼斯的时候个个神采飞扬，特别说到去摩纳哥的赌场赌钱的时候。因此大家一拍即合，打算去那边过圣诞和新年。

第二天我们八个人开了两辆车，一大早就出发了，早上八九点

的时候我们到了法国中部地区，

太阳从远处的森林里冉冉升起，树林里水汽蒸腾，太阳光折射出耀眼的光芒，似乎让人可以大口地呼吸空气。我敞开车篷，他们笑着说："兰晓你疯啦！"然后大家开始尖叫，随着音乐大喊大叫。

我开到时速180的时候，只听到李冰在我旁边叫："慢点，慢点！"这样的尖叫和耳边风一样，我根本没听进去。

到尼斯的时候天已经黑了，晚上我们去步行街的一家中餐馆吃饭，菜很不地道，而且价格比巴黎都贵，后来干脆去海边一家麦当劳吃了些汉堡。我们没有预订酒店，因为觉得有钱哪里都能住。

我们先去了那家门面最漂亮的Palais de Méditerranée，这是家四星豪华酒店，下面就是家赌场，朝海的标准间400多一个晚上，算下来一个房间一周就得3000多欧元，实在是贵，总统套房要2000欧元一晚。旁边的Le Méridien、Necgreso，价格都很惊人，而且都爆满了。我们一群人刚开始还有点从巴黎出来的财大气粗势头，后来都不敢进这些海景四星豪华酒店了。

后来罗导说机场那边的Novotel还可以，三星的，100多欧。我们便沿着英伦散步大道从市中心往机场方向开。

尼斯的夜晚真是迷人，地中海就在我们左边，她在黑暗里一浪卷着一浪地低声吟唱，英伦大道上的棕榈树高大挺拔，彩灯勾勒出树的形状，在黑夜里以一个优美的弧形伸向远方。如果巴黎是个阴郁的美人，那尼斯一定是热情而丰姿绰约的女子。

旅途劳累的我们进了房间就没有再出来。

第二天一大早，我迷迷糊糊地醒来的时候，李冰已经在化妆了，我问她："怎么样，对面是大海么，漂亮么？"

她笑着说："你傻啦，对面是尼斯机场。"

"哦。"我自己也笑起来。

我们一行开车去市中心的时候，感觉车窗外面的风是和煦的，车内仪表显示外部温度16度，这对一直窝在阴冷的巴黎的我们来说简直是个奇迹。我干脆敞开车篷，他们放了张玛利亚的英文唱片，一起享受着这地中海城市的阳光之旅。

前方的地中海在太阳的照耀下闪闪发光，等接近了，她绸带般丝滑靓丽地展现在我眼前的时候，我有些惊呆了：瓦蓝的天空没有一丝云彩，海水明亮透彻，蓝得动人，好一个海天一色！

如果说无比的喜悦、爱惜加上内心微颤，这种感觉可以叫一见钟情的话，那我就对这片海一见钟情了。我见过青岛淡绿色的海、浙江普陀山浊黄色的海、北戴河蓝色但不纯净的海、海南岛阳光充足瓦蓝的海，但它们都没有让我如此陶醉过。眼前的地中海让我找到一种纯粹的美感。

"哎！兰晓！"

我转身，看到他们都看着我笑，我便跑过去。

罗立丰指着后面说："这边的雕塑就是战争纪念碑，顶上就是当年的城堡，那边是尼斯的老港。好，现在大家自由活动，谢谢。"

大家笑起来，赵启波说："你还真像那么回事啦，哈哈，谁不知道导游说的东西除了谎就是屁啊！"

阿明接着说："各位游客注意了啊，本年度最黑导游罗立丰来了啊！大家该回避的回避啊！"

罗立丰"嘿嘿"地笑了起来。

我对他们的调侃没有笑，或许我心里总忘不了那次的事情，说起来我没有资格耿耿于怀，不过我就是笑不起来，或者说一笑我就会马上觉得自己虚伪。

第二天我们去了戛纳。

戛纳的电影节闻名世界，然而电影节宫却让人失望，只有两层。我打趣道："怎么和国内乡镇电影院差不多！"

他们笑了起来。

滨海大道和尼斯一样，种满了棕榈树，只是规模要小很多。散步大道上，全身涂满金粉装作拍摄电影的艺术乞丐一动不动。李冰过去扔给他硬币的时候，他开始摇动拍摄机，并且点头致意。

相比起来，摩纳哥要有意思些。

摩纳哥是个弹丸小国，在袖珍国家里世界排名第二。一年一度的F1方程赛会聚集全世界的目光。这个号称"避税天堂"的地方也聚集了全世界的有钱人，任何一个貌似平常的人都有可能在这个世界闻名的赌城挥霍千金而不露声色。赌场门口停满了各种各样的豪华轿车，这些才是真正的豪华轿车，劳斯莱斯、宾利、保时捷、法拉利……

我们的车子停在了赌场对面地下车库的负七层，佩佩说还是不要开上来的好，我们哈哈大笑。

罗立丰因为经常陪着客人来赌场，所以对赌钱很在行，一路上他时不时提出来要去决钱一把，赵启波和阿明也跃跃欲试的样子，她们四个女生好像也想去试试手气，除了我。

我对赌钱一向反应冷淡，我只喜欢打麻将打发时间。

赌桌上即使赢钱了也不是自己的，来得快，去得更快，这是自古以来的道理。不过输点钱作为娱乐，倒也没什么。

罗立丰说白天只有老虎机什么的，没有什么意思，轮盘赌和二十一点还有赌大小晚上7点才开始。我们便7点之后去了。罗立丰指着右手边的大门诡秘地说，这里边都是玩大的，进去要穿正装，带护照，还要买门票。上次有个国内过来的女人，一下子输了20多万欧元，眼睛都没有眨一下。

我们唏嘘不已，越发觉得摩纳哥的神秘。

我给了李冰100欧元，说道："你和她们去玩老虎机吧。"她就跟着她们几个兴致勃勃地去换币了。

罗立丰经常玩这个，听他自己说输了不少钱，可是每次都坐不住，用他自己的话说，进了赌场像是屁股上有蚂蚁在爬。

他们说先玩老虎机热一下身。我们各自换了一罐五毛硬币。刚坐下就听到女生那边开始尖叫："一百，一百五，两百，两百五，天哪，三百，三百！"

Sophie、曲琪、佩佩还有李冰一起叫起来，大厅里的人都朝我们看过来，我们凑过去看，曲琪一不小心就赢了300个币。

只是她换的硬币是两毛钱的，所以她只赢了60欧元。如果是两块的筹码，也就是说，她赢到的就是600欧元！

我亲眼看见了老虎机是怎么引导人的欲望，并且让人热血沸腾的。我们每个人的眼睛里都闪着光芒，即使输了钱，也会特别激动，不停地往机器里投币，似乎坚信说不定什么时候它就会吐出大量的硬币，"哗哗哗哗"地往下掉，像瀑布那样。

角落里是一群老头老太太，他们玩的是一毛钱的硬币，乐此不疲。他们不紧不慢地抽着烟，一台机器换到另一台机器，似乎到了赌钱的某种境界。我立刻想到一个词语：钓胜于鱼。

在我为自己的总结沾沾自喜的时候，发现我已经被老虎机吃进去80多欧元。我暂时停了下来，去看罗立丰玩。他要有经验些，到现在只输了20多，他说刚才那把赢回来50多。我坐在他旁边，狠狠地抽着烟。

后来我们没有继续下去，回了尼斯。赢钱的只有阿明和佩佩，曲琪后来就没赢过，一会儿工夫那么多硬币都喂了老虎机。阿明赢了50多块钱，佩佩赢了15块。我们在老尼斯步行街上一家叫Les 3 Diables的酒吧喝东西，赢的人请客。大家刚从赌场出来，不管是赢钱的还是输钱的，都很激动。这天我们一直玩到2点多才回酒店。

那次阳光之旅后来成了博彩之旅，他们脑子像中了邪一样，到戛纳赌，到摩纳哥赌，到尼斯也赌，走到哪赌到哪，所有的话题都和赌钱有关。

第 16 章

　　我和李冰、赵启波还有佩佩四个人下午会去步行街逛逛，坐在遮阳伞下面喝东西，十分惬意。

　　我伸着懒腰，说道："要是巴黎有这么好的天气就好了。"

　　他们笑道："那巴黎人都不用大老远赶来尼斯度假了。"

　　罗立丰有天晚上回来把我们都叫了起来，说赢钱了，赢了1000多欧，阿明也说今天手气不错，只输了10块钱，要不是罗立丰要回来说不定就赢了。

　　大家一下子又热血沸腾起来，第二天他们没有去赌，因为Sophie她们吵着要购物，一副要把罗立丰赢来的钱花光的势头，我们便去了戛纳、尼斯、摩纳哥市中心的商场转悠。那天是圣诞节前一天，街上到处都是人，商店里也很热闹。

　　这边的商店当然不能和巴黎的比，老佛爷百货商场要比巴黎的小得多，衣服款式也少很多。不过海边的精品店一家挨一家，LV、Cartier、Channel、Hugo Boss、Dior……该有的顶级品牌都有了。我们转了一天，收获却不多，我原先在巴黎 Madeleine路上的 Madelios男装店买了不少衣服，这天什么也没有买。

　　这时候大家讨论起巴黎的好来了——戛纳这地方看来只是属于顶级富豪的。

　　晚上我们在尼斯步行街一家叫La Coupole的饭店吃海鲜，当然是

左盼右盼

罗立丰请客。吃饭的时候罗立丰神气极了，说吃完饭再去前面那家门面金碧辉煌的赌场转转，响应他的只有Sophie，阿明便说自己也去。赵启波把车子留给了罗立丰他们，坐我的车回酒店了。

那天晚上罗立丰去玩赌大小，输了1000多欧。第二天晚上他自己一个人又去Palais de Méditeranée赌场想翻本，结果又输了2000多欧，后来他总算老实了。

2004年最后一天的晚上，本来计划去外面玩通宵的，后来谁也没有出去，我们在罗立丰的房间里待着，他一脸沮丧，大家不知道怎么安慰他。

他们又开始吸起大麻来。

大麻这个东西和香烟其实差不多，开始的时候你会觉得恶心，等你习惯这种植物燃烧的味道的时候，就会偶尔想抽几口了，之后会有安慰和兴奋的感觉。我和他们一起吸起来，老样子，吸完一口递给别人，女生里吸这个的只有Sophie，佩佩和曲琪待在一个房间里看电视，没有过来。

罗立丰有些愤愤不平，总觉得不甘心，我们劝他不要想着翻本了，不然又去给庄家送钱。

12点的时候，透过窗户可以看到市中心那边升起绚丽的烟火，礼炮声密密麻麻，所有的人开始欢呼新年的到来。

2005年，就这么来了。

这一刻，喧闹而空洞。我表面带笑，内心却隐隐地慌乱。

我们的假期很快结束了，回巴黎的路上气氛明显冷淡了很多，或许大家各自心里都想着早点回巴黎了吧，不太说话。

我也在心里暗自思量，2005年或许应该做些什么。

我没有料到，2005年做的第一件事是和李冰分手。

这仅仅源自一个电话。

那天我们在吃晚饭，李冰的手机响了。李冰迟疑了一下，挂掉了没有接。我看了她一下，她神情极不自然。

我说："怎么了？"

5分钟之后电话又响了，李冰干脆关了手机，扔到了一边。

"怎么了，有男生追你啊？"我笑着问她。

"不是！"看得出李冰烦躁不安，几分钟后她才埋着头吃饭不说话。

她的表情告诉我，她在隐瞒什么东西。

"你告诉我好了，这样躲也躲不掉。是你原来的男朋友么？"我问道，心里涌起一点酸楚。

她放下了碗筷，起身去了房间，没有理睬我。

那个晚上我们没有说话。

第二天她早上有课很早就出去了。她起床以后我翻来覆去睡不着觉，于是我也起来了。我脑子里在反复想着昨天的事情。

一种强烈的好奇心的驱使下，我开始翻李冰的东西，我希望能找到一些东西。我知道自己正在做的事情很卑鄙，但我只想弄清楚事情的真相到底是什么。

然而我一无所获。

桌子上相框里放着李冰的照片。我说过我最喜欢这一张，照片上的她很清纯，那是她16岁的时候。

我挂在网上，没有去上课，一根接一根地抽烟。

我看到Sophie在线，聊了几句废话之后，我突然问："你知道李冰的事么？"

"兰晓你今天怎么神经兮兮的，有什么事么？在巴黎中国人那么多……"Sophie说道。

我没有继续问下去，隐了身。

下午李冰给我打电话，说在超市，要不要买点东西回来，我说先回来吧，等下一起去买。

她回到家，没有和往常一样凑过来撒会儿娇，说今天老师不停地讲课，好累……

这时候门铃突然响了，她说了一半突然停了下来。

气氛变得很紧张，夹杂着一丝尴尬。

她慌慌张张地跑到窗口朝下看，转过来对我说："别开！"她眼睛睁得大大的，眼神充满了恐惧。

我转身走到阳台，我看到楼下停了一辆老式的宝马5系，一个矮矮的中年男人在不停地按着门铃。

"他是谁？"我的目光盯着李冰，突然觉得这个女人很陌生，似乎从来没有认识过她。

"兰晓你千万别开，他好卑鄙的，居然跟踪我……"李冰的表情似乎快要哭出来。

我气愤极了，转身就下楼，准备教训一下这个找上门的混蛋。

李冰在我后面喊："兰晓，兰晓，求你了，别理他，别开门！"

我倒想看看那个矮男人有多大的能耐。

来者不善，善者不来。走到楼下的时候我压住火气，给赵启波打了个电话。他那边是留言，我只能给他留言让他多叫几个人过来，这里有麻烦。

我开了门，走到院子里，问道："你是哪位？有事么？"

他气势汹汹地冲我叫道："我是哪位？我他妈的还想问你呢！"

这时候我的手机响了，赵启波打过来的，我接了电话，他说："怎么了？"

我没有解释，喊道："你多找几个人过来，快点！"

那个头顶有些秃、讲话带着明显南方口音的男人狂傲地挑衅道："你多叫点人来老子照样收拾你，快点叫李冰出来！"

李冰从屋子里跑出来，手指那个男人的鼻子骂道："你给我滚开！"

她发火的时候声音几乎在颤抖。我从来没有见过她发火的样子，这和一个多月前那个下雨天晚上站在酒吧角落里拉小提琴的安静的女孩子完全是两个人。

那个男人见状，突然推开小铁门，冲了进来，我一把推住了他。他往后缩了一下，眼睛恶狠狠地瞪着我，骂道："你他妈的欠揍是吧，给我让开，让我教训这个婊子！他妈的！吃我的花我的，白养了……"

我当时就来火了，没等他说完，一拳头砸在他脸上。他趔趄了一下，朝我冲过来。

其实我已经知道他要说的全部内容，我不想继续听下去。

他扑上来，击中了我的下巴。我只觉得下巴火辣辣的，然而我丝毫不觉得疼痛，我像头发狂的狮子，把所有的怨恨都发泄在这个老男人身上。

我对他疯狂地挥动着拳头，李冰在一边喊着："住手！住手！别打了……"

我当时心里想打死这个老男人，我也想冲上去扇李冰两个耳光。李冰的那份就让这个家伙受着。在国内的时候要打架我能找几卡车的人，但是现在就郁闷了。

这时候赵启波赶过来了，他上来把我们拉开了。看得出来他是个只会待在家里打游戏的老实孩子。我朝他喊："你给我拉住他！"他不听我的话，硬是挡住冲上去的我，倒是真成了劝架的和事佬。

左盼右盼

我郁闷极了,这样的朋友真没劲。

路上几个法国人停了下来看热闹,议论着什么。

我渐渐平息下来,埋怨地看了一下赵启波。然后指着那个男人的鼻子狠狠地说:"你他妈的给我滚开,滚!"

他捂着鼻子,指着我骂道:"小子,你等着!老子让你在巴黎混不下去!"

说完走出院子,"砰"的一声关上车门走了。

李冰不知道什么时侯已经上楼了,我呆在原地。

我不想见到她,也没有叫赵启波上楼。

赵启波说:"不然你先去我家待着吧。"

我上了他的车,问他:"有烟么?"

他递给我烟,我一言不发地抽着。

到了他家,发现Sophie也在。佩佩招呼我坐下,很奇怪他们没有问我什么。

Sophie内疚地对我说:"其实我有个同学,她男朋友原来和李冰一个班的……"

我打断她的话,盯着她说:"那你不告诉我?"

她说:"看到你们好好的,也不能突然就告诉你这个,都是她过去的事情……"

她接着说:"那个人好像姓周,是三区一家鞋店的老板,温州人。李冰原来在那里打工,后来就……她可能也有难处吧……"

我不想抬起头看她说话的表情,或许他们几个早就知道这个事情的来龙去脉。

我想起来,我有什么资格怪别人?

我也知道Sophie和罗立丰的秘密,我不也是一直没有和曲琪说什么吗?

第 17 章

那天晚上赵启波送我回来以后，我并没有进门。我在外面东游西荡到半夜，时不时回过头望着那栋房子，望着从窗户里透出的黯淡的灯火，突然觉得那里好陌生，都怀疑是不是在那里住了快半年。

我心里很乱。

我不知道怎么去面对李冰，我知道，她也同样害怕见到我。

我在外面抽完了从赵启波那里拿的一整包万宝路，打算去买烟。我转到了郊区火车站入口处，神情沮丧，失魂落魄地找着香烟店。这时候两个黑人青年鬼鬼祟祟地过来搭讪：

"嘿，哥们，有火么？"

我没回答，只是从口袋里掏出打火机递给其中一个。他个子不高，穿着玩HIP-HOP的黑人青年常穿的大衣服，对我感激一笑，露出白色的牙齿。我问他：

"有烟么？"

他狡黠一笑，问我道：

"你不抽别的东西？"

"你有么？"我明白他指大麻，地铁站这样兜售大麻的人比比皆是。

"你要多少。"另外一个高个子的黑人走过来。

我犹豫了一下，毕竟第一次自己买大麻，看了看四周，又看了看他们，说道："50欧的。"

　　"你很有钱嘛，中国人。"矮个子笑了起来。

　　我没多废话，递给他50欧元，从他手里接过东西，放到了兜里。我没找到开门的香烟店，这个时间郊区已经很冷清了。走到楼下按门铃的时候已经1点钟了，我看到李冰从窗户里探出头，确定是我之后才开门。

　　我耷拉着脑袋晕晕乎乎地走上楼梯的时候，想起那个矮个子男人走的时候撂下的那句口气阴森的话，觉得这个事情没有那么简单就过去了。

　　自从那天晚上之后，她都像个受了惊吓的小猫，缩在床角落里，散着头发。我从来没有看到过她失魂落魄的样子，之前的她每天都化淡妆。

　　我们冷战着，都不想开口说话，睡觉的时候不会碰到对方。

　　几天后，她先打破沉默，对我说："对不起，我知道这很荒唐……"

　　"别说了。"我打断了她。我并不想听这些荒唐事的细节，它们如同细碎而锋利的玻璃，划痛着我的心。

　　"不管你相不相信我，我都要说完。"她坚持着。

　　我没有说话，一根接一根地抽烟，听她在床上自言自语：

　　"我那时候刚来法国不久，有一次偶然认识了他。当时我正急着找工作，他热心地带我到他店里，说他正好缺少人手，我当时不知道这是个圈套……后来我就去店里上班，他特别照顾我，偶尔会约我去外面喝东西，我也不好拒绝。后来有一次他趁我去洗手间的时候在我杯子里下了药……"

　　我用力把一个香烟尾股拧灭在烟灰缸里，没有打断她。

"从那次以后，他经常找各种借口约我出去，我都没有拒绝。有时候我没有钱了，在巴黎又没有认识的人，他故意不发我工资，我不想问家里要钱，这个你知道的。他发了很少的工资给我，说他可以先借给我，等我赚了钱再还给他。我轻信了他，可是他却很卑鄙地以此要挟我……我的顺从让他变本加厉，有别人在的时候他像个正人君子，没有人在的时候他简直就是个畜生。有一次我发现他居然偷拍了我的裸照，我冲过去抢回照片的时候他推开我，还打我……"

　　李冰的声音有些哽咽，但是没有停下来：

　　"后来我狠心断了这个关系。我问朋友凑了些钱，换了房子，换了手机号码。我开始到处去酒吧拉小提琴，我想尽快赚够钱还给他。酒吧里有时候也会有喝多的客人纠缠我，我就干脆跑掉，去另外一家酒吧。开始的时候我很害羞，从小到大也没有沦落到这种地步，后来渐渐地也习惯了，虽然辛苦一些，但毕竟是靠自己赚钱，而且摆脱了他的纠缠。

　　"就是那个时候我遇到你的，其实我第一次就注意到你，觉得你和别人不一样，你很安静……我开始有了新的生活，在异国他乡有了种家的感觉，我真的很开心！

　　"我满以为真的摆脱了过去的噩梦，没想到他像个疯狗一样到处打听，问到了我的新手机号码。那天就是他打来的，第二天其实我没有去上课，我去找他，先还给了他500欧元，让他不要来纠缠我了。他收下钱之后说他不介意我找男朋友，但是要和他保持关系。我发现去找他说清楚是个错误，后来他居然跟踪我……"

　　她开始"呜呜"哭起来，哭了一阵子之后，她望着失魂落魄的我，喊道：

　　"兰晓。"

我没有答应，心里说不出的滋味，那些旧日的温存早已荡然无存。我们之间的爱和温存，我不觉得有任何的虚假和做作，虽然没有轰轰烈烈和山盟海誓，但也是两情相悦彼此吸引，加上我们的互相照顾，确实让人眷恋。我是个从小到大一直渴望得到爱和温暖的人，也是个从来不相信这种感觉能够长久的人，温存从美梦的天堂迅速降落，重重摔碎在噩梦的地狱，连碎片都看不到，这并不出乎我的意料。

只是这一次的事情发生得如此迅速，还是以一个秃顶的老男人气势汹汹地闯上门采而告终。

三天后，我走出超市来到停车场时，顿时怔住了，我的车子前窗玻璃被砸得粉碎，我一看就知道是怎么回事。

那个混蛋果然开始了卑鄙的报复。

我怔了一阵子，然后拿出手机，给林叔叔打去电话。我把事情的来龙去脉在电话里和他说了。他沉默了一下，说："这个人我认识，他们温州人在三区势力很大，不好得罪。这样吧，你先慢慢地把车子开到车行去修，反正我买了玻璃保险的……"

我挂了电话，心里涌起一团火，把车子送去附近的修车行之后，给阿明还有罗立丰打了电话，让他们过来找我。

一个小时之后他们来了，阿明居然开了辆挺新的帕萨特，罗立丰从里面钻出来，笑着说："快看阿明刚买的车子，2002年的帕萨特，才开了6万公里。"我心想，在国内我就开这个车子，有什么稀奇的。

那天李冰出去了，我在家里和他们说了整个事情，我说我要去找那个王八蛋算账。他们两个估计早就听说了这边的事情，看得出犹犹豫豫的，一定是不想得罪人。

我急了，把打火机往桌子上一扔，说道："你们别去了，我自己坐地铁去！"

他俩站了起来，说："你自己一个人去肯定吃亏，我们和你一起去。"

在车里我焦躁不安地问："有那个么？给我点。"

罗立丰拿出一个纸包来，抽了一些烟丝帮我卷好，递给了我。

我狠狠地吸了几口，递给了他。

出来之前我从楼下车库里找了把老虎钳子，揣在了兜里。

我想让他吃点苦头。

到了巴黎三区，我们把车子停在了附近的一个街道。这一片都是各种批发鞋子和箱包的商店。早些时候我从Sophie那里打听到了鞋店的名字。到了店门口他们两个步子放慢了。我走在前面，我才不怕，径直就进去了。我内心里有一团火在冒。

进了门我没有看到姓周的，里面只有一个戴着眼镜、学生模样的女孩子。她走上来，怯生生地用法语问我："先生，您需要买鞋么？"

我环顾了一下四周，用中文对她说："你老板呢？"

她看我气势汹汹的样子，有些惊愕，用北方口音很重的普通话告诉我："老板刚刚出去了，请问有事么？"

我看着她满脸疑惑但表情认真的样子，突然想起李冰，心情顿时很复杂，想张口说些什么又没有说，鼻子有点酸酸的，转身就走了。

当天晚上林叔叔给我回电话了，说姓周的那边已经打过招呼了，以后不会来找麻烦，让我也不要去找他了，强龙不压地头蛇。

我说："知道了，给你添麻烦了，林叔叔。"

电话那边林叔叔很和气地笑起来，说："早就说过，你爸爸的事情就是我的事情，这事情要是在国内，早把他做掉了，这里他们人多势众……"

"知道了，林叔叔。"

"最近你爸爸怎么样，有没有和你说什么？"

"我好久没有给国内打电话了，不记得和我说了什么啊，让我好好谢谢你的，帮这么多忙。"我客套起来。

林叔叔"哦"了一声，说道："那就好，当年他也帮过我，我这些不值一提的。"然后我们就挂了电话。

林叔叔在我脑子里一直是个神秘的人物，他和我爸爸究竟是什么关系，我也不知道，战友？旧交？生意场朋友？

不过我知道，一定有些不寻常的关系，就算有什么，我不想弄清楚，也没有必要弄清楚，毕竟这是长辈的事情。

晚上我对李冰说了这件事，让她不要担心，姓周的不会来找麻烦了。

李冰对我说："我这几天就搬走。"

我抬头看着她，这才发现她瘦了，眼睛有些浮肿。

我没有回答她。

其实我在想，我心里是不是已经原谅了她，她只是过于单纯和天真，才会被无赖纠缠，不是她的错，但是又一个声音在脑子里回荡，"不是她的错吗？那是谁的错？分开吧……"我抽了太多的香烟，觉得头好疼，生理性地裂痛。

我无法入睡，或者半夜里突然醒过来再也无法入睡，我只是感到头疼。

说到这里，我看了下手表，已经接近午夜时分了。顾强和侯婷婷已经被我的故事深深吸引，睁大着眼睛听着我的讲述，丝毫没有睡意，我便点起了一根烟，继续说了起来。

第 18 章

我走在路上，回过头的时候，看到她的男同学和她们两个女生说说笑笑，开始打打闹闹。李冰被她男同学拉扯衣服，露出雪白的肩膀，却丝毫没有拒绝的意思。

我忍不住心里的怒火，冲上去用脚踢了那男的肚子。对方怒目圆睁，拿出一把刀来，挥舞着对我说："你过来老子就杀了你！"他说完真的扑上来。我没有退缩，一把抓着刀刃，用力一扭，刀子就掉到地上了。我的手掌被划破了，开始流血。我从地上捡起刀子向对方挥舞着刺过去，但是没有想把对方刺死，只是把他的手划伤了。对方终于放弃，跑掉了。

我手里拿着沾满血的刀子，回头看着李冰，心里突然很难受。

突然我们三个人又同时出现在游泳池里，我站在水里，神情落寞。

我看到佳雯笑盈盈地走来，一脸和气。她突然停下来，深情地望着我说："既然这样那就分手吧。我爱你，亲爱的！"

李冰在一边若无其事地对我们说："既然这样，那你们就在一起吧。"

那一刻我觉得一切都发生得好突然。

游泳池里只剩了我和佳雯两个人。

我们开始在水里嬉戏打闹，我觉得好开心！

第二天我给佳雯打电话，却是个男的接的。

我愣了一下，说道："我找佳雯。"

"她不想接电话。"那个男的说道。

我坚持道："我就问一点事情，不会很久。"

佳雯总算过来接了电话。

"难道昨天你说的话都忘了么，佳雯？"

佳雯冷冷答道："昨天的事情我都忘了。"

半夜里我突然醒过来，我这才发现，原来这是个梦。

李冰就躺在我身边，她时不时地抱住我的后背，肢体的接触，感觉却突然变得那么陌生。

一瞬间我因这个梦觉出自己精神的背叛，有一种内疚感。

佳雯是我高一时候的同班同学，我们只有半年时间在一个班级，半年之后我去了重点班级，之后就很少见到佳雯。其实入高中第一天我就注意到这个穿着橘黄色T恤、扎着马尾辫的女孩子。她漂亮、文静，我会偷偷地看她的背影，渐渐地她成了我朝思暮想的对象。

我走在校园里的时候总是盼望看到她，像往常一样，她会拎着绿色的热水壶，穿着棉鞋，用一种特殊的慵懒的样子从对面走过来。那时候的我很害羞，会首先低下头来，等她走过去之后才回头看她离去的背影。在食堂排队买饭的时候如果发现她站在另外一行安静地排队，我会莫名其妙地兴奋一个下午。

后来佳雯去外地读了大学，我留在了当地读大学。某一年的某一天我走在路上，突然想起来今天是她的生日，这个日子在我的毕业留言簿上我看了几十遍，早就记得清清楚楚。我打通了她宿舍电话。

她在一个师范大学读书，我很久之前其实就从网上同学录上记下了她的电话。听到我的声音她很惊讶，一个高中只同班过半年期间好几年未谋面的男生，在遥远的家乡祝她生日快乐。

后来我们开始发邮件。我经常给她打电话，她不在宿舍的时候我会失落。

我告诉她过去我喜欢她，她是我的初恋。她似乎有些感动。我们开始经常在电话里讲几个小时。那段时间我的手机费打爆了，我经常深更半夜和她通电话，倾诉对她的思念。

我们开始互相想念。

我们说过互相喜欢对方。

有一次她说，如果2008年我们都没有结婚，那我们就结婚好不好。

我说好。

然而有一次她说，现在我做你女朋友可以吗。

我居然没有回答。

我不知道为什么用沉默回应了她。

我的第一反应是，不现实。

现实都有什么呢，金钱？时间？距离？对将来的恐惧，不能预知将来？已经时隔数年，如今是否还是当年的对方？距离？一千公里，我有信心么？

其实我一直是矛盾的，我们还是原来的我们么，暗恋了这么多年，不知道为什么说出口，期待什么发生？如果是这样，那为什么又望而却步？

后来佳雯有了男朋友，我也认识了小娜并且同居。

她发邮件告诉我，他们互相喜欢对方，他也是一个高中的校友，比她还要小，她挺喜欢他。

其实之前我在校友录上看到过他们头靠到一起开心地笑的大头

照，只是没有说出来。

"你老牛吃嫩草！"我说。

她"呵呵"地笑着。

我的心里苦极了。

她祝福我早日找到喜欢的女孩子。

我后来没有告诉她我也有了女朋友，虽然不是那种精神上一直喜欢着的人。

后来我似乎忘记了她，日子就这样在继续。

某年某月的某一天，她居然动情地对我说："既然这样，你们就分手吧，我爱你。"然而这只是在梦里。

我居然做了这样的一个梦，在异国他乡。

下午6点钟的时候，我昏昏沉沉地醒过来，再次看到李冰懒洋洋地躺在自己的面前，重新确定那只是一个梦。

离开巴黎只是因为这样一个梦？

李冰醒来的时候，我对她说："你先自己一个人在这里住着，我会和林叔叔说的，等找到合适的房子你再走。"

李冰看着我，怔怔地说："你要去哪？"

我一愣，说："随便去哪。"

李冰眼圈红了，说道："兰晓你不要走好不好，我明天就先搬到朋友家去，我知道你不想看到我……"说完又"呜呜"地哭。

我知道她心里比我还难受，走过去把她搂在怀里，对她说："过去的事情都过去了，忘了吧，不要让它再影响你了，振作起来，好吗？"

我也不知道我从哪里学来的大道理，总之我还是希望李冰振作起来，起码恢复到我认识她的时候那个样子。

我说："我离开这里不是因为你，本来我就不想待在巴黎了，我觉得很压抑。我也厌倦了这里的生活，这里的人，这里的一切……"

我居然是一个容易厌倦的人。

好早以前或许就是，只是一直没有发现。

她喃喃地说："你让我忘掉一切，重新振作起来，那你可以做到吗？我们一起振作，重新开始好吗，兰晓？"

我心里想，李冰，不要用"我们"这个词语了。

我的内心或许从来没有"我们"这个概念，从第一个女朋友开始。我天生注定是个找不到归属的人，李冰。

我用沉默让她失望了。

她一定很伤心，我知道。

我始终不敢看她的眼睛。

那天晚上我自己躺在床上，她待在卫生间里没有出来。

我知道，这个时候我们都想单独地待着。

我居然昏昏地睡过去了。

半夜里我惊醒过来，发现我自己一个人在床上，突然意识到什么，清醒过来，跳下床冲到卫生间。

推开门的一刹那我惊呆了。

李冰散着头发呆坐在那里，目光呆滞，地上扔了一把瑞士军刀，她划破了自己的手腕，地上滴了一地的血滴，一滴一滴的深红色，刺得我眼睛疼。

我上前去推她："李冰，你怎么啦！李冰！"

她不说话，我看到她的手腕划了好几个口子。

我紧紧地抱住她说："李冰你不要这样好不好，李冰，你振作一点好不好！"

我知道她并没有想不开去自杀，她只是心里难受，没有发泄的途径，就用小刀割自己。我知道她心里很后悔，可是我无法安慰她。毕竟我也做不到忘记过去，做不到为她改变自己，做不到为她留下来，更做不到一起构想未来……

我痛苦极了。

第 19 章

　　我是一个每天都做梦的人，夜晚对于我来说，不是生活的结束，而是新的一天的开始，我把梦境作为我生活的一个部分。

　　有一天晚上我梦见和人打架，我把对方脸上弄得全是血。赵启波一看出事了，撒腿就跑，佩佩在旁边边跑边喊："兰晓快跑，兰晓快跑……"阿明、Sophie、罗立丰和曲琪四个人却在不远处的露天咖啡座喝东西，曲琪那纤细的手指间夹着香烟，用一种异常的目光怔怔地望着这边，看到她的目光并没有对着我，我突然意识到什么似的，开始撒腿就跑……

　　我惊醒过来，下床打开了灯，拿出一本法国地图册来，看着这个六边形发呆，心里一种强烈的愿望在重复：我想跑。

　　我的视线最终落在了东南部的那片蔚蓝色上，我决定去尼斯，那里只有晴空万里，一望无垠的大海，高大的棕榈树，还有来来往往的陌生人……

　　我这才放下地图册，心满意足地昏昏睡去。

　　等我起床的时候李冰已经出门了。我给林叔叔打了电话，说我不想在巴黎待了，我要去尼斯。林叔叔什么都没有问，说会让小范联系好尼斯的语言学校。

　　他问我那个温州人后来有没有找我麻烦，我说没有，我也没有提那次去店里找那人的事情。

我感到饿的时候，发现家里冰箱里只剩了两瓶喜力，我得出去买菜了。

好久没有好好地吃一顿饭，我打算去十三区买些东西。

2005年的春节就快到了，十三区过年的气氛浓了起来，华人以及其他亚裔都开始准备过年了。车位很不好找，中国超市里面人摩肩接踵，我这才发现巴黎居然生活了这么多的中国人。我也是第一次看到那么多的亚洲女人找了各种各样肤色的外国人。老外们翻着货架上各种东方食品，猎取能够满足他们胃口的异域食品。

这是个很有意思的现象，东方男人则很少对西方食物感兴趣。"食色，性也"，我刚在想人们对这三样东西的取向是不是趋向一致的，这时看到一个坐在购物车上、棕色卷发的混血小孩好奇地望着我笑，似乎看透了我的心思。我便收起思绪走开了。

我买了一堆觉得自己会吃的东西，还买了半只烤鸭，回到家已经饿过头了，便坐在那里，打开电脑漫无目的地看着论坛，像猎犬寻找食物一样想找出点有意思的东西。网上谈论最多的就是春节怎么聚会，包饺子的，去迪厅通宵的，打牌的，结伴出去旅游的，当然还有打出标语找个女朋友或者男朋友一起过春节的。

我合上电脑，又开始觉得孤独，于是点上了一支烟。

这段时间，我从那个朋友圈子渐渐走出来，如同刚来法国的时候，我又成了自己一个人。这是我第一次在国外自己过年。

其实我给家里打了电话的，只是和爸爸说了几句就觉得没有话说了。我觉得很没意思，我想要找到家的感觉，通过这样的途径是找不到的。

随便吃了点东西我开车去市中心，绕了几个圈子以后我在卢森堡公园附近停了下来，走进了公园。

今天巴黎居然出了太阳，阳光透过有些灰色的云照过来，让人仍能感觉些许温暖。

我在大水池子对面的长椅上坐了下来，透过喷泉能够看到太阳光的折射下五颜六色的光芒，我就这样懒洋洋地坐着。

居然到哪里都一样，寂寞就像影子一样跟着我。

我已经不会像早期那样，幻想艳遇，幻想浪漫的故事了，只是不知道怎么摆脱这种厌倦的情绪，想离开——可离开真的可以有新的生活么，现在已经要打个问号了。从国内来到这里也大半年了，我说不出有什么实质改变。

那天我在卢森堡公园的长椅上坐到太阳下山，风吹过来我觉得冷的时候，才想起来该回去了。就在我发动车子的时候，我从反光镜里看到后面有个穿着米色风衣中等个子的亚洲人也打开车门要走。太阳下山的时候他居然还戴着墨镜，真是什么怪人都有。

这时正好手机响了，是李冰打来的，问我在哪里，我说在市中心，这就回去。我抬起头看到刚才那辆车子亮着灯，发动了却没有走的意思，像是在等什么。我当时觉得有点不对劲，倒没有再想别的，就往回开了。

到了家里李冰笑盈盈地看着我，说："我去买菜了，不知道你也买菜了，好久没有好好地一起吃一顿饭了。"

我看看桌上，她已经做好了晚饭，顿时觉得有些内疚，一种复杂的情绪涌上心头。

我听到外面有汽车发动引擎的声音，下意识地走到窗口，看到刚才那辆车子加速从门前开过，心里一惊，这才意识到：他在跟踪我！

李冰看到我皱起眉头，问我："怎么了？"

"没什么，吃饭吧。"

我们开始吃饭，我的脑子里充满了疑问，到底是谁在跟踪我，鞋店老板？按理说他直接找茜就行啊，那还会有谁？

我开始有种不祥的预感，只是隐隐地说不出来。

李冰看出我的心不在焉，吃了一会儿之后就去房间了。

我听到房间里拖箱子的声音，走到门前，发现她拖着箱子往外走，我问道："你干吗？"

李冰停了下来，望着我说："你不用这样的，我已经找到房子了，本来今晚想和你好好吃一顿饭的，明天我就搬走了……"

我打断她说："你不用这么急的，我和叔叔已经说好了……"

她冷笑了一声，说不用了，说罢垂下头去。

我没有勉强再说些什么。

这天晚上我们没有说话，中间隔了很远。半夜里我突然被电话吵醒，手机不停地响，奇怪的是没有来电显示。我接通了，电话那边是爸爸的声音。因为睡得很浅，我脑子清醒得很，他怎么半夜给我打电话，他不可能不知道法国和中国的时差啊，国内才早上9点多钟，应该是工作最忙的时间啊。

他问我："最近怎么样？"

我说道："还好，怎么了，发生什么事情了？"

他还是问我："你那边一切都好吧，没有什么事情吧？"

我想起来傍晚被人跟踪的事情，想说出来还是没有说。

我回答道："没什么事情，我打算这就离开巴黎去尼斯，到底怎么了。"

"那你尽快离开巴黎吧，到了那里自己要照顾好自己，先挂了啊。"

电话那边成了忙音，我有些丈二和尚摸不着头脑，确定不是在做梦以后，开始反复想这个事情。爸爸从来没有主动给我打过电话，更何况是在半夜里，他说到"尽快"的时候口气有些焦虑。想到这里我愈发担心，我脑子里开始反复出现不同的人：穿米色风衣的戴墨镜的亚洲男子，林叔叔，小范，鞋店老板……我总觉得有什么事情要发生。

我推了推李冰，她睡得也不深，突然一惊，摸索着坐起来问我："怎么了？"

我一五一十地把被人跟踪以及刚才电话的事情说了一遍。

她问："那你打算怎么办？"

"我不知道。"

我叹了一口气，把头深深埋在枕头里。

李冰抱紧了我。

第 20 章

第二天一早醒来，我觉得头隐隐地疼。我穿着拖鞋走到窗口看了一阵，在没有发现任何异常之后我才去洗漱。李冰在房间给家里打着电话，我听到她说今天要搬家之类的话。

我满脑子都在琢磨那个穿风衣的人是谁。我觉得或许从林叔叔身上能得到答案，也觉得爸爸一定有什么事情隐瞒了我，应该问清楚点。于是我拨通了爸爸办公室的电话，没有人接听，打他手机是不在服务区。我又马上打了林叔叔的电话，一打就直接进留言，估计有可能是在通电话，过了半小时再打过去，还是留言。我有些着急，拨通了小范的手机，电话通了，却没有人接。

不祥的感觉再次涌上心头，我想起爸爸的话，尽快离开巴黎。

我开始收拾东西，本来说好最近几天和他们几个吃一顿饭我再走的，看来不能再停留，我不知道要出什么事情，不敢往坏里瞎想。

我只把衣服鞋子装进箱子，把那些生活用品都扔掉了，我心想，有钱什么都能买到。

赵启波打来电后，我没有接。我觉得不应该告诉他我今天就走的事情，他打了两次之后没有再打，估计也没有什么重要的事情。

李冰说等下有同学来帮忙拿东西，我听了有些生气，对她吼道："我说了我会送你的，你没听到么？"

她没作声。

我也不知道自己为什么那么大脾气，其实从昨天下午到现在，我知道自己很不对头，处在极度烦躁和焦虑之中。

李冰找到的房子是在巴黎近郊的九十四省，这是个和几个中国学生合租的公寓，房间有些小，床也不大。我帮着安置好东西，正要离开的时候，发现李冰怔在那里，一言不发。我回过头，看到她眼睛红红的，走上前去抱住了她。

"等安定下来打个电话或者发个邮件给我。"李冰平静地说。

"好。"

离开九十四省的时候，我车子开得很慢。

巴黎今天又下雨了，阴郁的天空像一张怨妇的脸，写满了埋怨和无处发泄。巴黎的冬雨就像挥不去的冤妇的泪水，让人觉得压抑和烦躁。

我一根接一根地抽烟，把收音机开得很大，电台里主持人说春节之后中国国家主席来法国访问，今年将是法国的中国年……

我的电话响了，又是未知号码，我以为是爸爸打来的，接通了才知道是小范，我说道："我刚才电话你了，你没有接，我打算今天就走，给林叔叔打电话是留言，我怎么把钥匙给你？"

那边说话声音很低，我关了收音机，她说："那下午2点在市中心歌剧院地铁站口见吧。"

然后电话就挂断了。

我刚挂电话，手机又响了起来，来电显示是Sophie，我觉得有些惊讶，接了电话，那头慌慌张张地说："兰晓，阿明出事了！"

我脑子一片混乱，问道："怎么了。"

"今天一早家里来了两个警察，没说几句话就把阿明带走了。"Sophie断断续续地说道，"你现在在哪里呢，刚才赵启波给你打电话你也不接！"

"我刚才有事情，我马上过来。"我挂了电话，掉头朝赵启波家开去。

到赵启波家里的时候，他们几个除了罗立丰其他人都在。我看到曲琪今天穿了一件淡黄色的毛线衣，很素净。他们都说我最近不露面，神神叨叨的。

我没有接他们的话。

Sophie说道："前几天阿明情绪有些反常，好像吃了兴奋剂一样，然后有一天说自己中了彩票，虽然钱不是太多，但是够换一辆车子的，没想到今天就被警察带走了……"

"他注册的公司难道有问题么，他都做些什么生意？"赵启波问道。

Sophie支支吾吾道："我也具体说不清楚，他就在网上卖卖东西，我从来没有问过细节啊！"

这时候外面有人按门铃，佩佩去接听门口的对讲机，只听到她说了句"OK"就挂了。她慌慌张张地跑到窗口，探出头去，然后回过头对我们说："是警察。"

我们大家都有些惊慌失措，不知道到底是什么事情。

门开了，进来一高一矮两个警察。他们全副武装，腰里挂着手枪以及电警棍、手铐。那个矮个子的警察对我们说："你们都是明的朋友吗？

我们说是，他接着说："你们的朋友明，他被怀疑偷盗别人的信用卡消费、然后再在网上销赃，哪位是他的女朋友？"

我们互相看着对方，都愣住了。

Sophie表情极不自然，脸一下子红了起来，说："我是。"

"请你和我们去一下警察局接受调查好吗。"

Sophie没说话，跟他们走了出去。

两个警察和我们说再见的时候，我们没有人回答，只是看着Sophie的背影，觉得一切发生得太突然，简直荒唐。

Sophie走到门口的时候转过头来看着我们，眼睛里充满了惶恐，扭头走了。

我们一起站到窗口，看着楼下的警车缓缓离开，警车并没有拉响警笛。

"天哪，怎么会是这样……"半晌之后，才听到佩佩说道。

赵启波道："我也觉得阿明那段时间有些不太对劲，想赚钱想疯了，他怎么能这样……"

我看看手表，上午11点34分，我想起自己的事情，便和他们说我要走了。他们并不知道我指的走是离开巴黎，以为我要回家了，也没有说什么，无人挽留。

我看了一眼曲琪，她和平常一样地和我说再见，我心里说道："这次是真的再见了，曲琪。"

在我眼里曲琪一直是一个特殊的女孩子。我从第一次看到她就试图从她的眼神里面看到一些东西，或者和她之间能够发生点什么。我说不清楚这种感觉。然而她什么都没有直接透露给我，除了那次送她回家之外，我们从来没有单独相处过。我因此有些莫名其妙地不甘心。我一直是个相信直觉的人，然而这一次，我开始怀疑直觉这个东西是否存在。

吃完饭我扔掉了家里的最后一包垃圾，开车离开了别墅。我在歌剧院附近的街道停了下来，朝地铁站走了过去。尽管阴着天，歌剧院门口还是有很多游人驻足拍照。我看到几个日本老太太拿着相机叽里咕噜地互相比画，还看到一群中国游客在那里挨个拍照。歌剧院是座褚灰色的建筑，在灰黑色的天空笼罩下，顶部的金色人像成了这个沉闷画面里唯一有色彩的东西，它们一定是某个宗教故事里的神仙，代表了某些特权，拥有无边的神力。

它们能告诉我那些真理么？显然不能，它们只是虚假的象征。

2点钟的时候，小范并没有出现，我也没有看到她的车子开过去。我开始东张西望，有些不耐烦。我看了四周，是不是又有人跟踪，越是没有发现什么，越是忐忑不安起来。

我突然想起爸爸交代我赶紧离开巴黎，觉得有点不对劲，突然快步走开，找到了车子、朝环城高速开去。

第 21 章

离开一个地方的时候，我通常会心情轻松，偶尔还会沾沾自喜。然而这次没有。我上高速的时候拨了爸爸的手机，还是不在服务区，我的内心茫然一片。

我没想到这次离开竟然带着迷离的逃亡色彩。

我从口袋里掏出几天前买到的大麻，不知道从什么时候开始迷恋这种神奇植物的味道。我的内心慌乱不堪，我很想借助它安静下来。这种植物的味道让我头脑发飘，忘乎所以。点着了猛吸几口之后，我觉得紧绷的脑神经一下子松弛了，甚至整个人像悬浮在空中。我不再想那些想不明白的事情，所有人的脸上的表情都没有那么复杂，脑海里只要想到谁，都是他们露出善意笑容的脸，爸爸，林叔叔，小范，曲琪，赵启波，佩佩，阿明，警察……所有人都笑得那么纯真无邪，像极了一张张孩子的脸。

看到时速表转到170，我知道超速了，然而这种感觉真的很好。我心里痒痒的，我不想停下来，我停不下来，继续，继续……

直到看到了前方一个800米收费站的牌子，我的脚才松开了油门。拿完卡片之后我猛地踩了油门窜了出去。我敞开车篷，一时间竟然忘乎所以，扬扬得意，丝毫不顾从反光镜里看到的长途卡车司机闪着大灯示意，就这样在A6高速一直南下，往前飞奔，像极了一只落了魂魄的野狗。

左岸右盼

高速公路是很容易让人疲倦的东西，大麻效力退去后，我开始厌烦起这一切来，烦躁不安。

天渐渐黑下来，我在里昂下了高速，开进了里昂市中心，打算休息一下。我把车子停在了一条大河边。

站在寒冷的暮色里仰望，我看到不远处山顶的教堂发出来的亮光，它充满光明和温暖，似乎就是我奔逐的方向。

市中心那座最高的大楼肯定是里昂信贷银行大楼了，她鹤立鸡群、光彩照人地站在那里，有点孤零零的感觉。放眼望去，一座座桥架在这条宽阔的河上，路灯把里昂的夜晚装扮得格外美丽，我觉得这应该是个让人舒服的城市。

这时候手机突然响了。我正对着夜色发呆，被吓了一跳，这才想起自己的处境来。那些事情，那些一定有着前因后果然而我一无所知也无从知道的事情，让我又开始心慌起来。

电话又一次响起来，我看是赵启波打来的，就接了。

"兰晓你在干吗呢？打电话怎么不接？"

"我没听见，真不好意思，你在干吗呢？"我问他。

"我从早上起来打游戏到现在，头都晕了。对了，后天小年夜过来一起吃饭吧？"他说。

后天就是小年夜了？我心里一惊。

"我过不去了，启波，我不在巴黎了。"

"怎么没听你说过出去，那你什么时候回来啊？"

"我……我不想在巴黎待了，我搬走了……"

"啊，你怎么说走就走啦？那你现在在哪个城市？"

我听到电话那头佩佩的声音，她凑过来问："怎么啦？兰晓走了？"

我不知道怎么回答他，只是觉得不想告诉他们我的去向，我怔了几秒钟后说："我还在路上，我去南部，可能是马赛吧。"

"兰晓你怎么啦？发生什么事情了么？有事情你和我们说啊，不是在开玩笑吧？那里你谁都不认识，怎么说去就去了……"

我打断他的话说："我在开车呢，先不和你说了啊，安顿下来我给你电话。"

听到他"哦"了一声，我赶紧挂了电话，把手机扔在一边，顿时觉得一阵轻松。

这时候马路上开过去一辆小摩托车，发出极大的噪音。我看到两个阿拉伯孩子极其兴奋地对我大声喊道："孔尼起哇！"

看来他们把我当成日本人了。我正要冲他们喊点什么，他们早已开着小摩托车冒着尾烟过去了。

四周一片寂静。

我突然想起国内，我想起一万公里以外荒郊野外妈妈的墓地。她的世界此刻一定也是如此安静，只是永远没有人间烟火，没有马达声……

我伤感起来。

我感到头疼，正想抽根大麻的时候，从反光镜里看到一辆警车开过来，就赶紧把它藏好，假装拿出一张地图看起来。没想到警车在我旁边停了下来。我的心"扑腾扑腾"跳起来。这时候一个胖胖的警察探出头来，对我喊道："Ca va？"

我松了一口气，他们看到我车子是外地牌照，我又在看地图，以为我找不到路了，我收起地图，大声地说："Oui（没事）！"然后笑着对他说"Merci（谢谢）"。

看着警车缓缓地离我远去，我刚想拿出烟卷，突然看见反光镜里自己的脸：黯淡，苍白，困乏。我充满自嘲地笑了一声，把烟卷扔在了一边。

左亮右盼

我打算在里昂住下来，明天再赶路。

我开到一家旅馆门口停了下来，走了进去，店主用英语对我说："There is no room tonight.（今晚没房间了）"

我心想，有钱还找不到地方住么？因此很轻松地耸耸肩，说了句"谢谢"就走了。

我又开到另外一家旅店，这里总算还有房间，我松了一口气。

"50欧元，先生，您现在就付么？"

我说是，我把信用卡递给他。

他刷了一次，好像不行，皱着眉头拿起来擦了一下，又试了一次，对我摇摇头说："对不起，先生，这个卡不行。"

"怎么可能呢？国际通用的VISA卡，我一直都用它。"

店主对我摇摇头，望着我不说话。

我拿着那张中国银行的VISA卡，愣了一会儿，转身出了旅店。

我找了一个取款机，试了几次，操作都被拒绝了。

我顿时心里七上八下，坐在车子里发呆。

我又转到了河边，我看到路边停了很多旧款的房车，每个房车驾驶室都点了蜡烛，里面坐着浓妆艳抹、穿着暴露的黑人女子。我明白那是怎么回事，心灰意冷地找到个安静的停车场，熄了火，陷入了无助的沉思。

车窗外夜色正苍茫，我觉得视线一阵模糊，渐渐地觉得好困。我爬到后座，侧躺了下来，就这样迷迷糊糊地睡了过去。

半夜里我醒过来好几次，我看看手机，没有未接来电，然后又蜷起腿，试图睡去，我觉得冷，便裹紧了外衣……

等我被扫大街的清洁车吵醒的时候，天已经蒙蒙亮了。我意识到自己在车子里过了一夜，感觉腿有些发麻。我翻了个身，试图再睡一会儿，这时候电话响了。

我拿过来，眯着眼睛看了一下，一看是未知号码，马上清醒过来，接通了，那边真的是爸爸在说话。他的声音充满了疲惫和沙哑。我正想问他还好吧，他先问了我同样的问题。

我过了几秒钟，说："还好，你呢，那边到底出什么事情了，你不要瞒我了，爸爸！"

那边一阵沉默，然后爸爸小声地说："我被人举报了，上面在调查我……"

我打断他，急切地问："你人没事吧？"

他说："人没事，你不要担心我，你现在在哪里，他们把我银行账户都冻结了，你那边暂时先自己想想办法，我会尽快想办法！晓晓……"

我听到这里，心里一阵难受，这是长大以后第二次听爸爸喊我的小名，上一次是在出国之前，在妈妈的墓地。

电话那边接着说："这里不管有什么事情，都和你没有关系，你知道吗，你一定要好好读书，将来出人头地……"

"爸爸！"我打断了他的话，声音有些哽咽。

"对了，那个姓林的，你不要再找他了，我觉得这次事情很可能……你晓得没有？"爸爸压低了嗓子对我说。

我心里一惊，难道是他？幸亏走的时候没再和范小姐碰头，我对爸爸说："我知道了，爸爸，你自己保重。"

电话那边冷笑一声说："放心，没事。"

爸爸的声音听起来让人毛骨悚然，我听到旁边有杂音，然后电话就断了。

我脑子里想到那个满脸堆笑的林叔叔，想起来他和气地对我说，"放心，我和你爸爸是多年的交情了，他的事就是我的事"，我又想到那天被人跟踪，肯定是他派人捣的鬼，顿时一团怒火在心里燃烧起来，恨不得马上到巴黎把他揪出来，用车子撞死他。想到这里我的心"扑腾扑腾"跳得好快。

可是，他为什么一边给我车子开，给我房子住，帮我找学校，一边又举报我爸爸呢？难道他们有什么过节？

我的脑子里充满了疑问。

我好担心爸爸，他祓隔离审查，进监狱？枪毙？

我突然好想回到爸爸的身边……算起来，从生下来到现在这是我头一次为爸爸操心，因为这次他出事了。

"兰晓你等等，我去方便一下。"顾强松开侯婷婷的手，朝不远处的路边走去。

"那我也去。"我喝了太多啤酒，觉得下腹很胀，便和他一起走过去。

"那我也去吧。"侯婷婷往房子的另一侧走去，丝毫没有羞意。毕竟，在这荒郊野外，没什么好顾虑的了。

小便的时候顾强问我道：

"哥们，你说的这些都是真的么？"

"也许你可以当作故事来听，比较好，也不要对别人提起。"我说道。

"知道。"

几分钟之后，我们三个又回到了桌子跟前，月亮已经渐渐隐去了，留下一点黯淡的红晕。

"还想听下去么，你们或许该休息了。"我问道。

"不想休息，你继续说吧，接下去你怎么了？"侯婷婷蜷在了顾强的怀里，丝毫没有休息的意思。

我继续说了起来，滔滔不绝，直到故事结尾。

第 22 章

　　我顾不上等着面包店开门买东西填饱肚子，就发动了车子继续前往尼斯。因为没法继续在高速上刷卡，我决定不绕行马赛而是直接走国道去尼斯。

　　车子开到格勒诺布尔之后，只看到左手边的阿尔卑斯山脉绵延不断，城市里几个烟囱高高地耸着，其余是密密麻麻的房子，一片灰蒙蒙的景象。我就这样从这片景象旁边一闪而过，而我已经记不清一路上这样子一闪而过了多少城市和乡村。

　　过了格勒诺布尔之后的三百公里路居然全是山路。弯弯曲曲的山路转得我头发晕，我甚至有想吐的感觉。我觉得我在沿着一个盘旋着的楼梯往上爬，似乎没有尽头，也没有退路可以走，我终于忍不住在一个山坡的紧急停车位停了下来，弯下腰，开始痛苦地呕吐……

　　到尼斯的时候已经是午后，我开车行驶在英伦散步大道上。此时我丝毫没有了一个多月之前的得意扬扬，只觉得胃里难受，其实我已经有三顿饭没有吃了。我知道再往前开十分钟就会到热闹非凡的老尼斯，我觉得没有必要去那个地方了。

　　我在喜莱登酒店对面的路边停了下来，锁上车子，一屁股坐在了地上。

　　我觉得腰疼，全身没有力气。

左顾右盼

我知道，我已经到了几天前满以为能够给我新的感受的城市——尼斯。

然而此刻我的感受糟糕极了。

我面前就是地中海，海浪冲上细鹅卵石的海滩继而退去，留下灰白色的泡沫，那些泡沫迅速破灭，一个个地消失在小石子间，如同我幻想中浪漫的留学生活。

天色有些阴，太阳被乌云遮住，海风吹过来的时候，我觉得手指被烫了一下，下意识地扔掉了手里夹着的香烟屁股。

我站起来的时候，天色已经全黑了，天上没有月亮。我听到自己的肚子在叫，或许该吃点东西了。

然而我的银行卡已经取不出钱了。我坐在车子里面，不知如何是好。看着手腕上这块价值3500欧元的卡地亚手表，我苦笑不止。

突然我好像想到了什么，一下子站了起来，从后备箱拿出一个箱子急急忙忙地打开。当我从一条裤子口袋里掏出来两团纸的时候，我得意地笑了。

这是我前几天在超市买东西的找零，我看了一下，还有15欧元。

我像哥伦布发现新大陆般兴奋，发动了车子。然而当我看见油表已经到红线，又想起口袋里的十五块钱，顿时泄了气。

我熄了火，关上车门，向灯火通明的市中心走去。

那时候的我，并不知道后面的马路的RUE DE FRANCE就有很多商店。我一口气走到了老尼斯。这里的夜生活才刚刚开始，饭店的窗户里透出温暖的灯光，每家饭店都飘出香味，挑逗着我的食欲。我一边走，一边看着那些饭店门口的黑板上标明的套餐价格。这些价格都超过了我口袋里面的钱，走了一圈我顿时垂头丧气起来。终于我在一个卖KEBAB（土耳其烤肉）的店门口停了下来，这里卖5欧元一个。老板问我要不要饮料的时候，我咽了下口水，摇了摇头，接过KEBAB转身就走了。

虽然我很饿，有好几次想在路上就打开铝纸包着的热乎乎的KEBAB，都忍住了。

走到车子附近的时候，路边的一个穿着短裙子的妓女转过身来，对我说晚上好。她的眼睛里流露出来挑逗的神情。

我有些惊慌失措，也对她说了晚上好，灰溜溜地走了。

我狼吞虎咽地吃完了这个KEBAB的时候，后悔没有买饮料，嗓子快要干裂了。我又出去找东西喝，走了几分钟之后我看到左手边有个酒吧开着，就进去买了一罐可乐，往回走去。

那个妓女又拦住了我，极其挑逗地说道："晚上好啊先生！"

我一激动，不知道为什么对她说了一句："Non，merci！（不，谢谢）"然后飞快地走了。

英伦散步大道上车子来来往往，马达声吵得我睡不着觉，我决定换个地方过夜。我看着尼斯地图，发现尼斯大学文学院离我很近，便发动了车子，开到了文学院门口的马路上，从箱子里面找出两件厚衣服，一件做枕头，一件盖在身上，就这样很快地睡去。

我是个极其警醒的人，从来不会深睡。

不知道过了多久我隐隐约约地感觉到不远处有个车子停了下来，几个人说了些话然后又很快安静下来。黑夜里我的心一下子"怦怦"地加速跳起来，慢慢地睁开眼睛，看到几个影子一晃而过！

我脑子完全地清醒过来，等确定车子旁边没有人时，才慢慢地起身。定睛望去，我看到不远处一辆车子旁边站了个人在打电话，昏暗的路灯能将人的轮廓照出来，是个大个子的理着平头的中国人！

左岸右盼

我的手心都湿了，心跳加速，脑子一片空白，我该怎么办？！

我看着手机，只有一格电了，一直没有充电，这才觉出自己的疏忽来。这时候我听到关车门的声音，车子发动了，缓缓朝我这边开过来。我低下头，屏住呼吸一动不动，听天由命。

等到确定车子缓缓从我身边开走，越走越远的时候，我才缓缓松了一口气。我意识到学校门口不是个安全的地方，于是把车子开到了附近的一个停车场。我试图弄明白到底是怎么回事，用仅剩的几块钱买了张拉丁卡，往国内打电话。然而一次次的系统提示被叫用户不在服务区，让我有些绝望。我坐在电话亭前，不停地抽烟。

我开始反思起来，当初不应该把来尼斯的事情告诉林叔叔的——一个人都不能告诉 因为来这边肯定要来尼斯大学读书，这太容易被找到了！更何况我的车子别人认识，车牌号码也是巴黎的号码，很容易被发现。

虽然这个停车场相对偏僻，我还是提心吊胆了一晚上。在半睡半醒间，天慢慢地亮了，这个地中海的城市苏醒过来。

正当我不知道干什么的时候，我的手机响了，我赶紧接了起来，电话那边不是爸爸，而是曾伯伯。曾伯伯是爸爸几年前的同事，他们那时候关系很好，后来不知道为什么就不来往了。

曾伯伯语气很沉重，他对我说："兰晓，你自己一个人在外面，要坚强点，你爸爸也就指望你将来有出息啊。"

我觉得他的话有些蹊跷，我打断他，问道："我爸爸现在怎么样了，有他的消息吗？"

他说："你爸爸托别人和我通过电话，让我给你寄点钱，我从西联汇款寄给你，你把地址告诉我。"

我说了学校的地址，继续问道："他人没事吧，法院会怎么判他？"

曾伯伯有些迟疑："现在还不知道。"

"那在巴黎到底是谁跟踪我？"

他说他不清楚。我继续问他："你认识一个姓林的在巴黎的人么？"

曾伯伯好像不愿意和我多说什么，他说："有些事情现在你不要多问了，我也不是很清楚……我已经移民到澳大利亚两年多了。"

过了一会，曾伯伯清了清嗓子，低沉地说："你听着，兰晓，你爸爸他，他已经不在了……"

"什么？！"

我一下子觉得脑子麻木，仿佛受了电击一般。

半晌我回过神来，问道："到底怎么回事？你刚才说什么？"

曾伯伯也有些哽咽，说："你爸爸最后一次和我通电话说了，这次事情牵扯到省里面的人，他们派人在尼斯找到了你，以此威胁你爸爸，你爸爸他就在监狱里……"

说到这里我的手机突然断掉了。

手机没电了，我失魂落魄地合上了手机。

我描述不清自己的心情，我宁愿自己的手机早些时候没电，我宁愿听到的一切都是假的，宁愿来法国的一切都是假的，车子，房子，钱，遇到的人，听到的话……

然而我必须面对这样的现实，我唯一的亲人没有了。

我坐在电话亭前，慢慢想起一切和爸爸有关的画面，眼泪渐渐流下来，烟熏到眼睛的时候我觉得疼，然后我开始哭起来。

我看看眼前的一对恋人，他们在黯淡的灯光下望着我，我不理会他们的关切和同情，继续说下去。

第 23 章

　　大年夜，国内应该是万家团聚烟花满天的时候，我却一个人在电话亭旁边的地上坐了好久，直到天黑下来。有时候我会短暂忘记这个事情，有时候突然想起来了又开始难受，我觉得头疼，头在嗡嗡作响。

　　天气沉闷了好多天，天上传来几声沉闷的雷声，很快下起大雨来。我从外面躲进了车里。已经好几天没有洗澡，我觉得自己和街头的流浪汉没有什么区别，坐进车里的时候我自己都嫌弃自己弄脏了车子。我感到肚子饿了，冒着雨去Casino超市买了一个长棍面包，坐回车里吃了起来，丝毫不顾面包屑掉了一地。

　　雨点"噼里啪啦"地打在车窗上。

　　吃着吃着我突然哭了起来，号啕大哭。我已经很多年没有哭了，在这个中国人传统的大年夜，我一个人像孤魂野鬼般地在车子里大哭起来。

　　黑夜来临的时候暴雨停了下来，我开着车子沿着海边朝老尼斯开去。那边灯火通明，雨后空气清新，有一丝丝的寒冷吹进窗户。我觉得好受些。

　　我看到棕榈树下面站了很多穿短皮裙长发披肩的妓女，有好几个是北欧的金发女郎。她们跟前时不时有车子停下来，简单交谈后车主或者带上一个开走，或者因为价格谈不拢而开走。

一种奇怪的心理在作怪，我丝毫不顾汽油所剩无几，在英伦散步大道缓慢地来回兜圈子。每次从她们跟前经过的时候我会偷偷瞄过去，因为嗓子发干而咽咽口水，然后缓缓开走。我在Palais de méditeranee酒店左边的路上停了下来，觉得浑身燥热，不知如何是好。我不敢去看反光镜里面的自己，我知道此刻的我是什么样子，失落，一无所有，憔悴，苍白，贪婪，邪恶，饥渴……我不知道那时候为什么那么嫌弃自己。

我在黑暗里面待了一个多小时，才依依不舍地朝Magnan大道开去。快到ELF加油站的时候，我又看到一个站在路边穿裙子的女人抬起腿向我示意。我鬼使神差地停了下来。

这是一个东欧血统的女人，中等个子，她凑上来趴在车门上笑着对我说："Belle voiture.（漂亮的车子）"

我觉得嗓子里面像堵了团棉花似的说不出话来，心"扑腾扑腾"跳着，看着她不说话。

她挑逗地说："On y va？（走吧）"

我似乎忘了自己口袋里连买个长棍的钱都没有，居然小声问她："Combien？（多少钱）"

她熟练地告诉我价钱，我随即摇了摇头，假装嫌贵，一脚油门走了。回想起来，那一瞬间我一定猥琐极了。

那天晚上我在一个偏僻的角落里睡的觉。

我做了好多梦，但是睡得特别踏实，好多天没有睡得这么香了。我梦见回到了小时候，我在乡下和别的孩子玩，爸爸妈妈还有爷爷奶奶都在，他们说笑他们的，丝毫没有理会我们这些小孩子。我看到妈妈朝我微笑，爸爸开始皱着眉头，后来看到我他也笑起来。

第二天醒来的时候，发现外面是个晴好的天气。我想起来先得把手机充上电，于是进了一个酒吧的盥洗间，轻而易举地找到了插座。我在厕所里一蹲就是半天，丝毫不管外面人着急的敲门声。

开了手机之后听到了曾伯伯的留言，他从西联汇款给我寄了大约3000欧元，告诉了我密码，让我去邮局取。

我对着镜子，简单收拾了一下自己，朝市中心走去。

取出钱之后我先把车子加满了油，找了一个旅馆，好好洗了个澡。躺在旅馆床上的时候，我突然怀疑起整个事情的真实性来，我在想，难道曾伯伯说的就一定是真的么？

为什么国内警方没有任何消息通知家属？

可是这钱……

我查询到了当地法院的电话号码，打了过去，工作人员问了我的名字，他说这个案子要打电话到省检察院。我打了过去，说了爸爸的名字，对方说等一下不要挂，另外一个人对我说道：

"事情是真的，你家的房子以及所有财产被没收，对了，最近有人联系过你么？"

我刚想说什么，又没有说出来，挂了电话。

从那以后，再也没有人跟踪过我，但是我心里反而觉得不踏实。爸爸的自行了结换来了我的太平，他什么话都没有给我留下。我知道他一定有自己的苦衷，每次想到这里我都会暗暗流泪。

我也会愈发觉得自己的无用，我只是个寄生的动物，软弱无能。

我开始算计自己的生活，口袋里仅有的3000欧元，注册语言学校花了720欧，找了个18平方米的公寓500欧一个月，另外交了500欧押金，剩下的1000多欧元不知道能维持到什么时候。我从来没有穷过，对钱从来都是无所谓的态度。说实话，我真不知道来法国到底是为了什么，现在发生这样的事情我是不是应该回国，但是回国能做什么呢……

　　日子在这样的思想斗争和挣扎中过去了几个星期。我终究没能做出任何决定。

　　语言学校的课程不多，尼斯大学语言中心的中国学生也不是很多。我所在的一年级有几个中国学生，他们中间除了老许工作过，其他的年纪都不大。有一个叫曾洁的小姑娘高中毕业后就来了，是我一个省的，算老乡。他们和其他班的中国学生经常讨论的事情是去谁家吃饭，或者怎么找到工作。我好像不太合群，一般独来独往，经常上课走神。

　　曾洁性格开朗，话也比较多，喜欢主动和我搭话，时间长了自己开口喊我哥哥了。那次她非拉我去见一个朋友，说是巴黎有个姐姐来尼斯玩，是她小时候一个大院的，来法国四年了，因为我也在巴黎生活过，说不定有共同语言，说是要给我介绍做女朋友。

　　这个小丫头不知道我为什么离开巴黎，也不知道我为什么不愿谈及巴黎。我一直推却，后来她跑到我住的地方来拉我去，我只好硬着头皮陪她去了，心想，硬着头皮请人家吃顿饭吧，谁让她嘴巴甜，"哥哥哥哥"地喊个不停，这总有代价的。

　　在尼斯老港附近的一个海鲜餐馆，我见到了那个从巴黎来的女孩夏雨，她中等个子，打扮得不错。她从一辆蓝色的宝马Z3上下来的时候，我就估计这又是个混在巴黎的富二代了，他们的生活我太熟悉了。

　　走近了才看到她化的妆有点浓，表情有些高傲。她这样的女孩，身边自然不缺追求者，高傲是自然的。换了几年前的我，一定会动点脑筋，可惜现在的我对这些花花绿绿的事情不感兴趣。

　　"夏雨姐姐，这就是我常和你说起的尼斯帅哥——兰晓！"曾洁介绍道，我被她说得很不好意思。

146

左岸右盼

"兰晓哥哥，这就是我常和你说起的巴黎第一大美女——夏雨姐姐！"说罢朝我眨了下眼睛。我瞪了她一眼，她就跑去吧台喊服务员了。

"你好。"入座后，我问候她道。

"你好。"她也淡淡地回应道。

"刚到尼斯？"我客套地问着她。

"是啊，这不，昨晚觉得无聊，在巴黎待腻了，一大早就发神经开车过来了，来尼斯透透气。不好意思，我去下洗手间。"她拿起身旁的包，去了洗手间。

我被晾在那边，便拿起菜单看了起来，曾洁跑过来说：

"怎么样，不错吧，我没骗你吧，不管啊，今天你得请客，犒劳下我这个媒婆。"

"我来就是埋单哒，你这个家伙。"

说话间夏雨回来了，看得出来，她去卫生间补了个妆。

"说什么这么开心呢，你们？"夏雨问道。

"兰晓说你漂亮呢！"曾洁朝夏雨说道。

我听着尴尬极了，夏雨这样又有钱又漂亮的女孩，这种恭维话听得太多了，你越夸她她越躲着你。不过反正我不想接近她，随她折腾吧。

"兰晓可会耍酷了，平时在班里都不搭理我们的，只和那些金发碧眼的北欧美眉搭讪。"

"你少来啊曾洁，我可没，我法语说不好，怎么搭讪。"我争辩道。

"你别谦虚啊，每次下课你开车从学校离开的时候，我都看到啦，那些金妞在背后指指点点，谈论着你呢，说你帅！"曾洁一副得理不饶人的架势。

看我不作声了，曾洁这才罢休，一会儿又笑嘻嘻地和服务生开玩笑了，人家没听懂她说什么，她这才正儿八经点起菜来。

"今天我们把兰晓吃穷。"曾洁愤愤地说。

"别了，我请你们吧。"夏雨说道。

我虽然口袋里银子不多，可是也要撑一下的，忙说："你远道而来，哪能让你请啊！"

"也不是啊，我每年都会来这边转转的。"夏雨淡淡地说道。

她这么说我就不禁想起那次我们几个来尼斯的场景，心想，不就是过来烧钱么，愈发这么想，我心里就越和眼前这个女孩对立起来。

第 24 章

点好了菜之后，我拿出一包刚才在香烟店买来的万宝路，抽出一根，点了起来。我们坐在饭店门口的遮阳伞下，马路对面就是尼斯的老港，港口停满了游艇。正是尼斯的好季节，世界各地的有钱人也陆续来度假了，他们停靠在港口的游艇也陆续被使用起来。

"你也抽白万？"夏雨说着话，一边从包里掏出一包白色的万宝路，点了起来。

她抽烟的姿势很熟练。我在法国这么久，看到女人抽烟已经是习以为常。在这个国家，女性抽烟似乎要多过男性，而中国女学生抽烟的也不在少数。

"是啊，比较淡一点，偶尔我也买卷烟。"我答道。

"还抽别的么？"

"我？"我看着她，知道她在说什么。

我指指曾洁，笑道："这里有未成年人，你别把人家带坏了啊！"

夏雨也笑了起来。

服务生端上来了沙拉，我们都要了同样的头道菜，一种放了很多当地特产——腌制橄榄的蔬菜沙拉，边吃边聊起来。

"听曾洁说，你也是从巴黎来的？"夏雨问道。

"是啊，巴黎我不适应，就来这里了。"我答道。

"生活在尼斯，可是幸运的事情，不过呢，巴黎也有巴黎的好。"夏雨自语道。

　　我没接她的话，我当然明白生活在巴黎有什么样的好，中国人多，商店多，消遣的地方多，适合有时间打发的人生活。

　　"你的手表不错，我蛮喜欢这一款的，几年前有个叔叔送了我一块女款的，不过我没带。"夏雨看着我手腕，说道。

　　"这么巧，这个也是刚来法国的时候买的，我不喜欢逛街，那时候人生地不熟，只能到处转转。"

　　"哇，这么巧，你们居然戴着情侣表！"曾洁见缝插针道。

　　我心里琢磨着，刚见到她的时候她高傲的表情，估计因为看到这块同样款式的表，消退了很多。我明白，这样的基本款式，对她来说小菜一碟，更何况是别人送的。

　　服务生收走了盘子，过了一会儿端上了主菜。

　　"在尼斯待几天呢？"我问道。

　　"没想好，随便，反正那边有两个礼拜的假。"

　　"哦，那可以和曾洁好好玩玩了。"我刻意把自己置身局外。

　　曾洁看着我，表情怪异，她大概也明白我的意思了，没多话。

　　接下来便是她们两个叙旧为主了，我实在没有心情去了解眼前的这个从巴黎过来玩的富家女孩，我心里的苦楚，不想让人知道。

　　吃完饭后，曾洁提出来去旁边的维勒弗朗西玩。夏雨把车扔在了饭店门口，我就硬着头皮开着车带着她们去了。

　　这是紧靠着尼斯的一个小镇，我也第一次来，曾洁来过，所以她指路。她在后排和夏雨不停地讨论着这个那个，时不时冲我喊道：

　　"兰晓，往右往右，别走错了！"

　　这是条半山腰的路，顺着往东开，就是摩纳哥了，只是当时我们没注意这个小镇。

天气很好，地中海的阳光终年这么和煦明媚，山崖上鲜花绽放，午后的海风吹在人身上，舒服极了。

我实在是没心情游玩，但是不想扫她们的兴，依然把敞篷打开，放着音乐。她们欢快的情绪纵然能感染我一些，而我的内心，却在隐隐作痛，去试着消化那些苦楚。

到了这个小镇，我们停好了车，在海边漫步，正好今天有个旧货市场开放，这两个姑娘便饶有兴致地淘了起来。我跟在后面，到后来沦为帮他们拿包的伙计。走累的时候，便在海边的一个咖啡店歇息，这次夏雨争着要埋单，我就没坚持。她拿出来的钱夹是香奈儿的，估计我现在账户的所有钱都买不起。

我的脑海中，时不时会浮现出几个月前巴黎的那些朋友，大家在咖啡店有事没事聚会的场景，如今时过境迁，如同这天气，一切云淡风轻，只是新的轮回里，我无心去投入。

港湾的中央，停着一艘巨大的游轮，蓝色的大海映衬着白色的游轮，格外明媚风光。坐游轮度假一定是件令人愉悦的事情，可惜这些和我无关，心里装着痛苦的人，到哪里都是痛苦的。

"帅哥！"

我一回头，看到曾洁，她面带怒色地问道：

"怎么啦你，看你一直不开心嘛？在想你女朋友啊！"

"没哦，我可没女朋友，我没不开心啊，只是这风光太美，我有点沉醉而已。"

"哈哈，看你，说话都文绉绉的。"曾洁笑了起来，继续和夏雨聊了起来。

地中海的夜晚来得格外迟，八九点钟天还没全黑，月亮倒是升起来了，日月同辉，多么醉人的景色。

"晚上你们想去哪里吃啊！"我觉出自己有些冷落夏雨，便问她们。

"晚上还没到呐，你饿啦！"曾洁看看我，又看看夏雨，夏雨不说话，曾洁接着说，"来尼斯了就要适应地中海的生活习惯，十点钟再吃晚饭啊！"

我"哦"了一声，便不说话了，其实我是想早点回家，回到自己的住所。

没多久，她们决定返回，我们一行三人这才回了尼斯。

我们在步行街的一个餐厅吃了饭，她们还要逛步行街，我便找了个借口，先走了。

还没到家，曾洁的短信就不停地来了。她说她们不想逛街了，现在在老尼斯想找个酒吧玩，问我什么地方比较好，让我带她们去。

我实在不想出去，就让她们去那家Les 3 Diables，说里面有现场的表演。

她说我真没劲，彻底鄙视我。

我笑了笑，摇了摇头。

若是过去，我肯定得陪她们去的，即使我对人家没想法。如今的我，变得一无所有了，除了手腕上这块手表和那辆车，我账户里的钱已经不允许我去酒吧摆谱了。

后来曾洁告诉我，夏雨对我印象蛮好的，问我有没有兴趣和人家联系，我摇了摇头，说：

"算了吧，其实我有女朋友的，在国内。"

"那也没什么啊！你别后悔哦，人家爸是咱们那省里当官的，很有背景哦！"

"你个丫头，我可不想骗人家感情，再说了，她条件这么好，身边一定有很多追的人，你别瞎操心啦！"

　　后来曾洁再也没有提过这个事情，我们之间也渐渐疏远了很多，上课也没坐一起。后来她找了个法国男朋友，出双入对地走在校园。每次看到他们的背影，我都会绕道而行。

第 25 章

遇见Jessi是在文学院语言中心门口。

当时课间休息，我和往常一样靠在墙上抽烟。

尼斯3月的太阳照在身上已经让人觉出热来，向远处眺望，可以看到碧蓝的地中海。尼斯港起降的飞机频繁地从我眼前划过，我对这样的场景习以为常。

"对不起，你能给我支烟么？"

我旁边站着一个金色头发的女孩子，她的脸蛋有着西方女孩少有的秀气。我从口袋里拿出香烟，递给她一支。

她对着拼音念道："中……华……"

我得意地说："这是中国最好的香烟。"

她用带着口音的法语问我："你是中国人？"

"嗯，你呢。"

"瑞典人。"

我们接下来的交谈让我上课迟到了十五分钟。我低着头进教室的时候老师丝毫没在意。我对自己没和她再多讲讲话后悔不已。

这是个令人赏心悦目的女孩子，我们在学校碰到的时候会停下来聊上几句，一段时间以后彼此有了些了解。

她来法国只有三个月，在一个法国人家里帮带小孩，吃住都在这户人家，还能得到一些零花钱。法国人称这样的职业叫nounou，有些类似于小保姆。听她说过户主家很有钱。她自己上下学开着一辆银灰色的高尔夫。

我对Jessi从来都没有过幻想，我对外国女人毫无概念。我法语有限，英语更有限，因此我们的聊天内容比较简单。她很早就告诉过我她有男朋友。问我类似问题的时候，我说没有，然后想了一下补充到，现在没有。

然而之后发生的事情告诉我，Jessi远远比外表看上去复杂得多，也让我看到了平静之外的法国社会。

3月底尼斯的嘉年华节到来的时候，学校路边的树梢上都冒出新绿了。

上课之前听到曾洁转过身来问坐在最后一排的老许去不去看狂欢节表演。老许推了推眼镜，摇摇头说："要打工，去不了啊。"

我先前曾听老许说过他在一个中餐馆打工，不过赚的很少，只有5欧元1小时。抱怨归抱怨。在没有找到其他更好的工作之前只能先做着。

傍晚我在家里发呆，突然接到Jessi的电话，她问我去不去参加她主人家的聚会，我说好啊。她说要过来接我，不过我就住在学校附近的Rue de france（法国路），于是说道："不用了，你告诉我你住的地方，我自己过去。"

"解释起来太麻烦了，你晚上8点在学校门口等我，我过去接你。"然后她就挂了电话。

晚上Jessi看到那辆黑色奥迪的时候很惊讶，说："中国人很富嘛！"

我笑了笑，没说什么，心想，国外宣传报道的中国都是在黄包车时代，你们惊讶也是正常。我开车跟着她，在Rue de fabron（路名）上七拐八拐地往山上开去。

我头一次发现尼斯居然还有这么多的房子在山上，也头一次看到尼斯的夜晚居然这么别致。星星点点的灯火把整个城市衬托得层次分明，光彩照人。英伦散步大道边白色的路灯像一颗颗大珍珠般把海湾勾勒出一条迷人的曲线。我现在才明白为什么人们称尼斯的海湾为"天使湾"。放眼望去，远处海上停泊了不少游轮，大大小小，灯火通明。

　　Jessi的车子缓缓地开进了一个院子，我随后也开了进去，里面停了不少高档的轿车，我的车子在一辆敞篷的宾利旁边停了下来，顿时逊色好多。

　　这是一栋三层的别墅，整个楼的房间都亮着灯。Jessi过来对我说："到了，跟我来吧。"

　　我有些惴惴不安地走在她后面，进了大厅。Jessi很熟练地和里面的客人打招呼，几乎所有人都对一个中国人的到来表示好奇。我礼貌地点头，对别人说晚上好，他们则点头致意。

　　客厅很大，古色古香的家具上放了不少年代久远的欧式座钟、雕塑之类的摆设，然而最吸引人的是天花板上那盏紫色的水晶吊灯，层层绽放，光彩照人。

　　Jessi从侍者手里接过一杯香槟，递给我，指着不远处穿着白衬衫的一个秃顶中年男人说："这个就是我房东，他是个大律师。"

　　我"哦"了一声，心想，律师这么有钱么？

　　这种私人聚会的场景我曾在电视里面见过，豪华的场面，谈吐优雅的客人，穿梭于客人间忙碌的侍者。音乐响起，客人开始翩翩起舞，水晶吊灯五光十色的碎影在地上转动，我一时间竟有些忘乎所以。

　　酒过三巡之后，没有任何人和我搭讪。我觉得无趣，便从后门走出，站在阳台上看夜景。我点燃了一支烟，不自觉地开始发呆。

左岸右盼

过了一会儿有人拍我的肩膀，我回头看，是Jessi。她换了一身衣服，穿了一件贴身的黑色毛衣，显得过于成熟，和她的年龄似乎不太符合。她过来问我："自己觉得无聊了？"

我吐出一口烟，说："还好啊。"

她说："里面这些人，有的是银行家，有的是医生，有的是议员，有的是老板，都是有钱人。除了我，当然。"她笑。

我问道："那你经常参加这样的聚会么？"

"太经常了，我都厌倦了。"

我笑笑没说话。花园角落里传来窸窸窣窣的动静，后来听到有男人和女人压着嗓子说话的声音我就明白了。我指指那边，她笑笑说："这很正常。"

她开始给我讲她在这里的生活。

她说："这些有钱人都很空虚，特别那些女人，你看她们一个个打扮得很优雅，其实脑子里什么都没有，只知道购物，花钱，打发时间，怎么勾引男人……"

她说到这里我笑了起来，我说："你为此不高兴么？"

"是的，每个男人脑子里想的东西都一样，如何骗女人上床。他们通常会吹嘘自己多有本事，不光攀比开的车子，还会炫耀穿的衣服。上个礼拜在迪厅里有个小子向我炫耀他多有钱，开的车子是保时捷。有次我恰好经过他告诉我的地方，一看，你猜怎么着，他正在汽修厂车间里干活呢，哈哈哈……"

Jessi说完大笑起来的时候，胸部一颤一颤的。

我突然问她："男朋友很有钱么？"

"是啊，他家里很有钱，不过，他什么事情都会听家里的。比如现在，他就乖乖地和家人去瑞士滑雪了。这让我气愤！"

她问起我的事情，尤其是我的家人的时候，我忽然像被针刺了一下，含糊其辞地应付了几句。

屋里的动静小了起来，客人纷纷离开，外面断断续续传来引擎发动的声音。我对Jessi说："我也该走了。"

她笑着对我说再见，然后脸贴上来。这是我们第一次行法式亲吻礼。

回去的时候我挂了空挡顺着山路盘旋而下。万家灯火依旧点缀在山间，黑夜显得有些冷清。风刮进来，老让我联想到鬼影之类的恐怖故事。

三天后我参加了Jessi的房东在游艇上举办的让我大开眼界的私人聚会。

这条长约十米、宽约四米的游艇，一直往南开了二十分钟才停了下来，游艇把尼斯五光十色的夜晚甩在背后，在一个恰当的距离定格下来。

她房东穿得很正式，向各位来宾致了简单的欢迎词，然后举起酒杯，示意大家干杯，这时乐队开始演奏了。

背景音乐响起来的时候，我抬头看到尼斯光彩艳丽的背后，是漆黑惨淡的一片孤山。

Jessi时不时地过来和我说话，她悄悄告诉我："听说房东的父亲是个很有钱的资本家，在马达加斯加有好几个工厂，死的时候留下了一大笔钱。"

Jessi对我眨眨眼睛，说这也是听她男朋友说的，不知道真假。然后对我说，下面的节目很精彩哦。

我听到客人开始鼓掌，转身过来，看到船舱正面一个壁橱样的柜子拉开了帘子，里面竟然站了个女人！

这个妖艳十足的女人随音乐起舞，一边跳，一边做着各种挑逗的动作，看客们有鼓掌的，有吹口哨的。最后这个女人居然脱得一丝不挂！裸女继续跳了一会儿，手指对着看客转了一圈，在一个60岁左右的老头脸上停了下来，大家开始鼓掌喝彩。

这个老头走进了橱窗，居然也利索地脱得一丝不挂，抱住裸女，开始互相调情，然后进入旁若无人的放肆状态……

这时旁边有人吹起口哨来。

船上的客人随意得很，看戏一样地看着表演，有的则边喝着香槟，不经意地聊着天，边欣赏着橱窗风景。

我觉得浑身发热，独自走到船尾，海风吹过来凉飕飕的，我脑子里还是充满了色情电影里那些龌龊的镜头。

第 26 章

这段时间，我除了上课，就是偶尔和Jessi他们晚上一起出去玩。有时候她搭我的车子，去接她的时候我看到她房东对我使眼神坏笑。这是同性间投来的暗语，我当然明白什么意思，他一定以为我在泡Jessi。

在语言学校我们说话的时候也很多，其他中国同学会经常大声地对我喊道："兰晓，泡洋妞的感觉怎么样？"

一直以来养尊处优的生活让我有一种优越感，觉得自己和一般的学生不一样，他们的话我听到了只是笑笑。他们无法理解我的感受，就像我不明白他们为什么不顾一切来到法国一样。我的很多情绪无法对别人解释，事实上连我自己也搞不清楚。

我似乎试图忘记发生的一切，然而事实证明，我枉费心机。

我那时候才渐渐明白，有钱人走路都挺着胸脯，说话都响当当的。每次开着那辆黑色奥迪我都觉得心慌，停好车子之后也不断回头看这看那，好像偷来的一样。

我把自己放在了一个虚幻的世界。表面上我开着漂亮的敞篷轿车，穿着阿玛尼的男装，和帅哥美女玩在一起，出尽风头，然而账户里那仅有的一千多欧元则常常让我心慌。每次去迪厅我总是坐在角落里，像个十足的瘪三。我心慌的时候就抽烟，烟抽多了头疼的时候就喝酒，喝了酒脑子就轻松起来了，再吸点大麻，脑子就飘飘

左岸右盼

然了。我经常和Jessi、她男朋友以及其他朋友去迪厅通宵。他们在迪厅只点香槟，迪厅里香槟卖一百五十欧元一瓶，他们点了我也毫不在意地喝。然而有一次连我也觉得该自己结账，于是表现得毫不在意拿出信用卡给三瓶香槟买了单，买完了单我心里盘算，下次再也不能来这种地方了。

而我恰恰就是最后那次去完迪厅出的事情。

那次在迪厅我一个人在角落吸了不少大麻，头脑轻飘飘的。从酒吧出来的时候Jessi坐了我的车子，我指指路边的妓女对她说："我也一直想找一个，可是太贵了。"

她大笑道："去找啊，不然你自己只能……"Jessi做了个让我暗自吃惊的动作。我突然对她产生某种幻想，回过头看了看她的大腿，想说什么但是没有说出来。

我一连闯了好几个红灯，Jessi反倒安慰我说："没事，我房东经常酒后驾车，但他每次被警察拦下来就给那些条子1000欧元，所以从来没有问题。"过了Magnan，等红灯的时候看到一辆警车停在路边和妓女搭讪，车里面的人伸出手在妓女屁股上捏了一把。我们看到了不约而同地笑起来。

Jessi到家下车的时候，我故意用嘴亲了她的脸，她没有特别的反应。

然后我飞奔一般往山下驶去 。

现在想起来，是大麻害了我。

我开出去没多远就撞车了。我只觉得一阵麻木，"哐哐哐"的声音传到我耳朵里，伴随着强烈的几次震动，我头晕目眩，眼前一黑……

醒来的时候，我觉得头一阵疼痛。这时候病房里走进来一个棕色头发的女护士，她对我说："你已经昏迷一天一夜了。幸亏你系了安全带，你还算走运的，你的车子已经完全报废了。"

我已经没有什么概念，又昏昏沉沉地睡了过去。

三天后我出了院，后来我在一个废车场找到了那辆黑色的奥迪A4。我简直不相信自己的眼睛，那辆车子已经完全变形，被山体岩石碰撞后留下的深深的划痕如同被火烧过了的人脸，丑陋而恐怖。

我算命大的，我撞到了山路的岩石，车子侧翻了但是没有翻下山去。后来路过的人打电话叫了消防车把我送到了医院。

警察在医院找到我说："你吸食大麻了对么？"

我不说话。

他们严肃地对我说："你的车子保险已经过期，而且车主不是你，你没有权利上路的，你知道吗？如果你这次撞了别人，你怎么办？"

我突然觉得心里一阵发毛，涌出许多后怕。

"车主是谁？"一个警察问我。

"我巴黎的叔叔，灰卡（相当于行驶证）上的名字拼音是LIN Yunxiang，他回国了。"

他们拿了我所有的证件做了复印，之后没有再追究我。

劫后余生，这次车祸除了在我脑袋上留下了一道不算深的疤以及轻微脑震荡，其他的没留下什么。

我倒是心里踏实起来，车子不是我的，现在报废了，我一无所有，连手机都丢了。我突然戏剧性地觉得轻松，现在的我，没有累赘，无牵无挂，口袋空空地走在大街上。我经常嘴里叼着烟，一副吊儿郎当的样子。

我每天早上会和其他学生一样背着书包上学，听语言学校的枯燥的语法讲解，课间在外面抽烟，眺望大海。只是我突然和Jessi生疏了很多，我不知道为什么和她刻意划了一道界限。

左岸右盼

我和其他中国学生倒是走近了许多，和老许偶尔聊聊天，甚至偶尔和曾洁一起去食堂吃饭，心平气和地和她那个蓝色眼睛的法国男友谈论一些两个国家里风马牛不相及的事情。

我偶尔会在半夜里悲伤，静静地坐在床上抽烟，然后疲倦地睡去。

几天后收到银行账单的时候，我坐在床上，半天没抬起头来。

我的钱已经快交不起下个月的房租了。

我想我得换个便宜的房子。我给房东打了电话，再三恳求下，他才同意我月底搬走，不扣我的押金。我开始在报纸上找便宜的房子，我把所有房子信息罗列在一张白纸上，然后根据以下因素逐个排除：太贵的，太远的，有中介费的，需担保人的，不能吸烟的，不能做饭的……

我终于在火车站附近找到了房子。房东是个阿拉伯老头，他那满身是汗、浑身脏兮兮的孙女走过来拉我衣服的时候，我觉得一阵厌恶，然而我只能强颜欢笑，说道：

"你孙女好可爱啊。"

老头顿时眯着眼睛笑了，说："你月底搬来住吧。"

他们的屋子里面散发一股奇怪的味道，后来我才知道整个街区以及终日站在路上的阿拉伯人身上都散发着同样的味道。不是看在租金280块钱一个月而且只交一个月押金的面子上，我才不会住到这里来。

搬家那天我叫老许帮忙。他是个热心的人，毫不犹豫地答应了。他正好不上班，但是他看上去一脸的憔悴，看得出来打工有多辛苦。我们两个坐公交车，大包小包地搬了好几次。

搬家的时候我们聊了很多，我这才知道出国之前他在一家事业单位工作，收入还不错，但是最终还是放弃了工作来法国，他想再读一个文凭。

他告诉我，有的中餐馆的老板真黑心，不光工资给的少，加班也是家常便饭，一分钱都不多给。他说他又找到了一份送外卖的工作，一周工作20小时，法国人开的pizza店，会按照smic（法国最低工资标准）付钱。

"你现在就这么累了，再打一份工能行吗？"

他"嘿嘿"地笑了，眼角露出一丝疲倦，说："撑呗。"

晚上我请他吃饭，说出去吃，他拉着我说："行了兰晓，你的心意我领了，咱就在家吃算了，我下厨。"

算起来我都好久没好好吃顿饭了。我天生不会做饭，吃惯了现成的，自己一个人天天马马虎虎应付一下就算了。老许这个家伙居然真有两下子，辣子鸡、土豆牛肉、酸辣土豆丝，不到一个小时就热气腾腾地放在我眼前。我真是觉得自己没用，让别人搬家自己还吃现成的。我去超市买了啤酒，有点激动地打开一罐放在老许面前，拿起另外一罐说："老许，谢谢你啦。"

老许"嘿嘿"地笑道："客气什么，大家在外面都不容易，来，今晚咱哥俩好好喝酒。"

平时不抽烟的老许今晚也抽了一根，他说其实他在国内烟瘾很大，来了这里狠心才戒了，法国的香烟5欧元一包，实在太贵了。

我们喝了不少啤酒，酒精的作用下我又想抽大麻，可是咬咬牙忍住了，一个是太贵我买不起了，二是不想给老许留下个坏印象。

我们谈了许多国内的事情，从他嘴里我才知道，国内工作是多么不容易，职场关系是多么复杂，这让我开始怀疑自己那二十多年的生活的真实性来了。

第 27 章

"我大学毕业那年，留在了省城，按理说，那时候大学生还算紧俏。我拿到第一份工资的时候很开心，给老家汇去了一半，留了一半刚好交了房租。"

老许说到这，和我碰了一下杯，狠狠地喝了一口啤酒，继续说道：

"第二个月的工资，我记得是多了200块钱，对，是1500块。我给我女朋友买了块西铁城的手表，花了1000块钱。"

"你同学啊？"我微醉着问他。

"是啊，同班同学，大学里谈了四年，给我点根烟，哥们。"老许指指放到嘴里的香烟，我便凑过去，给他点上了。

"那时我们租了一个一室一厅的房子，在老小区，那一块没改造，所以房子便宜。我觉得蛮委屈她的，她也不是本地人，我们在省城也算是相依为命了。我被分配在一个事业单位，她被分到了银行。按理说我们这样的还算同学里混得不错的了。"

"后来呢？"我觉得老许敞开了话匣子，会和我说他的故事了。

"后来日子就这么过啊，工作两三年之后就到了谈婚论嫁的年纪了。我们单位好多给我介绍的，还有介绍领导的女儿的，我都没去见面，我心想，我和她好歹也是从学校开始谈的，比较有感情基础。人家都说我傻，好端端的升职的机会摆着不要，硬是谈什么感情。我想啊，"老许独自喝了口啤酒，见空了之后，又打开了一罐，继续说道，"我们谈了六年多，也该结婚了，不然对人家不负责任，对吧，兰晓？"

我点点头。

"她就是在那个时候开始慢慢变的，经常去逛商场，经常参加应酬，回来一身酒气，我还得伺候着她。第二天一早大家各自上班了，也没什么交流了。我知道，她们在银行上班，她又是客户关系部的，应酬是难免的，穿着打扮也不能差了，重要客户得陪好咯。这个无可非议是吧？"他看看我。

我大概明白什么意思，点点头，继续听着。

"后来她就开始经常出差了，电话都没一个，我打过去，那边没说几句就挂。开始我还觉得正常，时间一长是人都得怀疑啊。看到我给她买的手表也扔家里了，对我也越来越冷淡了，我常在想啊，是不是大家的圈子不一样了，她眼光开始高了起来了。"

他拿了一根烟，自己点了起来。

"后来我觉得该结婚了，女人结了婚就安心了，我家里也催我考虑个人问题了，爸妈要抱孙子。我就和她讲，我们在一起也这么久了，双方家长也该见见面，年底不如把事情也办了，也算给家里个交代。没想到她劈口就问：

'结婚？说得轻巧，房子都没有，结什么婚？'

"我想想也是，工作了两年多，也没积蓄买房子，是够委屈她的。我便和家里商量啊，家里是支持的，他们把房子卖了，换了套小的，给我邮过来10万块钱。我自己去看了好多楼盘，最后选了个90平方米的房子。为了给她个惊喜，我没对她说。

"可没想到啊，兰晓，我拿到钥匙兴冲冲地回家的时候，发现

左岸右盼

家里空了好多，你猜怎么着？"

"怎么啦？"

"她搬走了她自己的东西，就给我留个纸条。"

"她说什么？"

"她说这样的日子不是她想要的，和我早就没了感觉，天天从这小区进进出出都觉得别扭，说是有了喜欢的人，决定和我分手呗。"

"就这么走啦，那你当时怎么着的？"

"我啊，嘿嘿，我早就有那么些预感吧，谁让我没背景没靠山又一根筋呢？我还想着那天给她个惊喜呢，你说哥们我够傻吧？"

老许红着脸，神色黯淡。

"你也别伤心了，这样的事情挺正常，这世界诱惑太多了，真的，这样的女人你不要也罢！"我安慰他道。

"话是这么说，可我们在一起六年多啊，这些都是骗人的么？我自己舍不得花钱买衣服，陪她逛街回回都得好几百，后来便宜的她看都不看，我容易吗我，再后来她就不要我陪她逛街了，我哪里知道，丫的有男人陪她逛了，你说我给人绿了都不知道！"

老许有些激动，眼睛里闪出泪花。

我拍拍他肩膀，举起啤酒罐，示意他喝了。

"后来你就出国啦？"我问道。

"你说我买了那个房子，就算住进去了，我能忘了这件事么？我后来听她同事说她辞职了，说是单位的人都在议论，她和一个客户好上了，人家给她买了个大房子，而且人家是有家室的。你说说，宁可做情人，也不愿意和我过日子。我在单位也够压抑，机关你知道的，你有点想法都不行，表现出来你就受排挤了，也没什么发展空间了，我实在不想耗下去。干脆我卖了那房子，从中介那办了出国，再来深造。"

"也不容易，慢慢熬吧，总会出头的。"我叹了口气，沉默起来。

"也算是一次赌博吧。"老许叹道。

说到赌钱，我突然想起了去年在摩纳哥赌场玩老虎机的情景，李冰、罗立丰、Sophie、曲琪、赵启波、佩佩、阿明，他们一下子回到了我晃晃悠悠的记忆里。

我眼前有些发花，几个月前的事情仿佛过了好几个世纪，而我九转十八弯，仿佛重新投了胎，过起了另外的生活。

老许后来问我家里怎么样，我淡淡地说："他们不在了。"

他拍拍我的肩膀，拿起啤酒瓶子说："来，干了。"

那晚我们喝光了所有的啤酒，喝到后来老许哭了，我在一旁没有反应，狠狠地抽着烟。

第二天早上老许走的时候我硬是塞给他两包香烟，他不肯要，说你还是自己留着吧，我怕自己上瘾了。

现在想起来，老许这样的好人真是难得，帮了我我都没有办法报答，只有心里记着了。

我从楼下街道走过的时候，路边总是站了很多阿拉伯人。他们成天到晚在那里谈论着什么，有人慷慨陈词，有人侧耳倾听，他们见面通常抬起右手放在胸前表示虔诚，他们的俱乐部里总是飘出混杂着各种水果味的烟草味道。我每天都看到桌子旁边放着一种造型独特的高高的水烟壶，长长的管子那头就是一张张布满皱纹的古铜色的脸。

这是个烟草和垃圾同样泛滥的贫民区。而我真正觉得自己是个穷人，是在只剩下最后一包香烟的时候。

此时的我已经酗烟如命，我把最后一包香烟藏在了平时看不见的地方，开始去烟草店买烟丝和烟纸自己卷烟。大麻对我来说是个奢侈品，好几次那个阿拉伯小孩问我要不要，我都说不抽了，不光是因为我买不起了，其实那次事故之后，我的心理产生了些微妙的变化，我想彻底戒掉这个东西。

我卷烟的时候会把烟丝多放点，抽完一口之后，浓浓的烟从黄黑色的烟丝里冒出来，烟嘴那里流出黄黑色的焦油，十分恶心。

我会经常在晚上拿着笔在一张白纸上写出最近的开支，甚至精确到分，现在想起来有些夸张。当我算计即将到来的开支的时候，总是心慌不已，我觉得自己迫切需要一份工作了，哪怕是小时工。

让我清醒过来的，其实是我的处境，我必须为生存着想，不能再稀里糊涂地对事实假装视而不见。

我去ANPE（国立职业介绍所），这是老许告诉我的专门给人找工作的地方。我每天下了课去那里，可是电话打过去，对方都说已经找到人了。老许后来告诉我，那边得一大早就去，否则等于白去。我于是早上8点20就在门口等着，门口也聚了很多人了。8点半门一开，工作人员把最新的招工信息贴出来，我就这样一个一个摘录，然后一家一家地打电话过去。这时候的我，法语已经会说一些了，一般交流没问题，但是不流利，偶尔也碰到电话那边不耐烦地挂掉的情况，次数多了我也就不在乎了。

第 28 章

整整一个月我没有找到任何工作，连一次面试机会都没有，我几乎绝望。在超市我总是寻找最便宜的东西，买完东西我总是看了又看，然后放下一些可以不着急买的，因为我的钱已经所剩无几了。

5月中旬学校的课程接近了尾声，我早已心猿意马，盼望着暑假的到来能带来更多的工作机会。我一开始只看餐馆的工作，后来我什么都看，农场、果园、照顾老人、清洁工、值夜班……开始我只看不需要工作经验的工作，后来发现不对，这样我能找的工作寥寥无几，后来就干脆都说自己有经验。

我的法语在找工作的时候有了很多长进，我可以很熟练地打电话过去推销自己，这让我有次差点出了洋相。

那次我一大早就去了ANPE，打了一圈电话，都说招到人了。我急了，就给一个养猪场打电话，他们贴了广告在招负责给猪配种的饲养员。我脸皮厚起来，有模有样地告诉对方我是多么有经验。对方愣了，说你在中国养过猪么，我说是啊，我家里养了三头猪，他笑了，说中国人真是太强了，你到农场来试工吧。

我刚一答应就后悔了，心想，真的让我去啊？我硬着头皮记下了电话。

那一整天我都在跟自己争辩，去还是不去，去的话没准人家要了，月底就有钱了，不过也很有可能穿帮，不仅无功而返，还让人觉得不诚实。我脑子里乱糟糟的，好像一群因发情而躁动不安等着交配的猪在我脑子里跑来跑去。最终我还是没有去，我对农场主说我没有汽车可以去上班，真是可惜。

几个月后我把这件事情说给张晓兰听的时候，她差点没笑得背过气去。

我一直以为，遇到张晓兰才是我在ANPE甚至在法国最大的收获。

相遇是如此奇怪的东西，明明就是几个月的事情，你回想起来的时候，会有时隔数年的感觉，如此抽象渺茫，印象模糊得让你会去怀疑它的真实性。你想伸出手抓住那过去，它却像镜中月、水中花，你把手伸进镜子，镜子会破碎一地，把手伸进水里，水面也会破碎不堪，残影无痕。你正不知所措或者发呆的时候，镜子碎片里会出现自己苍白的脸庞，水里平静下来出现自己阴森的倒影。

那天她也是来找工作的。她先和我打招呼，后来我常因为这个笑话她。其实是我忍不住总朝她看去，她被我看得不好意思了，才勉强对我笑着说了声"你好"。

我们互相问了所有中国学生相遇之后几乎必问的东西，比如来自哪里、来法国多久、来当地多久等，然后互相留了电话，说是有空联系，却一直没有联系。我们并没有说太多的话，一是我早已没有心情幻想什么风花雪月，二是我可能内心觉得自己狼狈不堪，在别人跟前没有信心。

我在一周后找到了二作，在一个私立教学机构负责公共区域的卫生。接到电话我不知道有多高兴，可惜我没有人可以倾诉。

我负责打扫地面卫生，还有保持卫生间的清洁，每天工作两个小时，一周就有十个小时。我晚上在纸上算过好多次，这个工作每个月能够赚回房租。

然而第一天工作下了班之后，我就被清洁公司的老板狠狠地骂了一顿，他居然说道："混蛋！你怎么搞的，厕所刷得不干净……"

我在电话里一直道歉，说马上过来。

我跑到火车站去等公交车，好久都没有车子来，我着急的心里像有无数个小虫子在爬，痒痒的好难受。我就跑过去，一路上我气喘吁吁地跑啊跑啊，赶到的时候已经四十分钟过去了，满身大汗。老板大发雷霆，说道："这样客户怎么可能付钱，你下次再这样就不用干了！"然后他开车走了。

我不知道说什么好，明明是弄干净了才走的，解释也没机会了。我低头进了卫生间，拿起刷子刷了起来……

回去的时候我没有坐公交车，怔怔地沿着海边往回走。

已经是晚上9点多钟，天正在暗下来。在海边享受初夏阳光的人们已经纷纷收起垫子和毛巾离开海滩。人渐渐地走得差不多了，我还是失魂落魄地一个人沿着海边走。海风吹过来，我觉得身上起鸡皮疙瘩，尽管是在天气炎热的6月。

以后每次下班了我都从海边慢慢走回来，一是省钱，二是我觉得心里压抑，受不了拥挤并且时开时停的公交车，看到别人的脸我也会觉得很烦。半夜里我睡不着觉的时候就会坐起来，即使是凌晨两三点钟，外面也偶尔会有海鸥"呱呱"地叫个不停。我跑到海边去，对着黑漆漆的地中海，像海鸥那样大声地呐喊，一直到累了坐在海边。

我经常听到英伦散步大道上深夜还在站街招揽生意的妓女对我喊道："闭嘴吧你！"

左盼右盼

2005年的夏天，我过得极为狼狈。我在不久后有了第二份工作，因为老许找到了一份送外卖的工作，就不做中餐馆了，问我愿不愿意顶替他。我想都没想就答应了。

这个中餐馆离火车站不远，和周围其他中餐馆一样做各种不正宗的中餐。天气特别闷热，走在外面胸口像是堵着一口气，更何况在厨房。厨房里不怎么通风，每次上班我几乎全身湿透，油烟熏得我眼睛都疼。我负责刷碗和打杂，恰好最近洗碗机坏了，我必须用手在半米深的水池子里不停地刷碗。清洁剂让我的双手发痒，我知道这是轻微灼伤的表现，但是上班第一天老板就明确告诉我，戴着手套刷碗是不可能的。

老板是个柬埔寨人，不会说中文，他总是对我大声喊道：

"Xiao，快点快点，前面需要盘子！"

我的同事看上去都很憨厚老实，厨师是越南人，叫Qu，他父亲是中国人，所以会说一点中国话，几天下来我们就熟悉了。我笑着告诉他，"Qu"这个字在中文里有一种发音是"蛆"，然后我用法语使劲解释什么是蛆。他愣是听不明白，目瞪口呆。我自打没趣就没再说下去。二厨是个老挝人，叫Sam，不过在法国出生，所以就是法国人。他们会经常指着我脚上脏兮兮的耐克鞋说："哟，Nike，Made in China（中国制造）吧？"

我不回答，和他们一起憨笑起来。我心想，幸亏我把那块卡地亚手表藏在了床头柜，不然又要被他们嘲笑了。

为了下午和晚上有足够的时间打工，我把打扫卫生的工作时间调到了早晨6点，那么早没有公交车，我必须每天5点就起床，然后走路半个小时去上班。

早上5点多钟天空已经泛出鱼肚白，海边散步大道已经有不少晨练的人了。海鸥在低空飞过，深蓝色的大海一直漫延到天际，偶尔抬头会看到高处飞过的一大群麻雀从抹了些许红色的天际飞过，密密麻麻地像一张编织的网。

早起的鸟儿有虫子吃，现在我总算明白了。

上完早班我就直接去语言学校了，熬到中午下课的时候我经常去附近的超市买菜。因为这家超市不提供塑料袋，我就拿个纸盒子装着。开始的时候在公交车上抱着纸盒子露出一截大葱或者芹菜我实在不好意思，会红着脸走到后面把芹菜大葱一折两段藏了起来。后来我自己都见怪不怪了。我会背后背着个装了一本字典几个本子的书包，前面抱着装了大米蔬菜的盆子，衣服上带了不少油烟味。原来看到美女我会不停地瞟过去，现在我会下意识地低下头或者缩到人堆里，我知道，这叫自卑。

我终日困倦不堪，到了晚上上班的时候Qu经常对我说：

"Xiao，你又打哈欠了。"

Sam贼笑道："晚上太累了吧。"

我懒得争辩，和他们一起哈哈大笑起来，直到老板走进来瞪着眼睛说："你们小声点，外面都听见了。"

时间就这样匆匆过去，一天又一天。

左岸右盼

第 29 章

　　我在学校图书馆上网意外收到了Sophie的电子邮件。她问我最近好不好，喜不喜欢尼斯这个地方。她告诉我阿明被判了两年刑。罗立丰出事了，他在罗浮宫碰到警察查导游证，之后收到移民局的限日离境通知，没多久就回国了。现在她和佩佩他们也很少联系，曲琪去斯特拉斯堡了，也是没打招呼走的。

　　不过我走后大家经常提到我，说打我的电话都进留言，说我人间蒸发了。

　　她的邮件洋洋洒洒，说现在自己一个人也很自由，很喜欢在巴黎的生活，什么都有，尼斯虽然风景好，不免单调。她问我有没有在尼斯泡妞等，让我回邮件告诉她新的手机号码。只是整个邮件没有提到李冰。

　　我看了半天，想起在巴黎的点点滴滴，一切似乎都已经远去，遥不可及。我非但没有回复，还删除了她的邮件。

　　走出图书馆，我点起一根卷烟，狠狠地抽了一口，咽到了肚子里，然后被呛得咳了起来。

　　他们的生活圈子我本有意逃离。

　　只是没想到这个圈子在我离开之后也已破碎。

　　李冰还有曲琪，你们在做着什么，此刻？

　　我感到彻头彻尾的孤独，是在法国国庆节前夜。

这天我休息，听Sam说海边有焰火，就走出闷热的房间，一直走到了海边。

尼斯的夜景永远那么迷人，焰火升空的时候，四处绽放，五颜六色，绚丽缤纷，然后在夜空消失，新的烟花升起，重新绽放，一刻都不停止。高档酒店海边露天棚下面穿着正装的有钱人正频频举起高脚酒杯，庆祝这一盛大的节日。

我突然想到了在国内的时候，爸爸给我过生日夜晚放焰火的场景，想到小娜，想到小张，想到黑色的帕萨特，灯火通明的马路……

如今他们都消失在我的生活里，永远或者暂时地消失，现在只有我自己，在这焰火满天的夜晚，静静地面对着黑漆漆的地中海，坐在行人来来往往的路边发呆。

再次遇到张晓兰是在一个面包房。

那天我下午有课，下课了来不及吃晚饭就得赶去饭店上班。我匆匆忙忙地钻进一家面包房，指着玻璃柜里的巧克力面包说："来两个。"

我居然听到柜台里面有人用中国话说："饮料不要么？"

我以为身后有人，转过去看了半天，柜台里面传出来女人的笑声，这才发现，居然是她。

她喊道："兰晓，好久不见，这么着急赶着去哪？"

"你还记得我的名字啊。"

"是啊，我的名字后两个字倒过来就是你的名字，怎么会不记得。"

我一愣，倒是真的，我倒一直没有注意。

我匆忙说道："我赶时间，拜拜啊。"走了一步我又回过头来问她："你在这里打工啊？"对面的她笑着点点头。

我迅速环顾一周店里，然后用很肯定的语气对她说："嗯，不错。我也上班去，回头来找你玩，拜拜！"

她向我挥手道别。

现在想起来，她笑盈盈地站在那里挥手的样子好看极了。

我几乎是跑着去饭店的。在路上我似乎格外地兴奋，以至于忘了吃我的巧克力面包，到了饭店就换上工作服上班了，半夜下班走在路上才想起来还有两个面包丢在储藏室，便宜老鼠了。

那天晚上Qu和Sam问了我好几次怎么了，怎么那么兴奋。

我信誓旦旦地告诉他们，我在路上遇到一个美女，他们再追问时我就得意扬扬地什么都不说了。

几个月后我对张晓兰说起那次相遇对于我们的交往至关重要，从那以后才想接近她。她问我为什么，我说："或许我刚知道和你的名字次序颠倒，或许我发现你居然记着我，或许，我发现你和我一样为生计操劳而有阶级认同感吧。"

张晓兰一把推开我说："去你的吧，兰晓。"

现在让我来总结对张晓兰的印象，自然而不做作，清新而不庸俗，漂亮而不妖媚，镇定而不世故，和蔼而不暧昧。

我到很久以后都一直问自己同样的问题，我到底算不算喜欢她。

大多数时候我做出否定的答案。

我把这种奇妙的荷尔蒙分泌促使的想走近她的原因归结于朋友间的喜欢，喜欢和她说话，希望了解她，希望她能接纳我成为她的朋友。

我从张晓兰的同学魏芳的QQ空间看到她们在普罗旺斯的照片，其中有一张是她和张晓兰的合影。她们的身后是一片紫色的薰衣草，张晓兰穿着白色连衣裙，她恬淡的表情和若隐若无的笑让我想起蒙娜丽莎的神秘微笑。这始终是我心里的秘密。

　　说到这里，我对着眼前的这对恋人说道：
　　"这就是我为什么来这里的原因，现在你们知道了。"
　　他们点点头，示意我继续说下去。
　　我说话太多，疲惫不堪，只能靠香烟来提起精神。

　　学期结束时我收到学校寄来的期末考试成绩，除了法国文化课
没有及格，其他的居然都及格了，比我想象的要好。下学期听说有
水平测试，还有升入二年级的机会，我想暑假抽点时间学学法语。
老许告诉我，新学期外国学生办长居需要有一年的生活费用证明，
大概5000欧元。我掰着指头算了一下，照这样打工下去，我9月份估
计也只有个500欧元了，才十分之一，我忧心忡忡。
　　500块钱买个单程的回国机票是足够了。
　　我把忧虑说给了老许听，老许让我别着急，说可以想办法的，
毕竟他在法国的时间比我长。他说："几个人互相开支票，你先兑
进去一笔钱，几天后开个存款证明不就行了嘛？然后别人再把你兑
走的钱兑回去。不过，我只有800块钱，还得想想办法。"说完他就
皱起了眉头。
　　老许的主意给了我不少宽慰。
　　我不能就这么两手空空地回国。法语学了一半，英语忘得差不
多，就这样回国了我心里惭愧。
　　我想起在巴黎的赵启波，他应该有足够的钱。
　　我打通他电话的时候，他好像正在吃饭，我们说了几句废话
之后，我直截了当地问他："能借我些钱么？我办长居要开存款证
明。"

他一愣，说："要多少？"

我盘算着，算上老许的800，说道："再有4000就够了。"

他"哦"了一声，说："我看看吧。"

我看他有些犹豫，便说我给你开个4000欧的支票，你过三天兑回去就行了。

他说没事，我就挂了电话。我马上给老许打电话，告诉他搞定了。他也很高兴，说晚上一起吃饭。

我说："那我来买菜买酒啊，你下厨就行。"

他说AA制，不然就不来了。

我心里想，原来花个几百欧元都没感觉，现在这点钱都在心里盘算着了，觉得心里像压了块石头。

晚上我们吃得很丰盛，边喝酒边聊天。我房东屋里好几天没动静了，也没有见他人影，估计回突尼斯老家度假了。我们大声说话也没有顾忌。

酒喝到一半的时候我的电话响了，是赵启波打来的，他支支吾吾了半天，说卡里的钱也不多了，恐怕不能借给我，又问我现在怎么回事，到底还剩多少钱。

我听了着急，就三言两语地把发生的事情告诉了他。

我听到电话那头女人的声音，好像是说"别"。

赵启波说道："这样啊。"然后也没有说别的。

我看他那么勉强，就说："算了吧，我再想别的办法，没事的。"然后挂了。

我拿起酒瓶子，碰了下老许的瓶子，说："来，干了！"

说完我一口气喝光了。

我傻坐在那里不说话，醉眼蒙眬。

老许关切地看着我，我知道他听到了我的事情会多少有些惊讶。不过他没有再问我什么。

许久我才叹了一口气，说道："我还以为他会帮我……真不好意思老许，我们白高兴一场。"

他说："也没什么。他可能也有难处。"

我打断他说："狗屁，他有什么难处，不就是看我没有钱了，担心我不还给他么？他奶奶的，人穷了就被人看不起了……"我心里冒出一阵火。

就这样，我和老许的长居一直没有办下来，我们成了不折不扣的黑户。

有时候警察在楼下拖违章停车的时候，我都会情不自禁地绕开走，心里七上八下。我知道这个区住了数不清的黑户阿拉伯人，我有点担心哪天警察把我拦下来，让我出示证件。

接连几场暴雨之后，天气忽然凉了下来。

第 30 章

尼斯的秋天来了，穿上一件毛衣走在外面都觉得冷。我去上班的时候会经常故意绕到张晓兰上班的面包房门口，偶尔能看到她转过身去忙碌。她不在的时候，我心里会有些失落。

秋天是个容易让人惆怅的季节，我走在路上会细心观察树叶的变化，我会观察它们从浓绿变成浅绿，再从浅绿变成黄绿的过程。我沉默寡言，只在脑子里和自己说话。

很奇怪，我不希望她发现我，我觉得那样会很尴尬，会没有话说，会像所有人一样在路上遇见了打招呼说些毫无新意的废话。我不想我们之间被碌碌的生活磨平，变成虚无的感觉。

不到一个月，老许又找到了一个在酒店值夜班的活。他高兴地告诉我，每个月有固定的五六百的收入，并且能出示固定工资单，就能办下来长居了，而且现在两边加起来每个月能赚1000多欧，只是很辛苦，走路的时候都想睡觉。

因为两边赶，他花500块钱买了一个二手的50CC的小摩托车，和他送外卖骑的车一样。他晚上开到酒店车就停在那里。我晚上经常借着骑，一直开到山上，在一个安全的弯道停下来，惬意地抽着卷烟，望着下面这个灯火交织的城市发呆。我现在做的最多的事情就是回忆，过去的很多事情，现在想起来觉得很虚无，有时候我都在怀疑到底有没有发生过。

我会情不自禁想到张晓兰，此时此刻她在做什么？会不会某一天和她一起站在这高处，看着尼斯的夜景。这应该是很幸福的事情，很动人的时刻，我想。

下山的时候我通常会接二连三地闯红灯，肆无忌惮。可是当我有天看到几个警察把一个骑小摩托车的年轻人拦下来检查证件之后，再也不敢乱闯红灯了。

这期间我一边找新的工作，一边想办法联系原来的朋友，Sophie，李冰，甚至小娜。Sophie一直没有答复，不知道是不愿意帮我还是没看到邮件。

这件事情最后竟然是小娜帮了我。

开始的时候我们只是聊聊过去和近况，她告诉我她随他男朋友回了波尔多。开始她还奇怪，我来了法国这么久怎么从来不和她联系，后来我支支吾吾说到长居还没有办下来的时候，她笑着问我："钱不够是吧。"

没钱了才会想到联系她。我当时真想挖个地洞钻进去。

没想到她对我说："我有3000欧元，可以借给你。"

听了这话我心里顿时一热，同时心里很不是滋味。

小娜说："兰晓，我下个月结婚，你来么。"

我一听愣住了，想不到说什么了。

过了很久才说："恭喜你。"

小娜在电话那边声音有些哽咽。她说："兰晓，我听说你家里的事情了，一直联系不到你，也不知道怎么安慰你。你一个人一定很辛苦……"

我不知道为什么突然挂了她的电话，我不想半路上提那些事情。

三天之后我就拿到了存款证明，去移民局交了申请。然后把钱转给了小娜。我不知道怎么感谢她，只是说了最简单不过的一句"谢谢"，她的回答也很配合我，只是回了"不用谢"三个字。事实上，她越表现得不在意我心里越不好意思。

我感激的不只是她借钱给我。

我把这个事情对老许说了，我问老许，我是不是太过分了。

他摇摇头，没有说话。

小娜的结婚让我多了种表达不清的感觉，妒忌？懊恼？轻松？内疚？伤痛？我让自己不去想这个事情，毕竟这么长时间没有联系，曾经的那些现在想起来又能说明什么，感情面前我是个十足的懦夫。我不相信安定，不相信厮守，不敢去面对，不敢负起责任。

这种看似检讨的自我寻思在我脑子里出现了很多次。

我不知怎样让自己平息下来不去想。

安定下来对我来说是件多么可怕的事情。我实在不明白人为什么能够安定下来，在一个不大的圈子里往返，日复一日，月复一月，年复一年，直到死去，像一个圈子里的兔子，最后摔倒在圈子里。

我始终想象着死亡的逼近，我似乎是一只充满恐惧的兔子，毫不停留地往前跑，心慌不已，不愿意回头。

一只逃亡的兔子怎么会有心思停留下来。

如果我告诉小娜，我妒忌她的结婚，她那将要孕育的将要出生的混血儿，她会有什么反应？

我如同掐灭香烟那样扼制了自己的想象。

这个冬天法国一改往年的沉闷，沸沸扬扬。

一个黑人小孩为了躲避警察的盘查，跑进了有着高压电的房子而死亡。巴黎郊区爆发了骚乱，全法国成千上万辆汽车被烧毁，游行示威不断。

电视里天天报道这个事情，我也天天想到小娜，好几次想给她打个电话，要不是她的话，我就一直是黑户。

我没给她打，我总担心会影响她现在的生活，如果不是我自作多情的话。

"小娜。"我在心里喊道，如同作别后登上一辆不归的列车。

接下来的日子里，我安静了许多，每天晚上我会学习到很晚，我觉得我长这么大从来没有这么认真读过书。每天早上出门的时候我都觉得很踏实，原来好好读书和空虚地过日子有这么大的区别。

我去ANPE又找到了一份小工，每周两次接送孩子上学，正好把时间利用得满满的。三份工作同时进行，我的账户上的钱也慢慢的越来越多。虽然晚上下班之后我觉得很累，但是回到家抽完几支卷烟之后，我都坚持背一下法语单词。

日子就这样飞快地过去了。我变得寡言少语，只是我知道自己在往前走，虽然疲惫不堪。我周围的人也是和我一样，我没什么好抱怨的。现在的圈子和我在巴黎的圈子截然不同，我觉得现在更踏实，人最怕的就是活得没有目标和希望，现在我的目标，就是忘记那些痛苦，读完硕士，告慰父亲在天之灵。

转眼间到了12月，尼斯的雨季开始了。

我第一次发现人的忍耐力那么大，每天我打工累得站不直腰，但是还是坚持学习。

某个晚上上班的时候我觉得鼻子痒痒的，手一抹就看到一摊红色，这才发现自己流鼻血了。我仰着头拿卷纸擦了一下，扔在了垃圾桶里，若无其事地继续干活。我知道，我这是累的。

我不想他们知道我做这么多工，一是在法国学生打工每周超过20小时是违法的，二是不想浪费口舌。

收工时他们经常抱怨成天上班累得要命没有时间出去玩。我心想，我还要赶去做别的工作都没有抱怨，你们就做这一份还抱怨。想到这里我就有些得意扬扬。

但晚上在床上偶尔累得睡不着的时候，我总有想哭的冲动。

这段时间我似乎忘记了外面的世界，我的生活简单得很，上课，打工，吃饭，睡觉。只是走在路上的时候会突然想起在这样的生活之外，还有那么多的人和我一样，为了生活而奔波，无暇顾及其他。

孤单的感觉深深地藏在心底，经过张晓兰上班的面包房的时候，我还是会期待看到她。

我有一种想接近却无从下手的苦恼。

接近她到底是为了什么，我对过去充满了反省，既然我没有勇气面对感情，接近别人并且企图获取对方的好感似乎是不负责任的。她在那片薰衣草的海洋里，已经蔚然成了我的灯塔，而我这艘小船却不知道要不要向她驶去。

我终于在一天夜里给她发了短信，问她最近怎么样了。

12分钟之后我收到了她的回复，她说不怎么样。

"有空来我家吃饭吧，好久没有在面包房看到你。"我写道。

"已经停工三个礼拜了，正在找新的工作。"她没搭我上面的话。

我还是挺想看到她，我说："周一晚上来我家吃饭吧，我正好不上班，老许也有空。"

她说："好，周一晚上见。"

我有些兴奋，毕竟好久没有见到她。我卷了一根烟，使劲地吸了几口，觉得分外地提神，再也睡不着觉了。我给老许打电话，他正在值夜班，我和他说了周一来吃饭，张晓兰也来。他一听就笑了，说："兰晓，你小子准没安好心。"

男人之间这种事情我懒得解释，我说："别废话了，周一晚上你做饭，好好上你的夜班吧。"然后挂了电话。

那天晚上我几乎失眠了，我觉得分外孤单。我好想此时此刻，张晓兰就躺在我的身边，说说话就好。

过去的一切遥不可及，将来的一切如同虚幻，我就生活在这个尴尬的境界里面，日复一日。

没想到，周一晚上的聚餐不欢而散。

那天晚上她穿了一身黑色的风衣，我心想，这严肃的色调和她平和的外表似乎有些不协调。魏芬也来了，还带来了一个自己做的苹果派。

老许在厨房做饭，时不时走出来打岔，他走过来问张晓兰是哪里人。我好像从来没有想到过这个问题，应和道："是啊，我都不知道你是哪里人。"

张晓兰说："我是山西人。"

我有些惊讶，说："你是山西的啊，我一直以为你是江苏浙江那边的！"

"为什么啊？"

我心想江浙的女孩有灵气，但是没好意思说出来，随便找了句话说："山西很多煤矿哦，你们那都是款爷。"

老许插了一句："那边煤矿经常出事，很恐怖的。刚从网上看到一个新闻，又炸了，真是没完没了。"

我开始没觉得，后来我惊奇地发现，张晓兰的脸色变得那么奇怪，以至于让我觉得有些不对头。我时不时地偷偷看她。她的脸涨得红红的，表情反常。我问她："你没事吧？"

她看看我，摇摇头，什么也没说。

晚饭吃得极其尴尬，我不知道什么地方不对劲了，老许也看出来了，饭吃到一半老许问她："张晓兰你没事吧？"

她筷子拿在手里好久不说话，最后才喃喃自语："不好意思，我爸爸十年前煤矿出事了……"

这时候我和老许才意识到犯了一个多么大的错误，真是祸从口出！我们互相傻看着对方。

老许尤其难堪，勉强吃完饭就冲我使个眼色，站起来说："明天一大早还要上班，就不多待了，兰晓，你等下送一下张晓兰咯。"

我说好。魏芬见状，也起身告辞了。

老许走了之后我和张晓兰谁也没有说话。

这是第一次我们单独在一个空间里，只是出乎意料充满了尴尬。我愈发不知道开口说什么，不确定是不是需要安慰她。

后来她说，面包房老板看上了她，总趁老板娘不在的时候暗示她，或者约她出去，她干脆辞职不做了。她笑着说在法国这样的事情遇到的太多了。

她笑着的时候我突然觉得心里很酸很酸。

她起身要走的时候，我才怯怯地问她道：

"你夏天去普罗旺斯看薰衣草了？"

"是啊！你怎么知道！"她的眼睛里突然亮了起来。

"我听人说的，听说那边很漂亮。"我搪塞了一下。

"是啊，超级棒的，我和魏芬一起去的，以后有机会一起去啊！不过好像只有每年七八月份才会开呢！"

"明年夏天，你会和我一起去么？"我心里想到，没有说出口。脑海里顿时出现那个穿着白色连衣裙的女孩，我不敢把自己放到她身边被影像定格，那样的想法会有些疯狂。

第 31 章

那晚送走张晓兰之后好多天没有她的消息。

她的家事让我认识到，每个普通的人背后，或许都有着不同的故事，没什么好怨天尤人的，生活和走路一样，走过一段无法回头，失去的东西永远失去。

我似乎从她身上找到某种共性和认同感。我不想把我的过去告诉她。她这样外表坚强的女孩子其实心里脆弱不堪，不应该再承受什么。

一个星期天的上午，我懒洋洋地从床上爬起来，想起来冰箱里面什么都没有。星期天超市都关门，只有三条马路之外有个菜市场。我急匆匆地穿了衣服，朝菜市场跑过去。早市12点之后就陆续收摊了，一些菜农还在最后叫卖，到最后他们往往会降价处理，实在不太好的蔬菜水果就扔在马路边上了。我看到不少人在捡别人扔在路边的蔬菜，甚至还有几个阿拉伯女人为了抢一筐看上去还不太差的西红柿而争得面红耳赤。

就在抬头的时候，我却看到远处熟悉的身影，是张晓兰！

她穿了一身运动服，和魏芬各自抱了一个筐子，正弯腰去捡脚下的几棵芹菜，她们俩极其熟练地掰去外面的叶子，把好的部分放进筐子。

我顿时觉得脸上一烫，转过身去。

左尾右盼

我像做了贼一样，匆匆离去。

我害怕她看到我。

整个下午我替别人看小孩的时候都在走神，我被中午看到的那一幕震惊了，它在我脑子里面挥之不去。

我想了很多关于张晓兰的事情，我在揣测她的过去，她所有遭受的不幸和委屈，以及我从第一次遇到她开始，她表现出来的镇静自若。我从她身上找到一种生活的勇气、力量和信念。

我总想额外做点什么，可惜现在的我，和以前不一样了。

我对着那块卡地亚的腕表发呆了几个晚上，总算决定，去一个旧货店碰碰运气。

那个瘦子老板看了半天，不说一句话。

我等不及了，问他值多少钱。

他这才慢慢说道：

"200欧元。"

我气得要命，拿起手表，头也不回地就走了。

晚上我如同以往一样开着老许的小摩托车上了弯弯曲曲的山道，我去了Rue de Fabron，几个月前我出车祸的地方。我停了下来，点上一根香烟，对着高处冷清的月亮。我分外地想念张晓兰，我好想此时此刻她就在我的身边，什么话都不说，和我一起分享这一刻，所有的安宁、和谐、静谧、冷清。

如果我是喜欢她的，我想我不会告诉她。

暗恋别人是一种莫大的幸福，我对以往的随遇而安感到羞愧，可惜时光不会倒流，我们也不会在过去相遇。

一个周日的下午，我趁休息的空隙走到尼斯老城区的旅游品商店，停了下来。

这边的商店都会出售各种南部特产，每个商店的货物几乎相同，比如干薰衣草、精油、肥皂、贺卡等等。

我指着紫色的干薰衣草，问胖胖的售货员：

"Combien？（多少钱）"

"Ben，Ca depend...jeune homme...（呃，价钱不一定啊，年轻人）"她耸耸肩，对着我笑，看来我忘了问人家数量。

我弯下身，捧了一大捧，想了想，又放回去一些，微笑着递给了她。

"C'est bien pour votre someil.（这对你睡眠有帮助）"她不失时机地做着广告。

"C'est pour l'amour！（这是为了爱）"我调侃起来。

"Vous avez raison！Bonne chance！（您说对了，祝您好运）"我带着她善意的祝福，离开了老尼斯。

我小心翼翼地走在回家的路上，手捧着一束紫色的薰衣草，仿佛是捧着某种希望。

我把她们放在了床头，每天晚上我会闻着馨香睡去，我惊奇地发现，我做噩梦的机会越来越少。难道真的是这紫色的植物的功效？

学校很快就放了圣诞节的假。因为要打工，放假对我来说没有什么特别的轻松，只是休息时间多了一些。

我给张晓兰打电话，问她假期有什么安排，她说没有什么安排，我说有空的话我们见面吧。

她似乎避开了这个话题，说昨天刚找到一份去人家家里做清洁的工作，每周12小时，总算找到工作了，否则心里觉得慌。

我说我明白，我原来也是这样。

2005年剩下了最后那么几天，随着圣诞节和元旦的来临，英伦散步大道上的彩灯晚上又亮起来了，和一年前一样，漂亮极了。

左岸右盼

去年的我开着漂亮的车子，在这里无所事事，打发时间，赌钱，喝酒。一年后的我赶着去打工，缩着头在路上走，想着想着我自己也觉得好笑，居然情不自禁地笑了起来。

白天去上班走在路上的时候，也能看到准备过节而喜气洋洋的人们，大大小小的商店橱窗上都喷上了圣诞老人和圣诞树的图案，忙着给亲人朋友挑选礼物的人们脸上洋溢着喜悦。我在这样的氛围里觉得分外孤单。

我在一个叫Maison Rouge的巧克力店的柜台里看到一盒精致的巧克力，我想买来送给张晓兰，只是价格不菲，要36欧元，多少有些犹豫。每次经过这个店门口的时候我总会停下来看上几眼，终于有一次我口袋里有足够的钱，我挺着胸脯走进店里，对微笑着走上来的老板娘说你好，指指那盒巧克力说："我想要这个。"

交了钱，我心满意足地走了，刚走了几步我突然想起了什么，又转身回到店里，把巧克力放在柜台上，对老板娘说："麻烦你帮我包一下，我送人的。"

老板娘笑笑说："送你女朋友？"

我摇摇头，笑笑说不是。包好后，我往小费盒子里放了一欧元，道了谢，然后拿起巧克力飞快地走了。

圣诞节的前夜是一个美好的夜晚。

我终生难忘。

其实那个晚上我们待在一起就5分钟，我到了她家楼下，说有东西给她，她刚下班回来，我从背后拿出那个漂亮的盒子，对她说：

"圣诞快乐！"

她喜出望外，盈盈地笑了起来，她对我说："谢谢你，兰晓。"

我壮着胆子，看着她的眼睛有几十秒钟。她无意触及我火热的目光，低下头去。

我沉醉在这短暂的瞬间。这种感觉让人忘记了一切的疲惫和烦恼，觉得这个世界只剩下了美好。

"你别忘了你的承诺哦！"

"什么承诺？"她愕然

我的心一凉，尴尬地笑笑，说道：

"没什么。"

"你说嘛，兰晓！"张晓兰揪着不放。

"你说的，你会陪我一起去普罗旺斯看薰衣草啊！哎，害我当真了！"我沮丧地答道。

"就这个啊，哈哈，你真逗，明年6月我们大家组个团去不就行了么，我做导游！"张晓兰笑着说。

我心想，既然不是想着和我两个人单独去，那我去个什么劲儿。

晚上睡觉的时候我收到她发来的短消息，也祝我圣诞快乐。我迷迷糊糊地，困得很，竟然没有回复。

我沉沉地睡去，如同窗外的黑夜那么安静。

2006年即将来临，新的一年带给我很多新的希望，我觉得有好多事情要去做。上学期的成绩出来了，我每门都是优秀，这是我意料之中的事情。我报了法语等级考试，我下定决心一定考到高级，为申请学校做准备。

至于张晓兰，我不可否认每天都会想到她，但是我一直保持克制，若即若离的感觉似乎更加真实可靠一些，刻意的东西得到了也不会美好。

元旦前夜，饭店没有放假，老许也值夜班。张晓兰提议元旦晚上聚餐，去魏芬家。下午我和老许一起开着小摩托车过去了，路上我们怪开心的，我坐在他后面，时不时还站起来，像个孩子那样大喊大叫。

魏芬住的房子很小，是个15平方米的单身公寓，四个人勉强站得下来。她们两个早就开始忙活了，家里飘着菜香，我和老许拎了不少酒过来。平时大家都上班上学，很忙，好久没有在一起好好喝酒了。

她们做菜的时候我们已经开始喝了，魏芬走过来说："你们两个酒鬼，少喝点，菜还没有上呢！"

我趁魏芬转身的时候朝老许使了个眼色，说："怎样？"

老许明白我的意思，笑着说："你说咋样就咋样呗，靠！"

我也笑起来，拿起啤酒和他碰了一下。

张晓兰炒完一个菜，过来打趣地说道："你们两个家伙说什么呢，我都听到了！"

我们都笑了起来。

晚饭很丰盛，是我一年来吃得最丰盛的一次，张晓兰做饭居然这么好吃。我嘴上不好意思老夸她，心里满是佩服。她们也喝了点啤酒，大家说话没有开始那么拘谨了。

她们逼着老许讲过去的女朋友，然后又想套我的话，我什么都不想说，故作深沉地说："我现在暗恋一个女孩子。"

魏芬问："中国人？"

"嗯。"我的心"扑通扑通"地加速跳了起来。

"谁啊谁啊，快说！"她们两个迫不及待地问我。

看到张晓兰也是那么兴高采烈地问我，我心里涌起一丝的失落，拿起酒瓶子，一干而尽，第一次觉得啤酒在嘴里是那么苦。

我真想突然对她说：

"就是你啊，张晓兰，笨蛋！"

我已经习惯了沉默地表达。

新旧交替，悲伤的甜蜜，甜蜜的悲伤。

唯一特别的地方，是我两个新旧交替的时刻，都在这地中海的城市度过。

好一个物是人非。

左岽右盼

第 *32* 章

　　2006年的到来没有给我新的喜悦，也没有任何反感，只有些无奈。我无法改变什么，时间就是这么过去，由不得你我，给你的，就是一个冰冷的数字而已。

　　偶尔去亚洲超市买佐料的时候，我才能感觉出春节的临近，我似乎刻意抗拒这个节日的到来。

　　我心里充满了恐惧，我不想看到过去，过去如同一个黑洞，幽暗曲折，隐藏埋没了许许多多事情。

　　然而我是凡人，最近走在路上的时候对迎面而来讨香烟的人都毫无反应，上班的时候也常走神，饭店老板喊我的时候我全然不知，为此我被批评了好几次。

　　我毫不在意，现在的我，已经不担心失去工作了，我确信如果失去了这一份工作我会马上找到新的工作。

　　只是忙碌了一天回到家关上房门的那一刹那，我心里觉得很空。

　　春节真的一天天临近了。

　　我变得焦虑，坐立不安。

　　我在想，大年夜怎么度过。

　　这天是爸爸的忌日。

　　我从小到大没有一张和爸爸的合影。

摆在台灯下面的，只有一张发黄的妈妈的照片。她似乎是离我很远了，她烫着那个时代流行的头发，嘴角微微扬起在笑，似乎是某个旧上海电影里的人物，让人有恍然如梦的错觉。

我害怕自己一个人过年，我给张晓兰和老许打电话，叫他们一起过年，多喊点人，人越多越好。

大年夜那个晚上，老许叫了两个男生过来，加上张晓兰、魏芬一共六个人。他们带来了面粉、擀面杖，打算包饺子。老许带来了一条鱼，说是从菜市场买来的淡水鱼，平时法国超市可买不到，过年吃鱼，这叫年年有余。

那两个男生带了两瓶红酒，还拿了两扎啤酒，说今晚不醉不归。我提前和房东打了招呼，他向我摆摆手说："中国新年，我知道的，没事，尽情玩乐吧！"

他笑起来的时候满脸的皱纹让人觉得格外慈祥。

他们都会包饺子，就我不会，我负责擀皮，张晓兰总笑话我，说擀得太厚了。

我笑笑，低下头继续擀。

我在想，去年的这个时候，我身无分文，在尼斯的街头忍受寒冷和饥饿，现在和朋友一起热热闹闹地包饺子准备过年，我觉得很幸福。去年的现在我失去了唯一的一个亲人，现在我有朋友，有暗自喜欢的女孩子。

我发现，人一旦落魄了，欲望就格外地简单了。

正因如此，我看她的时候不敢过多地去揣测她眼神里的东西，我甚至不敢太多地看她，也不想让她觉得我有意靠近她，因为我怕她因此故意疏远我。

我怕失去她。

吃饭的时候，说起新的一年大家有什么愿望，老许说多赚点

左顾右盼

钱，早点读完书回国，结婚生孩子。他那两个朋友笑话他没出息，钱多了结什么婚啊，真是老土了，大家一阵笑。

张晓兰说3月份学校要求实习了，希望能够顺利找到实习单位。

魏芬插话道："美女这么谦虚，从小拿奖学金、大学又被公派出来的尖子生还找不到实习，那我们这些人岂不是要去讨饭啊？"

问到我的时候，我说："想能够被学校录取，还有……"

"还有什么？"他们追问道。

我什么也没说，因为没法说出来。

他们起哄了，我就自罚一杯了事。

这种酒局我在国内经历太多了，来法国除了原来在巴黎有过，在尼斯从来没有这样和朋友喝酒。人不常喝酒了酒量就小了，几杯红酒下去我就晕晕乎乎了，我觉得自己喝多了。

可是今晚我忍不住端起酒杯。

我对着张晓兰，说话已经含糊了，我说道："美女，来，我敬你一杯。"

老许在一边起哄，说："这一杯一定要喝，不喝不行。"

张晓兰连连摇头，说不能一下子喝那么多酒，我心里有些失落，说道："没关系，你随意吧，我干了。"说罢仰头喝完。

老许的两个朋友也是好酒之徒。换作一两年前我的酒量肯定不怕他们，那天我被三劝两劝很快醉了。老许知道，我是心情不好才醉的。我觉得胃里好难受，实在忍不住了，就跑到卫生间吐掉了。

我把卫生间的门锁着，吐完了，痛苦地蹲在地上。

我听到外面有人敲门，是张晓兰的声音。我觉得天旋地转，她的声音听来都有些虚幻。我挣扎着起来，打开门，外面却是魏芬。

她关切地说："你没事吧？"然后转过身对大家说，"兰晓吐了！"

我心里很失落，我摆摆手，说道："没事，今晚高兴，喝高了。"

张晓兰也走过来问我："怎么样，没事吧？"然后走进了厨房。

我走过去坐在桌子旁边，手撑着头，忍受着胃里的翻腾。

10分钟后她出来了，端着一杯热茶递给我。我心里一热，当时真的好想伸出手抓住她端着茶杯的手，然而我没敢。

他们四个被老许叫去打牌了，我就坐在张晓兰的身边。

我感觉慢慢地恢复过来。

她突然问我："兰晓，为什么你总是愁眉苦脸的？"

我醉眼蒙眬地看着她说："有么？"

她笑笑不说话，问我道："打工怎么样，一定很辛苦吧。"

她第一次表示对我的关心，我心里觉得很温暖。我问她："你妈妈还好么，她自己在国内？"

她平淡地说："她不在了。"

我一愣，心里一种巨震的感觉，觉得一阵恶心，想吐，赶紧拿起茶杯，"咕噜咕噜"全喝了下去。

她目光平淡，我明白，她并不需要别人三言两语的安慰，那些都是多余的了。

我眼前的张晓兰，让我顿时觉得她的伟大，自己的渺小。这种感觉更加拉远了我和她的距离，我觉得自卑、一无是处。

其实早在上次之后，每次应付忙碌的打工和学习的时候，拖着疲倦不堪的身体走在路上的时候，想到张晓兰，我就不觉得苦了，她几乎成了我的精神力量。

我期待着有一天，她对我倾诉她的身世，甚至伏在我的肩头上轻轻哭泣，我希望能够成为她发泄的对象。

大年夜他们待到凌晨2点才走，国内此刻已经是早上9点了，该是拜年的时候了。我用颤抖的手从床头柜摸索出两根卷烟来，点着了，一根摆在桌子上给爸爸，一根自己抽着，禁不住流下泪来。

这时候，我突然听见有人敲门。

我擦干眼泪，迟疑了一下，问道：

"谁？"

"我。"

我一惊，是张晓兰，连忙掐灭香烟，走过去开门。

门开了，我站在门口，一时间不知道说什么。

"你不让我进去？"张晓兰问道。

"哦，进来吧。"我有点不知所措，连忙侧身让她。

"你没事吧，兰晓？"她关切地问道。

我支支吾吾不知道怎么回答她，也没想到她会转身回来。

"没什么，有些伤感——你怎么一个人回来了？"我淡淡问道。

我沮丧到极点，尽管眼前女孩是我朝思暮想的对象，她深夜单独出现在我面前。我目光划过床头那束薰衣草，情形有些欲盖弥彰，我低着头不敢看她。

"今晚你给我的感觉很不对劲。我不放心，来看看你了，等下就走。"张晓兰说道。

我一听到"走"这个字，连忙说道：

"这么晚了，外面很不安全，这边阿拉伯人区，晚上太乱，你可以不走的，我的床让给你睡。"

"不用的，我没事。"她笑道。

"今晚很开心，谢谢你们来陪我。"我眼睛有些湿润。

"怎么了，兰晓，我一直想问你，可是每次都没有机会问，刚才你吐的时候我很心疼，可是我怕他们误会，我——"

"别说了，我知道的，谢谢你的关心，我只是有些不开心。"我打断了她。

"因为什么？"她关切的目光看着我。

"因为——"我矛盾得很，脸上像有东西在烧着，我尽量平静地说道，"因为今天是我爸爸的忌日。"

说完我抬头看着张晓兰，她的目光和我平静地交汇，我看到她眼睛里溢出的泪水。

"对不起，我或许不该问。"张晓兰轻轻地说。

我伸手过去，替她抹去脸上的泪珠，我的动作很轻，我不敢堂而皇之地触摸她的脸。我们在床边坐了下来。

"你们走了之后，我想起我爸爸了，点了两根香烟，和他一起抽，然后你就来了。"我叹了一口气，深深地埋下了头。

"兰晓，你知道吗，第一次看到你，我就觉得你的目光里包含了很多东西，你把所有的事情一个人承担，你的内心紧锁。我能理解你，因为我走出来了。时间会让你内心强大起来的。相信我。

"对不起，问了你不该问的问题，其实我们一样，都失去了父母。"

我起身，从床头柜拿出妈妈的照片，她端详了很久，不说话。

我好想抱着张晓兰，我不知道是想在她怀里哭泣，还是想让她在我怀里哭泣。

生命里，注定有些痛苦需要你去承担，你无法选择避让。

"我们关了灯说说话吧。"我说道。

"好。"

"躺下吧。你在里面，我在外面。"

"这……好吧。"

左尾右盼

"你为什么来法国？"我问她道。

"我的母亲在我父亲去世之前三年，就得了胃癌去世了。"

她答非所问，我眼角不禁流出滚烫的泪水来。我情不自禁地侧过身去，轻轻地将手搭在她身上，她微微一动，没有拒绝。

"那时候我还小，不太难过，我爸爸就出去打工，每个月寄钱回来供我读书，我和奶奶相依为命。"

"嗯。"

"三年后爸爸所在的煤矿塌方了，遗体都没找到，那时候我也懂事了，天天哭。"她的语气平静。

我忍不住伸出手去，触摸到她的手，她微微退缩了一下，没拿回去。

"读高中的时候我是寄宿，我很自卑。别人都有家长去探班，我没有。我总是最后一个离开教室，有时候会在被窝里偷偷地哭。"

我松开她的手，紧紧地抱住了她。她的身体有些冰冷，而且传递不了温暖。

"高中毕业后我去了北京读大学，业余自己打工养活自己。那时候我慢慢地走出来了，北京那么大，我那么小，还有很多个和我一样渺小的人呢，每个人其实都是有故事的，我慢慢找到了自信。身边也有了些好朋友，不过毕业后大家都各奔东西了。正好大四的时候学校有公派交流，我被选上了，就来了法国。

"只是离家太远了，以至于奶奶病逝的时候，都来不及回去……"

说到这里她有些哽咽。

"愿他们在天国都好。"我平静地说着，脑子里想起走之前在墓地的那一刻，我不知道他们有没有最后相会，在那个世界。

过了一会儿，她好像从过去的回忆里走了出来，不自然地从我怀里挣脱开来，我觉得一阵尴尬，不知道接下去说点什么话题。

她在黑暗里坐了起来，对我说：

"我还是回去吧。"

"你确定么？"我心里不想她回去，虽然留下来我还是觉得我走不近她。

"怕吵醒房东，算了。"她又躺了下来。

"张晓兰。"

"嗯。怎么了？"

"我……没什么。"我差点说我喜欢她，话到嘴边，咽了回去。

"哦。那晚安，春节快乐！"她翻了个身，睡去了。

"春节快乐。"我喃喃地说道。

我无法入眠，那个暗恋很久的女孩，此刻睡在我的身边，我却没有勇气碰及她。

我能做的，是小心翼翼地伸出手，去触摸床头那束干薰衣草。我小心地掐下一支来，放到了鼻子底下，伤感和疲惫的我在残余酒精的作用下，终于慢慢睡去。

第二天早上醒来的时候，我吓了一跳，发现我正紧紧拥着张晓兰，我们的头靠在了一起，甚至能感觉出她温热均匀的呼吸。

我觉得脸一阵发烧，想缩回去又不敢动，怕惊醒睡梦中的张晓兰。

我的心里像有几十只兔子在跳来跳去，喜忧掺杂，喜的是喜欢的女孩在我怀里熟睡，忧的是她醒来的时候，一定会觉得尴尬。

我能觉出她身体的温度来，即使是隔了衣服，我的手掌碰到她丰满的大腿，这让我心"怦怦"跳个不停，我克制住自己无边无际的幻想，战战兢兢地沉醉在这温馨的时刻。

我多么想去亲吻她的嘴唇，轻声告诉她我爱她。

如果是几个月之前，我会热情地亲吻她，告诉她我要带她去远方，告诉她我想和她一起生活一辈子。可是，现在的我对前途一无所知，我无法做出这样的承诺。

我冷静下来，努力让自己挣脱温柔的幻觉，轻轻抽出手来，躺在了一边。

可是一抽回手，我就懊恼不已。

屋里的挂钟"滴滴答答"地响个不停，我无心入眠，翻了个身，这时候张晓兰醒了。

"兰晓。"

我转过身去，望着睡眼蒙眬的她。

"晓兰。"我第一次这么喊她，而且这么近。

"抱抱我，好吗？像刚才那样。"她轻声呢喃。

原来她知道我抱着她，我脸上一阵发烧，手像僵住了似的，动弹不得。

她凑近了一些，朝我投来柔情的目光。

我伸出手，轻轻将她拥入怀中。

我的心终于放下了，这是个毕生难忘的早晨，我抱着张晓兰，我们的呼吸均匀一致。

我甚至试图将手伸进她的衣服，呼吸有些急促起来，然而我碰到她毛衣的时候，停了下来。

"晓兰。"

"嗯。"

"你想家么？"

"想的。"

"我也是。"

"你什么时候回国？"

"不知道，你呢？"

"我也不知道。读完书吧。你会去哪里工作？"

"我不知道，随便吧，我没有任何亲人了，你呢？"

"我……也一样。"

我不再说话，用力把她抱在怀里，我的嘴唇，不自觉地靠近了她的嘴唇，小心翼翼地探索着。

她嘴巴紧闭，许久之后才微微张开，我碰到她的牙齿，我放弃了进一步吻她的想法。

"读完书以后，我们去同一个城市好吗？"张晓兰突然说道。

"好。"我的回答有些茫然，脑子里却已经在规划我们的将来，一起努力工作，一起攒钱，一起买房买车，抚养小孩。

只是我没有告诉她这些念头。

第 33 章

我曾经想，到底是自己缺乏热情，还是具备了应该有的冷静。经历过苦难的人，是不是见什么都不奇怪了，也不会为什么事情牵肠挂肚，不会为失去的后悔，不会为没有得到的懊恼，似乎超脱了一般人的占有欲望，这是不是很可悲呢？

其实，什么叫得到？得到就是占有么？

我甚至觉得上天安排你遇到谁就是一种恩赐，就是一和得到。

那个早晨我们像朋友一样分别，没有亲吻，没有拥抱，只是彼此眷恋地看了对方一眼，算是作别。

我的这种自我安慰在老许看来十足的阿Q，我们的生活依旧单调如初，打工，上课，天黑，天亮，经过她原来打工的面包房的时候看过去几眼。

3月份的尼斯开始暖和起来，游客也开始多起来，连停留在海面上的海鸥都多起来了，一个浪打过来，成群的海鸥飞向远方，颇为壮观。

一年一度的尼斯嘉年华节又到了，走在路上能够看到小孩、大人手里都拿着气球朝海边走去，游街的花车一辆辆地从英伦散步大道缓缓开过，向人群抛洒鲜花。我看到人群涌动，去争抢那散落四处的鲜花，心里突然觉得分外孤单。之后每次我都刻意避开这热闹的场面，走旁边的rue de france 。

一个星期六的中午，我收到张晓兰的短消息，她说现在狂欢节外面很热闹，问我愿不愿意出来和她们一起照相。我失望地告诉她，下午还要打工，没办法出来。我刚想说晚上出来喝点东西吧，她就挂了电话，我拿起电话翻出她的号码，想了想还是没有打。

　　我怎么也没有想到，就是在那天晚上，我居然在打工的中餐馆碰到了小张。现在回想起来，要是没有遇见小张，说不定我和张晓兰已经在一起了。

　　那天晚上客人格外地多，11点还有客人进来，厨房里都在暗地里抱怨。我刷着盘子突然肚子有些不舒服，我朝老板做了个手势，看到他满脸不高兴地点头之后，我急忙捂着肚子跑出厨房，朝卫生间跑过去。小张就是这个时候看到我的。我丝毫没有注意店里的客人，等我从卫生间掀开帘子走出来时，我看到一个人从椅子上站起来，他喊我的名字，声音大得其他客人都看了过来。

　　"兰晓！"

　　我一愣，有些怀疑自己的眼睛，居然是小张！

　　他对面坐着他的女朋友方梅，也是一脸惊讶。

　　此时的我，穿着厨房里沾了不少油污的白大褂，肩膀上搭着深蓝色的围腰布，脚上穿着一双油腻发黑的厨房专用安全鞋，傻傻地愣在他们面前。

　　老板从厨房里掀开帘子探出头来，看到这场景，没有说什么又放下了帘子。

　　我们都不知道该说些什么。

　　我再也不是两年前那个公子哥，他也不像原来那个唯唯诺诺的驾驶员小张，眼前的他精神焕发了许多。

　　他抓住我的手臂，说："兰晓，你受苦了……"

　　他的眼睛里含满了泪水，我想他一定是想到了原来我爸爸对他的好。这让我难过。

我眼睛有点热，低下头不说话，然后问他："你们怎么来尼斯了？"

"Xiao！"老板终于忍不住，掀开帘子喊我了。

"你几点下班，我等你。"

"快了，还有半个小时。"

我转身走进厨房，深吸了一口气，继续干活，只是脑子里充满了过去的场景，混乱无序：家乡的城市，路灯，黑夜，杯影交错，狂笑，父亲，监狱，遗体告别……

下班后，我走出了厨房。我看到小张自己一个人坐在那里，烟灰缸里放满了烟头。

我说道："你女朋友呢？"

"让她自己打车先回酒店了，我和她刚结婚，这次就是来度蜜月的，明天下午就离开尼斯去罗马了。"

"恭喜了，小张。"

"我们找个地方喝点东西吧，我来法国之前脑子里面一直想到你，就是不知道怎么联系你，老天有眼，居然在这里碰到你了！"

我们出了门，走在了热闹的老尼斯街头。

我和他刻意保持了距离，我们各自形单影只地走着路。眼前的热闹刺痛着我的心，那些个笑脸和我僵硬的表情形成了巨大的反差。我觉出自己和这个浪漫热闹的世界格格不入，因此刻意走在这个世界的边缘。

我很想我爸爸，哪怕和他最后道别，哪怕和他像走之前那样大家一起抽根烟，我发现其实我很需要他。这种需要不再是物质的，我不想一个人孤独地走在这黑夜，没有任何的支撑，没有任何的关切，从此以后一个人在这世界流浪。

我们走到尽头的时候，转弯走进了一条安静幽暗的街，在一个酒吧门口，他喊道："兰晓，就这里了吧！"

我们走到吧台跟前坐了下来，我向酒保要了两杯啤酒，脱下外套，强作欢颜地说道："不好意思，都是油烟味。"

小张沉默了一会儿，突然表情奇怪，似乎要哭出来一样地说道："兰晓，你一定吃了很多苦，难为你了……"

我拿了他一根中华，点了起来，说道："我去，好久没有抽过这个烟了。"然后"嘿嘿"地笑起来。

他看着我，自己也笑了起来，眼睛里都有泪花在闪。在国内的时候，我和他的关系比我和爸爸的还近，他是舍不得我吃苦才这么难过。

我一口气抽完了一根中华，又拿了一根，我终于开始问他我爸爸的事情。

他深深埋下头去，许久才抬起头说："那时候你爸爸先是被双规，外面人不让联系，后来没多久就传出来你爸爸他自己……"

我打断他，我说："你认识一个姓林的么？"

"林云祥？"

"是。"

"他是做进出口贸易的，找过你爸爸几次，后来就没有消息了。在酒席上听到他说自己在省里的关系很了不得，据说是涉及汽车走私——"

"那一个姓范的女人呢，你认识么？"我打断了他，继续问道，我想揭开一个个谜团。

他有些惊讶，道："你认识她？"

我说道："你告诉我，你认识她么？"

他支支吾吾，说道："她曾是你爸爸的……情人。怎么，你遇

左盼右盼

到她了？"

我手里的杯子突然一滑，"啪"的一声掉落在吧台上。

服务生笑着问我："Ca va？（没事吧）"

我朝他点点头，没说话，重新要了一杯，然后一饮而尽。

服务生是个还长着青春痘的年轻人，他好心地问我："再来一杯？"

我像喝醉了似的朝他摇摇手，表示不要。

小张不知道，我一来法国见到的就是这两个人。

我心里似乎知道了所有事情的来龙去脉。

我突然又想吸大麻，想刺激一下神经。

我问吧台小伙子有没有大麻，他笑笑，做了个抱歉的动作。

我向他一耸肩，报以微笑。

我转过来继续问小张："后来我爸爸葬在哪里了？"

小张说："你爸爸留了遗嘱，要葬在你妈妈的墓旁边，一切都照办了，我也参加了葬礼。原来他在位置上的时候的那些朋友都没有来，只是来了几个同学，还有老同事……"

我示意他不要再说下去了。

他告诉我，虽然机关事务管理局让他给老领导开车，他还是辞职不开车了，帮着他女朋友方梅打理服装店，一直到现在。两个人结婚了，分期付款买的新房，婚礼很简单，按照原先的设想到欧洲度假，在巴黎待了三天，来尼斯待两天，再去罗马待三天，方梅已经怀孕两个月了。

他说现在这样的生活让他觉得满足。

"你什么时候回国，兰晓？"

"我？我看今年能不能读到硕士，然后就不知道去哪里了，也许有天会回国吧，离家两年了……"

我迟疑了一会儿，问道："你记不记得，我爸爸生前和省里哪些领导有来往？"

"这就多了，不过我记得有阵子他往省检察院跑的比较多。对，就是那阵子我在省城帮他送过一次那个姓范的女人。他有次送了个大红包给里面的一个局长，好像是那人的女儿出国吧，我想起来了，也是来的法国，不过这种事情在国内司空见惯了！"

"那个局长姓什么啊，你有印象么？"

"好像是姓夏——你问这个干什么？"小张警觉地说。

我的心从他提到"法国"二字就开始"怦怦"地跳了起来，说到姓"夏"的时候，心都跳到嗓子眼了，我一下子就想到曾洁在巴黎的那个姐姐！

"这些事情在那段时间我被传讯的时候，纪委的人都问起过，我一概说不知道，我们驾驶员你是知道的，听到的只当没听到，看到的只当没看到，这就是我们的工作，后来他们也没再问我，我就辞职了。"小张补充到。

我极力掩饰住心里的慌乱，连吐烟圈的时候也尽力表现得自然。

酒吧里的背景音乐突然变成了爵士乐，一个女人沙哑地唱着，唱着。

那个星期六的晚上，我和小张依依惜别。分开的时候互相拥抱，他给我留了手机号码和家里电话，让我回国了无论如何要找他。

回家以后，我彻底失眠了，开着灯，对着那束薰衣草，翻来覆去，拿着电话想和张晓兰说说话，却一再放下电话。

第二天是星期天，我在屋子里一天没有出去，只是下午的时候昏昏地睡去，醒来的时候天已经快黑了。

这一天半的时间我并没有无所事事，我在考虑，我应该做些什么，或许暗地里已经下了决心。

星期一晚上去饭店上班的时候，老板交给我一个信封，说是礼拜六晚上我的那个朋友留给我的。我打开之后，信封里是一张白纸，里面夹了500欧元。

第 34 章

　　这个礼拜一我上班完全不在状态，我一直在谋划一件事情，时而我会因想到张晓兰而否定自己的想法。休息的时候我没和他们搭讪，抽烟的时候香烟都烫了手，去洗手间的时候我不敢看镜子里自己的眼睛，我害怕自己的罪恶和阴谋泄露给任何人。

　　下班后我给曾洁打了电话，她很快接通了。

　　"帅哥，你决定出山啦？"

　　"是啊，我决定出山了，你在哪里呢？"

　　"我啊，失恋了，我那法国帅哥另有新欢了，我跑巴黎来了，过两天回去！"

　　"去找夏雨啦！"

　　"哟，你看你，还记着人家呐，我还以为你忘了呢？"

　　"美女我怎么会忘了，哈哈，我还常常想到她呢！"

　　"少来了吧你，那之前怎么不陪我们玩！害得我姐老提到你——"

　　我听到电话那边她们的闹，估计夏雨就在她旁边，听到她这么说，开始和她闹起来。

　　"来巴黎啊，正好一起带我回尼斯！"那边安静下来后，曾洁说道。

　　"我后来撞车啦，车子报废了，现在怎么去巴黎啊！"

"啊，不会吧！你人没事吧！"

"你看你，光顾着和你法国男朋友花前月下，一点都不关心我！"我故意埋怨起来。

"你没事吧！"

"我啊，残废了！你们过来探望探望我啊！"

"你别油了，说正经的呢，真的假的，你真撞车啦？"

"真的！你们好好玩吧，我没什么事情，打个电话问候一下你的，对了，帮我问候夏雨美女吧！其实我很早就和国内的女朋友分手了！那次骗你的！"说完我就挂了。

我心里淡然得很，我明白自己要做什么。

果然，当天晚上我就收到了一个陌生号码的短信。

"兰晓，听说你出了事故，人没事吧？夏雨。"

"夏雨，谢谢你的关心。我命大，人没事，那车子报废了。车子无所谓，现在走路就当散步了，原来没发现的美景，现在发现挺动人的。"我话语间故意流露出一些潜台词。

"比如呢？"

"比如尼斯的海很漂亮啊，气候很好啊，比如这个季节美女如云啊！"

"那你如鱼得水咯，暗爽吧，小子。"夏雨的言语间，我读出来很多东西。首先，她的清高在我的冷淡面前被慢慢攻破，我这么说也想试探她，看得出来，她明显有点吃醋。我继续回道：

"哪里，美女如云，那也是过眼云烟，你不是说飘就飘走了么？"

"哈哈，我哪里算得上美女，尼斯那么多，何况金发碧眼的美女那么多。"我给她上次留下的印象是清高冷漠的，等到我第一次夸她的时候，夏雨自然心里会有反应，她还记着曾洁曾经开的玩笑，对金发碧眼的美女耿耿于怀。我便顺着她的话往下说。

"是啊，班里那几个瑞典的姑娘总约我去海边散步。"我口气平淡。

"那你没泡一个？她们对东方男人的体贴早有耳闻，你又有点小帅小忧郁，你还说不爽？"

"我老啦，再说，我对外国女孩不来电。"

"哦？那你对什么样的来电。"夏雨来劲了。

"不说这个了，你呢，在巴黎很滋润吧，你这样的女孩，身边少说一群人跟着转啊！"我也试探性地问着她。

"哈哈，你还有心思关心这个，难得，我很久没谈恋爱了。刚出国那会儿，还相信爱情，这年头，恋爱可是奢侈品，尤其在国外，大家不都是玩玩的么？"

夏雨的口气听得出来，她有过失败的恋爱，也看清了那些无聊的追求后面，其实是想打发时间。其实从她上次来尼斯散心，我就明白她蛮厌倦在那边的生活。她应该还是期待真正的感情的。

"你还相信爱情么？"我其实是知道答案的。

她过了几分钟之后，回道："相信。你呢？"

"也相信，不过我对待感情是很隐忍的人，即便是喜欢，我也不会表露出来，但是我会常常想着对方。"发完了这条之后，我故意关了手机。

我是在故意误导她，或许自己这样做太卑鄙了，只是我内心的坚定误导着我自己，并且无法说服自己。

我无法忘记过去，也无法找到未来。

半夜里我惊醒过来，我已经很久没半夜醒来了。小张的出现，打破了我安心踏实的学习生活，让我重新面对那个噩梦。

我摸到了手机，开机后果然有两条短信，是夏雨发来的。

"喜欢别人就告诉她啊，不然别人怎么知道呢？说不定，别人也对你很有好感呢？"

"你睡了吗兰晓？"

我知道，今晚她会记着我，便继续发着短信。

"真抱歉，手机没电自动关机了，刚发现，现在在充电，你一定在熟睡吧？我在想那次见到你的时候，你头发飘起来的时候其实很美。"

没想到，她的短信马上回过来了：

"大半夜的，吓我一跳！不过收到你的短信还是蛮开心！你还没回答我的问题呢。"

"什么问题？"我故意装傻。

"我说你要主动点啊，男孩子不主动怎么行？"她并不知道我明知故问。

"还是暗恋吧，这样不会受到伤害！"我继续吊着她的胃口。

她没回。我明白她的沮丧，就这么睡去了。

春假还有四五天，我除了去打工之外，其他也没什么事情。我常常想给张晓兰打个电话问候一下，却怕无聊的问候让我们之间扑朔迷离的关系变得庸俗化。况且，现在故意接近夏雨，想起张晓兰来，我有着很多内疚。

隔了两天，我发短信问曾洁什么时候回来，她说不想回尼斯这个伤心的地方，等春假结束再回来。

我故意没提夏雨和我发了一晚上短信的事情。到了晚上我给夏雨发短信说：

"看着曾洁失恋，是不是觉得谈恋爱很恐怖啊！"

她回道：

"如果真心恋爱了，受点伤又何妨？"

我苦笑，她的内心还是渴望爱情的，只可惜，我给她的好感是假的，她不知道。

　　"你是她姐姐，带她来尼斯散散心啊，顺便过来看看我这个残疾人。"

　　"你真残废啦，兰晓？"她关切地问道。

　　"我脑残了，总是想到某个人。"

　　"哦，我明白了，你暗恋的对象是谁，快说！"

　　"还是不说了，你们来玩吧，晚上这边有焰火表演，很漂亮的！"

　　"真哒！本来就不想待在巴黎，想去外地玩玩的，被你说得心里痒痒的了，真讨厌！"夏雨开始对我撒娇了，她一定看不到手机的那一端，是一张冷漠阴险的脸。

　　5分钟后，她给我回复了。

　　"曾洁说不想回来，还在巴黎待几天的，怎么办？"我知道夏雨是想来的，马上回复道：

　　"那你一个人来啊！"

　　"干吗，想见我？"

　　"是啊！哈哈。"

　　"骗人！"

　　被她说中了，我卷了一根烟，点燃了抽了起来，我没有回复。

第 35 章

那天晚上，我给张晓兰打去了电话，她正在打工，听口气就是不太方便说话。我本想喊她出来见见面，甚至对她表白。

很无奈，只能作罢。我一个人沿着海边，从老尼斯走到了大学附近的海滩。

这时我的手机响了起来，我一看，是夏雨打来的。

"帅哥，请我吃晚饭！"

我一愣，问道：

"你在哪？"

"废话，在尼斯，刚下飞机！"

"你不是说我骗人么？"

"你没回答我，所以我就来亲自问你是不是骗人了，我饿死了，请我吃饭！"

我哭笑不得，我犹豫的这段时间，她已经买了机票飞过来了。

"你打个车过来吧，就说送到ELF加油站，我在海边等你。"

15分钟后，夏雨出现在我面前，她还穿着厚厚的外套，巴黎四月初的天气还是和冬天一样阴冷，不像尼斯，已经像模像样地热起来了。

我明白，我很好地把握了她的心理并且误导了她，而她，正慢慢陷入一个圈套。

"女人都这么疯狂么？"我笑着问道。

"哟，你也会笑啊，我第一次见呢，别废话了，我饿死了都！"

有些女人天性喜欢冷漠的男人，你越冷落她，她越没架子，对你越着迷。世界上的事情总是存在很多巧合，如果不是小张出现，我不会再给曾洁打电话，也一辈子都不会再见到眼前的这个女孩。

"想吃什么？"

"吃什么啊，我想想，我还没想好，先找个饭店吧。"

我们打了一辆出租车，往步行街而去。

第一次单独和夏雨在一起，有些别扭，我尽量表现得自然，我无法不想起张晓兰。如果是张晓兰和我走这么近，该多好。可惜，我们都是身不由己，各自要打工养活自己。

我们进了一个餐馆，这是一家摩洛哥风格的饭店，暗红色的灯光和黯淡的石壁，诡秘而暧昧。门厅休息区的矮沙发上，有两个目光忧郁的阿拉伯男子在吸水烟，那红红绿绿的神灯一样的东西发出混杂着水果味道的烟味，让人萎靡不堪。

我也饿了，最近几天都没心思吃饭，刚才在海边走那么远，肚子早就叫了。我们两个人吃饭的时候狼吞虎咽的，主菜撤下去之后，相视一笑。

我说："贵客来尼斯，我们得好好庆祝一下的！"

"怎么庆祝啊！"夏雨望着我说。

"喝点红酒咯，尝尝这附近的普罗旺斯的红酒吧，据说味道很不错！"

"好啊好啊！普罗旺斯是我一直想去的地方呢！据说每年6月，那里就成了薰衣草的海洋！"

"这么壮观？"我故作惊讶，内心却想到穿着白色连衣裙的张

左奔右盼

晓兰，对眼前这个浓妆艳抹的女孩嗤之以鼻。

"是啊，超棒的！"

"那应该是很浪漫的地方，应该和恋人一起去的！"

"就是，自己去没意思，所以我一直没去啊！"我的目光毫不设防地流露出渴望。

服务生送上酒之后，给夏雨先倒上一点，她熟练地晃了晃大酒杯，闻了闻，然后小啜一口，笑着对服务员说：

"Pas mal，mais un peu lourd.（不错，只是味道有点重呢）"

"Bien sur，c'est de gout de la Provence，comme des ammouroux.（那当然，普罗旺斯酒的味道就是这样，如同深爱着的恋人的味道）"服务生老练地答道，一边给我们斟上了酒。

这边的服务生接待了太多各地的游客，讨好客人挣取小费，这是家常便饭。

"这里真是个浪漫的城市，连服务生的嘴巴都这么甜！兰晓，你该和人家学学！"

我脑子里已经是那片紫色的薰衣草，笑了起来，举起酒杯，对着笑吟吟的夏雨说：

"很高兴再见到你！"我的笑容一点都不虚伪，此刻我已经把她当作了晓兰，丝毫没有了罪恶感，忘了自己是个骗子。

她笑而不语，举杯同饮。

喝完之后，她兴奋地竖起手腕，一个手遮着，问道：

"你猜，是什么？"

"卡地亚手表，我们是情侣表。"我早就注意到了，知道她要这么问我。

"你咋这么聪明，没劲！"夏雨反倒有些沮丧。

"你爸爸在省检察院？"我试探道。

"你怎么知道，我没和别人说起过啊！曾洁也不知道啊！"

"哦，我有个亲戚也在里面的，他说要给我介绍对象，说也在法国，弄了半天，他要介绍的人就是你啊！"我随口编道。

"不会这么巧吧，你亲戚在哪个部门，反贪局？"夏雨惊讶地说。

我连忙点头，心想这个女人真好套话。

"他叫什么名字啊，那我爸肯定认识咯！"夏雨说道。

"哈哈，不告诉你，我没告诉我亲戚我们见过了，免得家里知道了！"

"有这么巧的事？快说嘛，他叫什么，没准我还认识呢！"夏雨急切想知道。

"不说啦，等以后再告诉你吧！"我脸上笑着，心里却在流泪，眼前这个被我骗过来的女孩，就是整死我爸爸的仇人的女儿！

"你很少回国吧？"我继续试探道。

"是啊！我老爸他不喜欢要这个女儿啊，把我扔在法国只会打钱过来，不知道我在这边多腻味！"夏雨神色黯然，说到这里她拿出自己的烟，给我递了一根，点着抽了起来。

"那你自己不能回去看看啊，又没人拦着你！"

"他不让，说坚持一下，等着家人团聚！"

"什么意思，他来法国啊？"

"不是啦，笨蛋，我妈妈一年前就在加拿大了，在那边买好了房子，她请了律师想帮我也申请过去。我不肯去那鬼地方，冷得要命！"

"你老爸要带你去加拿大定居啊！"

"是啊，说是快了，说了几个月，都说国内那边一时走不开，谁知道呢！"

"是不是有了别的女人啦？"我试探着看着夏雨的脸。

她瞪着我，许久没说话，我便没接下去。

几个回合推杯换盏下来，她的脸有些红了，我也觉得脸有些热。我会趁她不注意的时候垂下头去，神色黯然，我抬头的时候似乎忘记那些悲伤，只是含情脉脉地望着她。

我们走出饭店的时候，外面正当热闹，便在夜市逛了起来。我伸出手拉住她，她没拒绝，我们便这样逛起来。她兴致很高，一会跑到艺术乞丐那边搞怪，一会拿起小摊上的摆设对着自己比画。

我就这样虚伪地笑着，哄她开心。

"吃冰激凌么？尼斯法庭广场那边有家意大利冰激凌店，很棒的。"我说道。

"好啊好啊！你真聪明，连我喜欢吃冰激凌你都知道！"她靠我又近了一些，我闻到香水味，情不自禁地搂了她丰满的屁股一下。

另外万万没想到的是，我嬉皮笑脸拉着她的手出现在冰激凌门口的时候，居然看到了张晓兰！

我都傻了，没想到柜台里站着的是张晓兰，她没说过在冰激凌店打工，我想跑开已经来不及了，她也看到了我，我愣愣地说：

"你——怎么在这？"

张晓兰的表情同样不自然，我下午刚刚约她见面，晚上就拉着别的女孩的手在逛街了，然而她很快掩饰住一切，平淡地说：

"我刚找的工作，这不，还没和你说呢，你女朋友啊？"

"不是不是。"我惊慌失措地松开夏雨的手，夏雨莫名其妙地望着我，极不情愿地被我放开。

我对着夏雨介绍道：

"这是张晓兰，我同学的——"我本想说是我同学的朋友，想想自己这样太过分，改口道：

"我好朋友，张晓兰。"我不敢抬头看张晓兰的眼睛。

"你好啊！"夏雨红着脸，满嘴酒气地凑上去，想和柜台里的张晓兰握手，没想到张晓兰应声和里面的老板娘说话，避开了。

望着穿工作围裙的张晓兰，我失魂落魄，心里酸楚极了。

后来我买了一个冰激凌，递钱的时候看张晓兰，她已经和原来判若两人，冷若冰霜了。后面的人上来买冰激凌，我便小声说了再见，走开了。

夏雨问我：

"怎么了？你没事吧？"

我内心犹豫极了，真想甩开夏雨，跑上前去对张晓兰解释，告诉她一切，然而我能半途而废么？

我平静下来，若无其事地对着夏雨说：

"没事，遇到个好久不见的朋友自然很惊讶。我们去上次你们去的那个酒吧坐坐？"

"好啊，我也不想逛了呢！"

说罢我们进了Les 3 Diables，里面很热闹，因为是假期，很多游客，音乐很吵。我们在靠角落的地方坐了下来。

我站起身，靠近夏雨的耳朵大声说：

"这地方怎么样？"

"超赞！"

我拿出香烟，给夏雨递上一支烟，帮她点了起来，自己也点了一支，向服务生要了两杯伏特加兑可乐。酒端上来之后，我举起杯子和她碰杯，我一干而尽，望着她，没想到她也干了下去。

酒保上来收酒杯的时候，朝我们竖起了大拇指。

酒精烧得我胃难受，我心情很坏，不知道为什么老天安排让我撞见张晓兰。

我伸手对着酒保，示意再上两杯。

夏雨皱着眉头，摇摇手说：

"不行了，再喝要醉了。"

我站起来搂着她的头，对着她耳朵喊道：

"醉了我背你走！"

她推开我，笑了起来，对我说了一通。

酒吧的音乐正high，我听不到，她站起身来，我搂着她的腰，她对我喊道：

"你抱得动么你！"

我头有些晕，搂着她腰的那只手一直没放下来，待到酒端上来的时候，我又劝她喝下了一杯。

我虽然头晕，还是清楚自己在做什么，既然被张晓兰遇见，我也没什么好顾忌的了，等待以后再解释吧。

两杯浓烈的伏特加下去之后，她开始笑眼迷离了。我脑子有些重，但是我清楚地记得我问她的每一句话。我不想烂醉在这个酒吧里，趁DJ换碟的时候，搂着她说：

"咱们走吧。"

我搂着她的腰，跌跌撞撞地从Les 3 Diables酒吧走了出来。

第 36 章

这个时间，在老尼斯的街上，跌跌撞撞走路的酒鬼是不足为奇的，我一直不明白那些人为什么要喝醉，今天总算有点明白。

酒是如此好的东西，当你心里藏了许多苦，当这些苦没人可以诉说，当你陷入深深的误会，可以去解释却不能去解释，你可以选择暂时忘记这一切矛盾，让你飘飘然快乐起来。

然而我不能醉，我还有很多事情没有做，虽然有些可怕，可是我没有退路。我无法忘记爸爸绝望的脸，无法忘记这一切。

我叫了一辆出租车，往机场的NOVOTEL酒店开去。

开好房间后，我扶着夏雨，走进了电梯。

因为酒精的作用，眼前的夏雨丝毫没有了几个月前初见我的那种高傲，此刻已经是毫不设防。我脑子里闪现着那些可能发生的事情的场景，矛盾但固执地朝着那个方向走去。

进了房间，夏雨挣脱了我，跌跌撞撞地跑进卫生间，我听到吐的声音，连忙挣扎着走了进去。她要推开我，我坚持蹲下来，帮她捶着背。

"我难受，我——"夏雨的样子，让我愈发觉出自己的卑鄙。

"别说话了，吐完就好了，啊，乖。"我不停地哄着她。

看到她这样，我心里满是怜悯。

她吐完了之后，把我推了出去，我便进了卧室。

我听到淋浴器喷水的声音，心里愈加犹豫了，在想要不要回家。

十几分钟后，夏雨裹着毛巾出来了，跌跌撞撞地进了被窝，一声不吭。

我蹲下来，刚想问她。

她喃喃说道：

"你回家吧。"

我一愣，刚想站起身来走开，她突然抓住我的手，迷迷糊糊地说：

"兰晓——"

我不能放弃，我要做到，我要报仇！

我进了卫生间，看到夏雨脱下的内衣内裤毫无顾忌地放在了洗脸池旁，我明白留下来意味着什么。

打开淋浴龙头的时候，水温有些凉，我不禁打了个寒战，胃里一阵难受，忍不住跑到马桶跟前，吐了起来。我接连不止地呕吐，吐得眼泪都出来了。我想到张晓兰，又想到爸爸，忍不住压着嗓子哭了起来。"哗哗"的水声盖住了我低沉的哭声，我好想此刻抱着张晓兰，向她哭泣，向她诉说，在她怀里安静下来。

几分钟之后，我平静下来，漱了口，又重新走进淋浴房，我想起爸爸批评我太情绪化、做不了大事的样子了。

我淡定下来，暗示自己，一定沉住气！

我把水温调得很高，让水烫着自己。我觉得身上麻麻的。那些原始的冲动和处心积虑的卑鄙罪恶，能被开水洗刷干净么？

我裹着毛巾，钻进被窝的时候，夏雨已经睡去了。我犹豫了一下，抱住了她。

我爬了起来，开始刻意去挑逗这个丰满而陌生的肉体。

夏雨的身体有了变化，嘴里开始轻声哼了起来。

那时候的我，和禽兽已经没有什么区别，我长久压抑的身体这个时候格外膨胀，充满了侵略性，变本加厉地让失去反抗的夏雨欲罢不能。只是我的脑海里涌现的女人，是柔弱的张晓兰。

进入夏雨早已潮湿的身体的一刹那，我那最后一丝犹豫侧隐轰然崩溃。我发了狂一样地进攻着，夏雨大叫起来，我毫无怜悯，大脑混沌一片，如同黑夜里绿着眼睛的恶狼紧追着窜逃的野兔，咆哮着奔向森林深处。

平静过后，我累极了。

夏雨似睡非睡。我开了床头灯，这才看到她眼角溢出的点点泪花。她一定不明白一向温柔寡言的兰晓为什么如此不懂得怜香惜玉。

而我，却不能告诉她为什么。

我没有抱着她，而是下了床，穿上了自己的衣服。不知道为什么，想起昨晚在冰激凌店拉着夏雨的手看到张晓兰的时候，我有种想哭的冲动。张晓兰一定觉得我是个花花公子，大年夜的时候还装作正人君子含情脉脉地抱着她，不久后便拉着一个浓妆艳抹满嘴酒气的女人出现在自己面前。我无从解释。

我心慌意乱地找着香烟，翻了半天没翻到，一定是走路的时候丢掉了，或者丢在出租车上了。我愈是找不到烟，愈是慌张。我想平静下来，我如此渴望能抽到大麻，那个许久未碰及的奇妙植物。

我从夏雨包里翻出了香烟，这时我看到她的支票本，拿出来望了一下，又丢到了包里。

我点上烟，狠狠地抽了几口，这才安静下来。

从小张的出现，到现在，我苦苦谋划的事情总算有了实质性的进展。

我说不出是高兴，还是难过，和姓夏的女儿上床不是我的目的，我要的是拿到证据，让姓夏的落马，让他们一家尝尝生死离别的滋味！

想到这里我心跳加速起来。

我不禁望着躺在床上一丝不挂的夏雨，心软了下来。

她是无辜的。

我承认，可是，我呢？谁来怜悯我？

我心里的苦楚，随着昨晚碰到张晓兰而爆发出来。我把这归结到夏雨身上。我愤愤不平地想着遇见张晓兰的那个场景，我以后该如何面对张晓兰？我已经在肉体上背叛了她，谈何精神上的忠贞——虽然我们之间只是隔了一层纸，一戳就破。

我一根接一根地点着香烟，疲惫极了。

窗外，传来飞机的引擎声，又一架飞机离开这个城市。茫茫夜空，它会驶向何处？

我回到被窝，侧身而睡的时候，夏雨的手臂搭在了我身上。虽然有过肌肤之亲，我还是觉出这其中的别扭来，然而我没有推开。

这个夜晚，我梦到了张晓兰。

梦魇里的张晓兰是甜美动人的，我也一改往日的被动，自信地走向她，伸出手，挽起了她。我们彼此相视而笑，一起在海边坐了下来，她轻轻靠在了我身上。

远处，是游艇上腾空而起的焰火，那些五彩绚烂的烟花在大海上空绽放，那一刻，我觉得好幸福！

我在她耳边细语道：

"7月我们去普罗旺斯看薰衣草，我们将来去那里拍婚纱照，好吗？"

她没回答我。我感觉身边一阵空洞，一转身，发现我依偎的她已经消失了。我十分失落。

我惊醒过来，发现自己一个人躺在床上。夏雨已经穿好了衣服，站在窗前，转身看到睁开眼睛的我，说道：

"你醒啦，满屋子酒气，我开窗透透气。"

"嗯，你什么时候起来的？"我坐了起来，头一阵眩晕。

"昨晚喝多了，你还知道找酒店，我已经没知觉了。以后不能这么着喝酒了。"

"昨晚不是见到你开心么？"我的使命没完成，必须继续编织着故事。

她坐到了床边，端详着我，问道：

"是吗？你怎么一下子嘴巴这么甜，和我第一次认识的兰晓好像不是一个人呢！"

我心虚起来，意识到自己不能太明显，便打趣道：

"哪里，我喝多是因为郁闷。你太疯狂了，我哄你的，你却当真了，飞都飞过来了，我更郁闷了，只好买醉。"

"你哪句是真，哪句是假啊？兰晓！"夏雨怒气冲头。

我起身拉她过来，哄着她说：

"逗你啦，你来尼斯我好开心的，我想和你见面的，一直都想，只是没想到这么快！"

"我也想的，只是你说你有女朋友在国内，我就没好打扰你了！"夏雨软在了床上，呢喃着在我耳边说道。

"你为什么要骗人？"她突然一坐起来，看着我说。

我一愣，以为我的把戏被她看穿了，惊慌起来。

"什么骗人？"我试探地问道。

"为什么说你在国内有女朋友？"夏雨捏着我的耳朵问。

我心里松了一口气，说道：

"我不是那种相信一见钟情的人，虽然——"我故意卖着关子。

"虽然什么？你说啊，讨厌！"夏雨嘟囔着。

"虽然我对你一见钟情！"这话一说出来，连我自己都觉得恶心。

"没看出来！"夏雨背了过去，不理睬我。

我把手伸进她的衣服，摸住了她的胸。她便挣扎着骂道：

"兰晓你个老流氓！"

没错，她骂的没错，我不光是老流氓，我还是个彻头彻尾的感情骗子，我在谎言的路途上硬着头皮走下去。

"其实我是太压抑自己的感情了，我怕我追求你，你会被我吓跑。毕竟，你这样的条件我也明白，追的人太多了。我也一样，有车，有钱，女孩子倒贴的太多了，我不冷漠一点，身边是不得安宁的。"我一边自圆其说，还一边给自己脸上贴金。

"是的，你说的没错，其实我一直在等待一个男孩出现，他有点冷酷，有点忧郁——"

"他有点帅。"我打断了她。

"你少来了，臭美！"夏雨转过来抱紧了我，我吻住了她的唇。

夏雨是个丰满的女孩子，她鼓鼓的乳房抵着我的身体。这让我呼吸急促起来，我的身体有了反应。

"兰晓，你——"

我不等她说话，又一次和她调情，直到她欲罢不能，求我快点进去。

一番歇斯底里地发泄之后，我精疲力竭地睡了过去。

如果她知道我是在发泄，她会极度失望并且冷淡的，然而她什么都不知道，依然在爱情的谎言里沉醉。

这一天，我们浑浑噩噩地在酒店度过，中午没去吃饭，傍晚的时候脚都走不动路了。我内心纠结而痛苦，只是不溢于言表。我多么希望和我欢愉的女人，是张晓兰。

第 **37** 章

和不喜欢的人在一起，是时时刻刻不自在的，我的内心无法真正地接受夏雨，可是我无法躲开她，必须和她恋爱下去。

天黑下来的时候，我们打车去了城里，我们在一个中餐馆吃了很多东西。夏雨对我抱怨道：

"吃来吃去，就巴黎的中餐馆好吃了！"

"是哦。"我应和道。

"对哦，你在尼斯一年的，我还没问你呢，好端端的怎么来尼斯了啊？"

"这还不简单，我不喜欢大城市的生活，太闹了。"

"也是，尼斯这地方待久了是不想动，人间天堂啊！"

她并不知道，我来尼斯，多少和她有些关系。

"兰晓，你真的喜欢我么？"

我点点头，用确定的眼神告诉她答案。

"那你愿意和我一直在一起么？"

"你是说做你男朋友？"

"不光是！"夏雨一本正经地说。

"和你去巴黎？"

"嗯！而且一起移民去加拿大结婚！"夏雨的目光里，充满了对幸福的期待。

左顾右盼

我实在不忍心欺骗她，我怎能做杀父仇人的女婿呢？他爸爸真见到我也会知道我的身份的。

　　"这个，我——"我迟疑道，我明白，如果我爽快地答应，她也会怀疑的，毕竟不合常理。

　　"我知道这很突然，我会给你时间考虑的。但是我希望你早点给我答复，好吗？"

　　"好，这太突然了，我还没读研，家里要怪我的。"说到家里，我神色黯然起来，我的家里已经没人了，她不知道这就是她老头子给整的。

　　"到了加拿大，那边一样可以读啊，我这边有很多钱！"夏雨说道。

　　她一说到很多钱，我的心就"扑腾扑腾"跳了起来，我想到了自己该做的事情，试探着问她：

　　"你哪里来的很多钱。不就是家里给点零花钱么？你爸爸要打钱到国外，也只会打给你妈妈啊！"

　　"不是，我出来没多久他就打过好几次钱。"

　　我心里暗想，一定是怕老婆拿着巨款跟了别人，姓夏的还是有脑子的，宁可打给女儿。我刚想问有多少钱，可话到了嘴边又咽了下去。这样她肯定会怀疑的，她已经和我说了很多不该说的话。

　　"你到底什么时候会移民去加拿大？"我想弄明白，姓夏的打算什么时候抽身走人。

　　"不知道，可能很央，爸爸让我随时做好去的准备的，所以我也没申请什么学校。天天在巴黎耗着，我也心烦呢。"

　　"你也别烦，他肯定国内事情太多，一下子抽不出身。"我一边安慰她，一边盘算，我得赶紧取得罪证了。

　　"正是如此，我常常想过来再看看你，那天接到你的电话我很开心，马上飞过来看你，也是因为我怕我们在一起的时间不多。"

"如果你不想和我一起移民去加拿大的话。"夏雨补充道。

"那你别告诉家里你谈恋爱了，否则他们肯定反对的！"我担心她说漏了嘴，我就没机会了。

"放心吧，他们从小就很支持我。他们不会反对的。"夏雨镇定地说。

"那也别说太多，等我确定了和你一起走再说吧。"

"我都不想移民了，我想和你在一起，兰晓。"

"这样你家人会伤心的啦，乖，你先回巴黎，我想一个人冷静一下，好好考虑一下，好吗？"

我这么一说，夏雨就神色黯淡下来。

"你在巴黎没什么朋友吗？"我心里一直有着疑问，关于林叔叔和夏雨这边的关系。

"没什么真正的朋友，这边倒是有个叔叔偶尔请我吃吃饭，我爸爸原来的朋友，不过后来就不联系了。"

我大致心里有数了，顿时觉得自己去巴黎简直是走钢丝绳，下面就是个火坑：或者夏雨告诉了家里人她在和一个叫兰晓的老乡谈恋爱，或者哪天她带我一起和林叔叔吃饭被发现。

"兰晓，我想我们在一起的。"夏雨深情地说。

我从刚才的念头里回过神来，连忙说道：

"我也想的，谁知道你会马上去加拿大呢。"

"你后悔和我在一起了？"

"不是，我不后悔，见过你之后，我一直记着你的，只是我怕受伤。"

"那就和我在一起啊，一辈子不分开！"

我实在没有心情和她说这些山盟海誓，我关心的，是如何查到她的账户存款。

那天晚上，我翻来覆去睡不着觉。

虽然怀里抱着赤条条的夏雨，我脑子里想的却是张晓兰。我觉得自己没脸再见张晓兰了。

假期终于过去了，我也好几天没去打工，饭店打来的电话我都没接。我早就将手机调到了震动，我不想让夏雨有半点怀疑。

和夏雨的道别，我装作依依不舍。临上飞机前，我告诉夏雨先别和家里说这个事情，否则我的压力更大。她调皮地答应了。

我又回到了自己的住所，那个杂乱的贫民区。

从温柔之乡一下子回到冷冰冰的现实，我内心的憎恨迅速将那些甜言蜜语和柔情击得粉碎。

我诚恳地向打工地方的老板道了歉，说自己病了好几天，去看急诊一直住院刚出来，没带手机，所以没能请假。他们都原谅了我。

我成了一个彻头彻尾个编造谎言的家伙，面目可憎。

我又回到了课堂，看似平静的学生生活状态下，我脑子里谋划的，却是一场报复。

为此，我刻意独来独往，和别人走得远远的。

我会每天在深夜的时候给夏雨发短信，告诉她我的思念，然后在不经意的时候问候她，给她惊喜。

她已经完完全全爱上了我。

尼斯的4月天气已经有着初夏的热度，游人又多了起来。我的生活依旧单调，除去那些爱情的谎言之外，每天穿梭在人群中，在打工和学习中忙碌而过。我心里格外镇定，我要顺利读完硕士，给自己一个交代。

静下来的时候，我会常常看张晓兰之前给我的短信，尽管我觉得自己已经不配和她联系，我也无法去和她解释到底发生了什么。

她或许能体谅我的初衷，但是她善良的劝阻一定会坏了我的计划，而且，我和夏雨的事情，我是不想她知道半点细节的，尽管她目睹了我们牵手而行。我在她眼里，或许就是个玩弄女生的人了，刚刚约完她，晚上就拉着别的女孩子逛街，想想也接受不了。

我多么希望有一天张晓兰知道我深爱着她，多么想和她在一起，知道我为什么不开口追求她。然而我难以面对的是，我的身体背叛了她——尽管这还不属于她，在我看来，这就是一种背叛了。

我每晚打工回来睡不着觉的时候，就奋笔疾书，写下自己的心路历程，写下自己深深的忏悔，写下自己的丧父之痛，写下自己的仇恨。

我写下童年的孤独，写下我大学的茫然，写下出国的原原本本，写下来尼斯的前前后后，写下对张晓兰的思念和爱恋，写下对夏雨的嗤之以鼻和阴谋……

我多么渴望有一天，云淡风轻，我们都能忘记不开心的过去，在一个没有人认识的地方，幸福地生活，直到慢慢老去。

我多么渴望有一天我和她都完成学业，在那个薰衣草的小镇定居下来，拥有自己的小房子和小院子，每天能享受二人世界，享受那片散发着催眠芳香的紫色植物。

"就像在这样的小镇，在杜博瓦夫妇的这个房子里。"

我回过神来，对着眼前的顾强和侯婷婷说道。

他们似乎已经沉浸到这个故事里，丝毫没有反应。侯婷婷已经蜷缩在顾强的怀里，或许是凌晨的寒意袭来，他们抱得格外地紧，这让我想起几个月前我和张晓兰紧紧相拥的画面。

已经是凌晨4点，他们听得入了神。我没再向他们搭话，继续说了下去。

第 38 章

　　然而，我只能把这封写满了我的思念和忏悔的信藏起来，继续着骗人的把戏，继续进行着我和一个陌生女人的缠绵，继续进行着我的复仇计划。

　　不打工的时候，我会在夜幕降临后，去老尼斯转悠。我虽然不敢面对张晓兰，可是我渴望和她再一次的偶遇。我在尼斯法院广场咖啡厅露天座的角落一坐就是半天，可惜我再也没在远处的冰激凌店看到她的影子。

　　我也曾试着从老许那里得到张晓兰的消息。老许也说不上来，只是说和魏芬很少碰到了，大概忙着申请学校吧，我便没有再追问。

　　我也在一边申请着学校。我不知道她会去哪里实习，或者去哪里继续读书，我没法开口去问她这样的问题。投递出一个个简历的时候，我都分外伤感，好像这已经是递出了一次次离别的申请。

　　从小到大，我们都是在不停地遇到，然后分开。我已经不记得我遇到多少的同学，也说不清目睹了多少人的悲欢离合。

　　其实偶尔的交集变成一生的厮守的可能性，实在是太小了。

　　我一面还要哄着夏雨，怕惊动她家人。我已经做了打算。我没直接告诉夏雨我的动向，只是说很想她。

　　我买了周五飞巴黎的特价机票。这将是一次决定性的旅行。

从遇到小张，知道是爸爸的自行了结换来我所谓的太平之后，我再也无法这样安然地躲在角落里生活下去。我每天都在盘算如何找到夏的女儿。现在老天让我偶然找到她，并且赢得了她的芳心，从她嘴里得到了姓夏的要移民的消息，我要赶紧行动。

　　走上飞机的那一刹那，我内心闪现许多恐慌。我无法预料将要出现的结果，我也无法把电影里血腥的场面、警察无休止的追捕和现实中终日打工猥琐不堪的自己联系起来。我明白内心早就酝酿了许多暴力，我为此而害怕。然而我必须面对。

　　空中客车A320全速起飞的那一刹那，我严重耳鸣，像是被一根钢丝从耳朵穿进了脑壳。

　　我在整个旅行的途中，脑子里都是张晓兰一个人，我那时候才明白"相思成灾"这个词语。我告诉自己，从巴黎回来之后，我一定买99朵玫瑰出现在她面前，不管她答不答应我，我都会跪下向她求爱，甚至祈求她嫁给我，我会带着她去任何地方——只要她能想到的地方。

　　飞机降落在奥赫利机场，我从憧憬里走了出来，走出机场大厅，这才发现，今天巴黎神奇地出了太阳，抬头的时候太阳照得我眼睛发花。这次来巴黎觉得比自己第一次到法国更加陌生，似乎每个人都用质疑的眼神看着我，每个人都能看穿我的鬼把戏，但是一声不吭地与我擦肩而过，似乎只有我一个人被蒙在鼓里，似乎逐步落入圈套的，恰恰是我自己！这样的预感令我惶恐不已。

　　我坐车来到了十三区，Choisy大道依旧是那个样子，陈氏商场的铁门附近还是摆了那些地摊。他们把老外的名字写成中文，配以花鸟虫鱼，画得五颜六色的，5欧元写一个名字。这是独创的一门艺术。旁边还是那些卖粽子的，卖塑料玩具的，他们期待而充满某种恐惧的眼神到处扫射，或是从人群里找出顾客，或是戒备着警察的突然出现，随时准备夺路而逃。

我知道，自己惊慌失措的眼神此刻看上去和他们没有什么区别。

天色逐渐黑下来，我在地铁里徘徊，不知道自己在酝酿着什么。我从一个地铁换到另一个地铁。巴黎的地下存在着另外一个世界，上下三层，层层相通。我一瞬间居然把来来往往的人想作了在阴沟里窜来窜去的老鼠，我也是其中一个。

有时我在垃圾桶旁边椅子上坐下来看着来往的人发呆，有时煞有介事地和别人一样从车厢里挤上挤下。偶尔我会被地铁里流窜的卖艺人的琴声吸引，思想被这些艺人带到了一个美好的境界。人世间的喜怒哀乐被他们演绎得如此简单而生动，让我忘记自己来巴黎的初衷，醉情于虚幻的世界里。然而音乐一旦结束，我便和他们一起回到惨淡的现实。

我麻木地对地铁里伸出手窃取钱包的小偷视而不见，对伸手乞讨的流浪汉无动于衷，我似乎与这个生活了近一年的城市完全脱离了关系。我比生活在巴黎的人更加陌生于这个城市，脸上带了不屑一顾甚至讥讽的表情。

等我重新走出地铁的时候，天完全黑了。我觉得冷，开始寻找吃饭的地方。我走进了一家土耳其烤肉店，要了一个肉烧饼，狼吞虎咽地吃了起来。

之后我又去了一趟九十二省，那座房子孤零零的在暗淡的路灯下，给人一丝恐怖的感觉。我很难相信自己在这个鬼地方居然住了半年那么久。

我搭乘最后一班郊区快线回到巴黎市里，在4号线poissoni è re站出了地铁。我实在不想和夏雨睡在一起，打算明天再去。我到处找着晚上住的地方。巴黎的宾馆很贵，我找了好几次，两颗星的都要六七十欧元，半个小时后我找到一家一颗星的宾馆，我走了进去，服务台是个黑人老头，他翻了半天本子，递给我一个钥匙，说："你走运，最后一个房间了。"

房间在六楼，没有电梯，楼梯是木质的，走在上面发出很大的响声。我脑子里想到去年冬天报纸上关于这种住了很多非洲移民的老式旅馆着火的头条新闻，不禁有些害怕。没有比这个更便宜的住处了，我没有选择的余地。

走到房前的时候，我听到隔壁叫床的声音和吱吱呀呀的床响，顿时收起脚步，蹑手蹑脚地走了进去，没有洗澡就躺在了床上，沉沉地睡了过去。

半夜里我醒了过来，窗外的月光居然是那么皎洁，离我很近，似乎触手可及。

我突然想起张晓兰。

其实我曾经问过她，你觉得什么是最浪漫的事情。

她说，和心爱的人在卡萨布兰卡的夜晚在阳台上看月亮。

她说的这个场景在我脑子里简直是个童话里的场面，卡萨布兰卡的月亮和我在尼斯的山路上看到的月亮毕竟是两个概念。

而此时我孤独极了，似乎就住在了非洲某个不知名角落的小旅馆。我在这头看月亮，她在那头的梦乡。

我翻出手机里储存的她发给我的每一条短消息，看了又看，终于再次睡过去。

第二天我是被收拾房间的胖胖的黑人女服务员吵醒的。她敲门的时候我以为地震了，整个天花板都在振动。

我极不情愿地起了床，胡乱洗了脸，走出了旅馆。

我给夏雨发了短信，告诉她快点来接我，我来了巴黎。

夏雨电话马上打过来了：

"亲爱的，你真的来巴黎了？"

"来了，快点来接我吧，我把地址发给你，快点啊！"

说罢我就进了香烟店，买了包烟，在一个咖啡店坐了下来。

半个小时后，夏雨开着她那蓝色的宝马Z3到了，一下车就迫不及待地和我拥抱，

"你的行李呢？"

"我都收拾好了，不过这次没带来——我总得回去一趟的，学校那边还没打招呼，你急什么？"我搪塞到，说罢我上了车，跟着她去了她的住所。

她住在八区，一个紧靠凯旋门的街区。上了楼我才发现她的生活有多奢侈。她一个人住了70多平方米，在这个地段，少说也要3000欧元一月。

她家里有些乱，到处扔着化妆品和衣服。她的生活空洞得只剩这些花钱买来的贵重东西了，这样的生活我清楚不过。

一到家，她把包一扔，就迫不及待地抱着我，我们开始接吻。

我不在状态，说道：

"昨晚没休息好，我先去洗个澡吧。"

她诡秘地笑道：

"你这个坏家伙，你先去吧！"

我进了盥洗间，迅速地洗了个热水澡，人精神多了，出来后，对她撒娇地说道：

"亲爱的，你也云洗吧，慢慢洗哦，洗干净点！"

"你讨厌的！"说罢夏雨一扭一扭地进了盥洗间。

她一进去，我就紧张起来，我迅速扫视了一下屋里，走到她的办公桌前，开始翻起她的抽屉来。我轻而易举地找到了她放所有证件的文件夹。我从来没做过这样的事情，紧张得手有些发抖，但我

告诉自己，镇定，否则功亏一篑！

终于，我找到了想找的东西：她的出生证明和银行账单，出生证明上有她的户籍资料，更重要的是有她的父母亲姓名。而银行账单上，则有着她的进账记录，我看到她账户的余额的时候，惊讶地张大了嘴巴。

我压抑住自己狂跳不止的心，把这两张纸小心地折叠了起来，放到了裤子口袋里，然后钻进了被窝。

几分钟后，夏雨出来了。她滑溜溜的身体碰到我的时候，我情不自禁地退缩了一下。我在内心已经告诉自己不能再这样了，然后，我得找机会出去，我没有任何选择。

我抱着她温热的身体，开始挑逗她的欲望，这一刻，我觉得自己是可耻的。

她的身体很快有了反应，我们开始缠绵，直到她掐紧我后背的手指慢慢松开，我这才跌落在了她身上。

第 39 章

等她熟睡之后，我屏住呼吸，轻手轻脚地起床，穿上了衣服。确定她没醒过来之后，我轻轻地开了门，下了楼，迅速转了个弯。我随便问了个人，问最近的邮局在哪里。他指指前面。我一看，有着黄色LOGO的邮局就在不远处，便跑了起来——我要在最短的时间内赶过去。

到了邮局，我拿出口袋里的文件，连同几天前我翻出来的林叔叔的奥迪A4的行驶证，这上面有林叔叔的地址，先是各复印了两份，然后买了两个挂号信封，一个是寄到了我尼斯的地址，一个是特快国际函。我写下了早就记在脑子里的地址，那便是中纪委。几天前，我通过中纪委的举报电话，进行了实名举报。他们发现此案重大，并且和之前不了了之的我父亲的案子相关，那边已经部署专员，去我省密切注意夏的行踪了。现在，我正是向他们快递过去证据。

柜台窗口里邮局工作人员礼貌地对我说已经办妥的时候，我忙道了谢，气喘吁吁地往回跑去。

我回到她家的时候，发现我留着小缝的门已经关上了，大惊失色。

我深呼吸之后，敲了门。我听到夏雨过来开门的脚步声，顿了顿嗓子。

"你去哪啦！"

"我没烟了，刚才醒了，就下去找烟店。"我急忙找了个理由。

"你不能到我包里找啊，我有的！"夏雨抱怨道。

"我翻你的包不好嘛。"说到这，我心虚得很，明明刚才翻了她的抽屉。

"快进来吧。"

进去之后，我惊跳不已的心这才安静下来。

我盘算着如何找机会放回原文件，只是夏雨一直缠着我，没有合适的机会。

"中午想吃什么，亲爱的？"夏雨勾着我的脖子问道。

"我随便。"

"你就不能提点意见嘛！"她轻声埋怨道。

"那我们就到香街去吃吧。那边餐馆多，吃完了还能喝喝咖啡。"

"好主意，那我们现在就去，你等我一下，我去化个妆！"

她一说化妆，我就松了口气，这下有机会了。

她刚进洗手间，我就一步走到了办公桌前，迅速拉开了抽屉。这时水停了，我心里一紧，担心她走到客厅来，还好，几秒钟后，她又拧开了水龙头，"哗哗"地洗起脸来。

我放妥了文件，合上了抽屉，叹了一口气。

我从她包里拿出烟来，抽出一支，坐在了沙发上。

她从洗手间出来后，又在卧室待了半天才出来，出来的时候已经浓妆艳抹了。我不想告诉她其实她不化妆还好看点。

那个午后，我们在香榭丽舍大道上吃了西餐，然后坐在了路边的咖啡厅的遮阳伞下，各自要了一杯咖啡。

香街上游人如织，巴黎这个地方，总能看到来自世界各地的人，混杂得很。我丝毫没有了当时初来乍到的那一份新鲜感。

我的脑子里浮现着那些和我相关的人，从赵启波开始，到佩佩，到罗立丰，到曲琦，Sophie，阿明，李冰，张晓兰，最后是小娜，他们似乎都离我很遥远了，我也回到了一个人的世界。

我身边的这个女人，我只依稀记得她身体的温度，她从来没走进过我的心。

我唯一的渴望，是能够回到张晓兰的身边，哪怕是像原来那样，和她保持着若远若近的距离。

"兰晓，想什么呢？"

"没有。"我语气平淡。

"就有，我都看你好久了，快说吧，想哪个老相好呢？"

还真被她说中了，我不说话。

"你好像最近变了。"夏雨垂下头去。

"怎么变了。"

"变得和我第一次见你的时候一样了。"

"呵呵，这不是你喜欢的兰晓么？"我有点讽刺地说道。

"才不呢，我不喜欢！你冷漠的样子很讨厌！"夏雨说道。

"我天生是这样的人，你第一次就知道了，我不善于表达。"

"是真的么？我害怕。"夏雨委屈的样子，让我过意不去。

女人的直觉是很准的，只是她们不愿意面对现实，而愿意听取那些谎话。

"你怕什么？我都来巴黎了。"我抓着她的手，安慰她道。

"我怕你不要我了。"

"哈哈，我不要你有什么好怕的，你长得又漂亮，又不缺钱，追你的人排队等着呢！"

"去你的，我不稀罕那些，我只要和我喜欢的人在一起！"夏雨痴情地说道。

可惜，你喜欢错了对象，他是个骗子，他要让你失去一切。

想到这里，我突然开始觉得自己很残酷，心里不再若无其事了。

远处飞过一群鸽子，它们在香榭丽舍大道上空盘旋了一阵，不知道会飞向何处。

这个下午，我漫不经心地陪着夏雨逛着商店。她不说我都知道，这些商店她早就逛腻了，她账户里的钱，完全可以把整个店买下。

做完自己该做的事情之后，我心里像是有块巨大的石头落了地。

现在我脑子里唯一想的，是张晓兰。每次看到她拿起一件衣服试的时候，我就希望眼前这个女孩是张晓兰。我知道，这个谎言对夏雨来说是多大的伤害，更何况，如果她知道我的心里想着另一个人，该有多么伤心。我不敢想下去。

其实偶尔我也觉得自己太过分了，夏雨是无辜的，我也是。我不该这样来伤害她，用一种欺骗她感情、玩弄她身体的方式来伤害她。

那天晚上，等她入睡之后，特别是看着她像个孩子一样趴在我身边的时候，我自责不已，无法入眠，我甚至有想亲她的冲动。

我难道爱上了她？不！绝对不可以！我只是内疚，这绝不是爱！

我否定了自己的疑问，信誓旦旦地扼制了那些困惑。

半夜里，我会偷偷看看自己的手机，我忍不住给张晓兰发了短信，我问她睡了没有，她没回复我。我没有继续发下去，我明白，她或许再也不会理我了。

我失去了她？

然而我不曾拥有过，如何谈失去呢，我自我安慰到。

我想告诉她我很想她，可是我赤身裸体睡在一个别的女人身边，这样的话我如何说得出口？

第二天早上，我迷迷糊糊睡着觉的时候，隐约听到夏雨在接电话。

等我起床之后，她对我说：

"兰晓，把你的护照给我好吗？我妈妈刚和我通了电话，要帮我们办手续了。"

"护照，在尼斯呢！"我随口说道。

"不对吧，那你怎么坐飞机的，没护照能登机？"

我第一次说谎失败，表情不自然起来。

"哦，我都睡傻了，在我口袋里呢，我自己拿给你吧。"

我在犹豫，我怕她家人发现我的存在而溜之大吉，让我功亏一篑。

我便说道："我现在还不能给你，给你了，我怎么坐飞机回去啊！"

"只要你的护照复印件啊！"夏雨不明白地看着我。

"我——"我说不出话来。

"你不想和我一起去加拿大？"夏雨目光顿时黯淡下来。

我低下头，半晌才抬头，说道："我有些害怕，这一切太快了。我家人还不知道。"

情急之下，拿家人做了幌子，我内心一阵伤痛，觉得自己的家人因为这个女人的父亲，而命绝黄泉。

她走近我，将我抱住，说："我知道，正是如此，我才不想等了，我想去尼斯见你，去机场的路上我也心里没底，可你告诉我是想着我的，不是么？自从第一次见你，你给我的感觉就是很踏实很沉稳，你是我心里一直想遇见的那个男人。兰晓，和我走行吗？先办着手续，离真正走还是有一段时间的！这段时间，和你家人好好说说好么？傻瓜，我们又不是不回中国了，有了身份，你想去哪里都可以的！"

"亲爱的，先让那边等几天，我回去把事情都办妥了，再来巴黎和你汇合，我想自己好好想想。"

"想什么？你在犹豫要不要和我在一起？可我们已经在一起了！"夏雨坚持道。

"我想好了很快给你发传真过来，或者扫描了给你从网上发过来，好吗，也不差这几天。一下子要办手续，我，我心理压力太大了。家里都不知道。"说到家里，我心里恨透了眼前这个女人，我已经没有家了，要不是她爸爸想保住自己，拿我做威胁，我爸爸也不会自杀。

"我的回程机票是今晚的，明天又要上课，再给我几天的时间，好吗？"我几乎用哀求的目光看着夏雨。

我有时候都会在怀疑自己，是真的动了情，还是有着高超的演技。

她被我打动了，不知道是她愚蠢，还是我卑鄙，还是二者皆有。

晚上在送我去机场的时候，她目光散漫，过了半晌，说出了让我惊讶不已的话。

"兰晓，其实我一直没和你说，自从上次我去完尼斯之后，我那个一直没有来。"

我心里一惊，我明白她在说什么，我问道："不会吧，多久

左顾右盼

了？"

"已经比预计的时间晚了十天了。"

我顿时像踩空了一样，心沉了下去。

"那怎么办，你去药店买试纸测了没？"

"没，干吗，你这么怕我怀孕？"夏雨一边开着车，一边看着我。

我转过头去，看着窗外不说话，夜晚的巴黎环城高速车子不多，都亮着灯，一个个如同黑夜里游离的萤火虫。

到了奥赫利机场，我们分别的时候没有缠绵，我不再能轻松地哄她，只是轻轻抱了一下，和她作别，走进了白炽灯明晃晃照着的候机大厅。

第 40 章

回到尼斯的这一晚，我几乎彻夜未眠。

夏雨也没有联系我，我明白，她在安静地等待。

我能不计前嫌，成为害死爸爸的仇人的女婿么？显然不可能。

我能不记长辈的恩仇，和夏雨过一辈子么？我同样否定了自己。

然而她是真心爱我的，如果她发现了我接近她的动机，她还会继续这样爱着么？

我明白，用不了几天，国内方面收到证据就会实施抓捕，也会给我发来短信，夏雨的移民梦也会泡汤，这个家庭同样会土崩瓦解。

然而，如果她真怀孕了……

我不敢再想下去。

我决定和她沟通一下。

第二天，我振作精神去学校，虽然有些犯困，我还是认真听着讲，我不想错过今年的研究生入学了，因为我已经别无退路。

下课的时候，我看手机，收到了可怕的短信：

"兰晓，我刚刚测试完，我怀孕了，怀了你的孩子。"

我赶紧回道：

"去打掉他，好吗？"

"为什么？你真的不想和我在一起么？"

我听到这里有些怀疑，怀疑她是试探着我的口气，便试图说服她：

"我们还没读完书，我是爱你，可是不能全心全意照顾小孩，也是对他不负责任啊！"

"这是借口，我们有很多钱，足够请人来照顾，你读你的书，我不会连累你的！"看得出，夏雨有些固执，她还沉浸在爱情的美梦中，完全没有意识到这是场骗局。

我刚想回，上课铃响了。同学们陆续走进了教室。我看到曾洁朝我挤了挤眼睛，心虚起来，便收起了手机，心急如焚。

上课的时候，手机一直震动，我知道夏雨见我不回短信以为我在回避，她电话不停地打过来，有些歇斯底里，我无可奈何。

如果我逃避了，一直不和她联系，直到她被国内通知家长被拘，或者被法国警方带走卢讯，她是不是会想到是我造成的一切，会不会恨我一辈子？

恨也就罢了，如今她身体里有了小生命，这个或许被流产，或许呱呱坠地的鲜活的小生命，竟然是我的血缘所致，太恐怖了！

下课后，我拿出手机来，电话那边已经抓狂了，从质问，到指责，到失望，到沮丧，到哭泣。她不停地给我发着短信，骂我，求我……我关闭了手机。

我矛盾极了，不知所措，我想到张晓兰，那种内疚如一根根锋利的针，戳痛着我的心。

这天夜里，我终于鼓足勇气，打开了手机，给夏雨回复了短信：

"亲爱的，我在学校手机没电了，开机后不知道怎么面对你，我想说的是，如果你真的爱我，就去医院把孩子打掉好吗？"

过了漫长的5分钟，她的短信来了，她说道：

"我下午已经去过医院了，医生说我离上次月经已经超过45天了，说不能打掉了。"

"为什么不能？"

"这不是在国内！不可以流产的！"

我心都凉了，只是不想放弃我的劝说，我继续回道：

"那我们回国去打掉好吗？"

"你放心，我已经决定了，即使你不和我在一起，我也会一个人好好照顾他的！我养得起他！"

她还是没明白问题的关键，她又如何能明白呢？我伪装得如此之好。

我难受极了，真想找老许说说，可是这样的事情能和谁说呢？

两天后早晨的课间，我收到了原本以为能让我开心的国内短信：

"兰晓，证据到得很及时，夏欲离境出逃时在机场被带走，已向法国方面发出司法合作请求，程序通过后将会立即抓捕林云祥等人。在外保重，祝早日学成归来！"

这是负责接这个案子的叔叔按照约定给我发来的短信。

我想了两分钟，回复道：

"收到，谢谢！"

我拿着手机，跑出了教室，跑出了校园，一口气顺着山路跑到了一个平台上才停下来。

不知道为什么，我的眼睛顿时发烫。我闭上眼睛，泪水慢慢地从眼睛溢出来。这种发酸的液体不停地往外涌，止也止不住。

我太压抑自己了，我对着远处的大海，跪了下来，开始失声大哭。

为了这一天的到来，我有着太多的谋划和暗示，每次想放弃，都想到爸爸过去说我的太情绪化做不了大事，鞭策自己一定要报仇。

我此刻好想对着爸爸的照片，好好地磕个头，告慰他的在天之灵。可是我没有他的照片，他在监狱里，为了我，自己了结了生命。

如果不是因为我在法国被人暗中盯上，被人要挟，爸爸完全可以招供出姓夏的来减刑，他是舍弃自己来保全我。想到这里我号啕大哭起来。

我明白，我已无法告慰他的在天之灵，告慰的，只是自己的内心。

我跪得腿都麻了，这才擦干眼泪，站了起来，平静地走下山坡公路，往学校走去。

我若无其事地走进教室的时候，看到曾洁表情复杂的脸。她一定知道了我和夏雨的事情。我低头不语。

果然，这天下了课，我走在路上的时候，曾洁追了上来。

"兰晓，你等等！"

我回头看到她，不想多说什么，继续走路。

"你给我站住，兰晓！"

我没停下来，我真不知道怎么和她解释。

"你也太不像话了吧！连句安慰的话都没有！"她满脸怒色。

我不回答，继续往前走，她居然一直跟着我，走到了我家附近。

我停下来，瞪着她说：

"你干吗一直跟着我？"

"我想和你谈谈。"曾洁坚持地说。

"有什么好谈的，我和她的事情，你不清楚的。"

"你也太不负责任了吧，兰晓？"

我明白她在说什么，无言以对，只好往家的方向走去，没想到她固执地跟上来了。

这个街区的路上永远站着闲散的社会青年，两个阿拉伯小子朝我们吹起口哨来。

我愤怒地说：

"你干吗？快回去吧，这里乱的！"

"你住这边？"曾洁有些惊讶。

"是啊，我就住这边！"

"不会吧，这边这么乱，你原来住的地方呢？"

"早搬了，和你说了，我车也撞坏了，也没钱了，我是个穷光蛋了！"

她不再那么气势汹汹，觉出之间的隐情来。

我望着在楼梯口怔怔地站着的她，回过头，走上破旧的楼梯。

如果她觉得我是因为生活陷入困境而不愿和夏雨在一起，倒也是不错的解释，我心里反而轻松起来。

过了5分钟，我听到门口的敲门声。

"兰晓，开开门好吗，我过几分钟就走。"

我迟疑了一下，打开了门。

门开了，她用惊讶的表情看了一下屋里，我拦住了门口，没有想让她进来的意思。

"我可以进来么？"

我不明白，眼前的曾洁为什么要坚持着进我家，然而我还是侧身让开了。

"你什么时候搬到这个区来的？"

"好久了，我来尼斯没多久就住到这边来了，怎么了？"我有些挑衅地看着她。

她不搭我的话，径自走进厨房去，我跟在后面，不知道这个小女孩要做什么，这时候厨房的柜子底下窜出来一只小老鼠，迅速逃到了冰箱的角落里。

"啊！"曾洁受了惊吓，尖叫着退到了我身边，双手紧抓住我的手臂。

过了几秒钟，我看看她的窘样，不禁笑了起来：

"有什么好害怕的，不就是老鼠么？你别把它吓到了！"

曾洁委屈地说：

"你怎么能在这种地方住的，你有困难为什么不告诉我们？"

她指的她们一定是包含了夏雨，我心里发笑着想："傻丫头，你不知道我住这里，都是你夏雨姐姐的老头给害的。"

然而我面无表情地对她说：

"看够了吧？我住这里挺好的啊，不用你们可怜我！"

"到底怎么了？兰晓，你和我说说好么？好歹我们也是老乡！"

我摇了摇头，不再说话。

第 41 章

我把她晾在一边，只顾做自己的事情，在水池边洗起昨晚留下的脏碗来。

"兰晓哥哥，到底怎么了嘛！"她的话音带着哭腔了，女人真是麻烦，反倒要我来哄她了：

"我家里——"我有些情不自禁，顿了顿嗓子，认真地对她说：

"我来尼斯的时候，就和家里吵翻了，我家里不给我钱了，我得自己谋生，懂么？"

"那和谈恋爱有关系么？"她一脸天真。

"你觉得没有关系么？人家开着漂亮的车子，用的都是奢侈品，我呢，你今天也看到了，我什么都没有！"我顺势找着这样的借口，想让她帮着传递理由，让夏雨放弃。

"她也不看重你的物质啊，我知道夏雨姐姐的，真的！"

看她还是很坚持，我只有耐心地解释着：

"你不懂，女孩子总是要陪着哄着的，我天天打好几份工，自己都没时间休息，哪里来的时间和她花前月下呢？"

"那你为什么前几天去巴黎？"

我被她问得哑口无言，不作声。

"说明你还是喜欢夏雨的，对吧？"

左岸右盼

伶牙俐齿的曾洁，让我心生憎恨了，我无法向她坦诚理由，却陷在自己编织的圈套里，苦苦不得动弹。

"她很爱你，她希望你们在一起的，她之前从来没对任何一个男生这样，真的！"

"你别说啦！烦死了！"我喝道。

"你就是想玩玩的，对么？"

我不作声。

"你们男人，没一个好东西！"

我一把拉住她，把她揪到跟前，这时我的手摸到她软软的腰，我意识到自己在干什么，连忙松开了手。

她红着脸，转身摔门离开了。

她愤愤地骂的那句话，我明白也是在骂她的前男友。她不明白，我不是为了玩而玩，而是为了一场阴谋而玩。

其实夏雨的爸爸被抓之后，面对着夏雨，我丝毫没有胜利的快感，相反的，之前那些对她的愧疚开始慢慢展开，尤其是她的怀孕，我真的不知所措。我甚至想对她坦白事情的来龙去脉，可是我如何讲起？

曾洁走后的那个晚上，夏雨给我打来了电话，我接通了。

"兰晓。"

"嗯。"

听到了我的回答之后，之前的那些委屈让她在电话那边哭了起来。

"你为什么不早点告诉我？"

我心里七上八下，不知道她指的是什么，我不说话。

"我真的不知道你一个人吃了这么多苦……"

我心里松了一口气，她还暂时不知道她爸爸的事情，只是同情我的遭遇而已。

"没什么，你别哭了。"我安慰她道。

"我来尼斯看你好么？"她止住哭。

"我不要，你别来！"

"不，我就要，我要来陪你！"

我厌恶这样的感觉，她越想靠近我，我越想逃开。

"我不在乎你现在这样的，真的，只要我们在一起就好，我们不缺钱！"她在电话那边信誓旦旦地安慰我道。

"那是你的钱，我不想花的。"我心里冷笑了一声，心想，说话的时候她或许不知道她的银行账户已经被冻结了。

"你别这样好不好！兰晓我求你了，和我在一起好吗？我们一起移民去加拿大，我们会幸福的！"

她还在做着移民的美梦，还在期待着美好的爱情，这个可怜的女人。我心里有些苦楚。我挖了一个坑，里面布满了荆棘，而她，却一步步地在靠近那个坑，我已经无法阻止她了，她会掉下去的，而我，就是把她往坑里引的那个人。

"兰晓，我听你的，我们去国内打掉孩子，然后一起回来，等着去加拿大好吗？"

她退步了，可我怎么可能同她一起回国，我的学校正在申请，我的课还在上，我还得打工来维持自己，哪里来的闲钱去买机票。

"你别担心，我会买好我们的往返机票，好吗，兰晓？"

"我可能走不开了，你一个人回去好吗？"我冷冷地说道。

虽然口气冷漠，我还是觉得心里过意不去。

"你就想这样算了么？就想这样推开我么？"她又哭了起来。

可是，谁让你是夏的女儿呢？我在电话这边叹了一口气。

挂完电话的这个晚上，我在床上翻来覆去睡不着，我脑子里总是出现夏雨：她原先光鲜亮丽的生活里的高傲，在我欲擒故纵的引导下被击得粉碎，她恋爱时候的开心，她赤身裸体和我水乳交融，熟睡后毫不设防的姿势，她对我们双双移民的憧憬，我的逃避冷漠之后她承受的痛苦……

我内心的巨大痛苦，是我始料未及的。

或许明天，她就会发现她的信用卡再也取不出钱，或许明天她联系国内就会发现父亲已经锒铛入狱。

我内心开始渴望明天不要到来。

然而这一切不是自己想要的么？

凌晨三四点钟，在床上翻来覆去的我仍然在寻求着精神的出路，我的内心渐渐萌生着一个不可理喻的设想：让夏雨取出银行的钱跑掉！

我拿起电话，打了过去，她从熟睡中醒了过来，迷迷糊糊地说：

"谁啊……"

"是我，兰晓。"

"兰晓！你在哪里呢？！"

"我在尼斯，我要和你说个事。"

"什么事！"

我犹豫了，不知道怎么告诉她这个坏消息，我明白这个事情从我嘴里告诉她是多么的荒唐。

"快说啊，兰晓，你决定来巴黎啦！"电话那头开心地笑了起来。

我一阵心痛，沉默起来。

"到底怎么啦？你说啊，没事！"她鼓励着我。

"你爸爸，他——"我内心挣扎着。

"我爸爸，他怎么啦？你别卖关子了，兰晓，快说啊！"她有些急了，睡意全无。

"他被双规了。"我脑子一片空白，不知道接下来的场景。

"啊！你怎么知道的？"她这样问，我心虚起来，赶紧编了个理由。

"我的那个亲戚告诉我的。"

"什么时候的事情？我怎么不知道？"她焦急万分，我说出来之后，心里平静了不少。

"我打电话是告诉你，你明天去把银行的钱赶紧取出来，然后赶紧买机票走吧，去个没人知道的地方！"我平淡地说。

"你什么意思，你是说——"她疑惑地问道。

她没经历过这种事情，无法用光鲜生活里的思维去考虑支离破碎状态下的场景。

"是的，你的账户会很快被冻结，你明天一定得去取出来——如果还来得及的话。"我说完又补充了一句，就挂了电话。

过了10分钟，她开始不停地打我的电话，我明白，她一定是联系过国内了，我无言以对，关了手机。

我开始头痛。我坐了起来，去厨房烧了点水。我听到老鼠惊恐地跑开的声音，没理会，回到了房间里，从床头柜拿出妈妈的照片，端详了一会儿，喝了点水之后，试图入睡。

我期待着她能够及时把钱取出来，然后暂时避开风头，以后过着平淡的日子。

然而孩子呢？如果她固执地不肯打掉……

我充满了自责，我心底想念的张晓兰，不知道现在在做什么，我好想见到她，我离开她太久太久了……

天慢慢亮了起来，我疲惫极了，我挣扎着从床上爬起来，走

左顾右盼

到盥洗间，开了灯，我从脏兮兮的镜子里，看到了自己的样子：疲惫、懦弱、恐惧、残忍、冷漠……

我能从这段荒唐的故事里成功地逃脱开么？

尼斯的天气慢慢地热了起来，4月下旬只要穿一件衬衫就足够，海风吹在人身上暖洋洋的。真想这样的天气在海边睡一整天，只是我最近身心俱疲，无心消遣。

虽然我关着手机，可是我的心思无法集中，想着她身上孕育着和我有关的生命。中午的时候我还是硬着头皮打开了手机，只是很奇怪，除了昨晚她发的一条短信，其他什么都没有，没有夏雨的留言。

她的短信很简短、只有几个字："家里真的出事了。"

我明白，这时候她的心情一定和我当时一样，不知所措，可是我无法再继续虚伪地安慰她什么，我做不到。

下午的课我上得浑浑噩噩，丝毫不在状态。曾洁不停地看我，她还不知道发生的一切。

下课后，我终于耐不住了，拨了夏雨的手机号码。

她的电话关机，一打就进留言，我打了好几次，都是关机。

我的心里，有一种不祥的预感。

种种猜测在我心里蔓延开来，她是回国了？关机不想理我？还是被警察……

第 *42* 章

晚上睡不着觉的时候，我常从枕头底下拿出那封写给张晓兰的信，看了又看。有时候想放弃，就这样不联系她了，有时候，又觉得想抓住些什么。

这段时间，我独来独往，没和任何人联系，辞掉了两份工作，回家后认真地查找学校信息。我不想放弃任何一个入学的可能性，我不断地写信，然后早上投递出去。

我内心很渴望能和张晓兰去同一个城市，一起读书，一起打工，一起奋斗。可是我们能偶然又在另一个城市相遇么？

我很想知道她的现状，我很害怕她有了喜欢的人，或者她已经和男朋友出双入对。

我终于忍不住漫长的思念，打通了她的电话，但没有人接听。我失落极了。

晚上11点多钟的时候，我打电话给老许，我问他：

"你有张晓兰的消息吗？"

"你怎么啦，听说你热恋呢！"

"别胡说，人家乱说的！"我明白，中国学生的圈子很小，这种消息传播得很快。我很难过，因为这样的消息也会传到张晓兰的耳朵里，何况她亲眼看见了我抓着夏雨的手在逛夜市。

"你又想她啦？"老许打趣道。

"你快告诉我啊，我是想她了。"

"我见到过她两次，她好像在忙着申请学校。兰晓啊，你可伤了人家的心，本来她还对你很有好感呢，哎。"老许叹气道。

"你在哪里看到她的？她一个人还是？"

"干吗，你小子自己浪漫就不能人家谈恋爱啊？"老许严肃地说。

他这么说我很难受，说中了我的软肋。

"你看到她和别的男生在一起了？"我摸出一根烟，忙乱地找着打火机。

"看是看到了，不过走在一起也不代表谈恋爱了。再说了，你真喜欢她就告诉她，别那么磨叽，还算不算男人啊！"老许愤愤地说道。

我刚想问她有没有和人家抓着手，但是觉得自己这么想很可笑，"己所不欲，勿施于人"。我来不及和他解释，道了谢，赶紧挂了电话。

我心里惴惴不安起来。

我失落地拿起那封信，刚想撕掉，转念一想，我又打通了她的电话。这次她接了。

"张晓兰，是我，兰晓。"

"哦，是你啊！"她的口气平淡，还带着一丝陌生的惊奇。

"是我，最近还好么？"

"我啊，呵呵，还好啊。"她说还好的时候我不禁想起老许说的她和那个男生走在一起的场景，心灰意冷。

我"哦"了一声，不知道该怎么说下去。

"你呢？和你女朋友好吗？"她问道。

"她不是我女朋友！"我解释道。

我的口气激动而生硬。然而，那晚上我嬉皮笑脸拉着夏雨的手算什么呢，那之后我们喝得烂醉然后在酒店做着那么龌龊的事情又算什么呢？我否定着自己。

"你过了一个月给我打电话，就是为了说明这个事情么？"张晓兰问道。

我哑巴了，答不上来。

我真想告诉她我有多想她，即使睡在别人的身边。可是我能这么告诉她么？

"你没别的事情，我就先挂了，明天一大早还要打工。"张晓兰的声音确实充满了疲惫。

我刚想回答，这时候突然传来敲门声，外面有人喊我：

"兰晓，开门！"

我一惊，赶紧捂着电话，心虚地对着电话那边说：

"那好吧，先这样，晚安！"

挂了电话我心里紧张起来，去开了门。果然不出所料，门外是曾洁和夏雨。

曾洁看着一脸惊恐的我，没好气地对我说：

"我走了，回家了，兰晓你看着办吧，人带到了。"说罢就走了。

我望着门口失魂落魄的夏雨，怔在了那里。

"你不打算让我进去了么？"

我一阵愧疚，走过去，拉着她的手，带她进了屋，关上了门。

她一句话都没说，紧紧抱着我，大声地哭了起来，哭得很伤心。我明白这几天她一定受了很大的委屈，而我，在造就了她所有的悲剧之后，却躲在自己阴暗的角落里，想着另外一个女人。

平时打扮得花枝招展的她，今天随便穿了个旧衬衫，头发散落

左盼右盼

着，人也瘦了一圈，这和第一次看到的从敞篷宝马里走出来的夏雨已经完全是两个人。

而我，心里没有一丝复仇的快意。

她一直一声不吭，像是受了莫大的惊吓，紧紧抱着我，一动不动。

我的心软下来，对她轻轻地说道：

"怎么了？夏雨，去银行了么，拿到钱了么？"

其实她关机的时候，我已经明白了事情的大概。她不会考虑到那么多的，事情发生得太快了。她怎么会想到她紧紧抱着的男人，就是那个和她享受肉体欢愉之后马上偷走她的银行账单跑去邮局陷害她家人的人呢？

她不说话，我让她云我家简陋的卫生间洗澡，早点休息。洗漱完毕后，关了灯，她就如一只柔弱的小猫，钻进了我的怀里。我没有排斥她身体的意思，紧紧地抱住了她。

现在的夏雨，已经和当时从云端上摔下来的我一样，变得一无所有了。我们遭遇了相同的事情，不同的是，她的爸爸让我这样，我让她这样。

她摸索着吻住了我的嘴，舌头在我的嘴里游动，寻找着温暖，她的手主动在我身上游离，紧紧地勾住我。我明白，她心里很冷很累，她需要精神上和肉体上的温暖，而我，成了她唯一的救命稻草，虽然这根稻草曾经勒死了她的父亲。

我们的呼吸同时沉重起来。我很奇怪自己的身体，第一次有着高傲的兴致，似乎把她进来前电话那头的张晓兰忘得一干二净，开始尽情地让欲望越来越膨胀。是因为此时的夏雨是个可怜虫，和我一样？

在那张简易的小床"吱吱呀呀"地欢快地歌唱的时候，我不再感觉是在玩弄着夏雨，而是尽量取悦着这个失魂落魄的女人，我想让她不再恐惧，忘记痛苦，哪怕是短暂的……

在快要到巅峰的那一刻，我想从她身体出来的时候，她却紧紧地抱住了我。我趴了下来，筋疲力尽。

过了一会儿，她侧过身来，紧紧地抱着了我，颤巍巍地对我说道：

"兰晓，我爸爸他——"

我轻轻地拍着她的背，安慰她道：

"没事，双规只是在审问，不一定有事的，你别太着急了。"

"我害怕。"

"别怕。"我安慰着她，仿佛这事和我毫无干系一般心平气和。

一想到她爸爸，我的心里就充满了憎恨，我是希望他能够被判死刑并且立即执行的。想到这里，我抱紧了夏雨。

外面刮起了大风，地中海的雨说来就来，一会儿工夫，外面就开始"噼里啪啦"地下起大雨了，窗户被吹得"哐哐"地响。

我想起来去关窗户，刚起身，被她抱得紧紧的。我小声对她说：

"下大雨呢，我得去厨房关上窗户，乖，马上就回来。"她这才极不情愿地松开了手。

关好窗户之后，外面开始打雷了，先是沉闷地传来几声，后来就是电闪雷鸣了，震得这个破旧的房子都跟着响。我真担心房子会一瞬间倒塌下来，将赤身裸体的我们活埋。

"那天晚上，我打电话给爸爸的手机，没人接听，一会儿有人打过来，不是我爸爸，是个陌生人，问我是谁，我说是他女儿，他说稍等一下，我就挂了。后来我打电话给我姑妈，她们都不知道我在说什么，说我爸爸隔天还好好的在一起吃饭的，后来我就睡觉了。没过两分钟她们就给我打过来了，说真的出事了，一家人都乱了起来……

"第二天一大早，我去银行，说要取钱，开始接待员让我填单子，我填了个数额巨大的单子递给她的时候，都不敢看她的眼睛。她往里面办公室走去，我心里就紧张起来。里面出来个穿西装的，好像是他们负责人，说这么多钱，他们现在没这么多现金，得等一会儿，说已经让金库送过来。我就在他办公室等了，可过了10分钟，进来两个警察，把我带走了……"

我呆呆地听着，丝毫没有诧异。

"后来，银行的人告诉我，我的账户几天前就被冻结了，本来今天就是打算打电话通知我的，我自己找过来了，还说司法部门发来了通知，他们也没办法，必须有相关的司法文件这笔钱才能解冻。警察也很客气，问了我一些问题，我都说不知道，他们也没为难我。我在警察局的一个小屋子里待了一个晚上。第二天他们把我放了出来。我的车子也被法院封存了，我没钱，哪里都去不了。我给妈妈打电话，电话那边也是关机，我想她应该也在警察局了。

"我一个人在家里过了一个晚上，想给你打电话，可是觉得自己是自讨没趣，你听说我怀孕了就不想理我了，也不想和我一起去加拿大。现在好了，我们去不了了，你该放心了吧？"

我不作声。

"兰晓。"

"嗯。"

"我现在一无所有了，你不会介意和我在一起了吧。"

她到现在还想着要和我在一起，我真的不知道怎么回答她。

"你说话，我来尼斯，就是想要个说法的。"她轻轻晃着我。

屋外的雨越下越大，仿佛是天空留下的眼泪，"哗哗"地洗刷着那些人间尘埃。

第 43 章

"兰晓，对不起，我骗你了。"

"怎么？"我皱起了眉头。

"我其实没怀孕，那几天是安全期。我只是想看看你的反应，我只是想和你一起去加拿大。"

听到这里，我如释重负，这个痴情的女人，挖空心思骗我只是想和我在一起。

"然后呢，你很失望吧。"我自言自语道。

"是的，我很失望，我心里挺恨你的！"她说道。

我不作声，继续听她说。其实我才是真正的骗子，我是这场爱情骗局的导演，而她，只是这出戏里的一个悲剧角色。

"后来我听曾洁说，你和家里闹翻了，一贫如洗，住在贫民区，我就觉得自己有点过分了，我没考虑你的感受。你不肯低声下气地和我在一起，现在我能明白了。"

她这么说，我反而心里不自在起来。

"现在我什么都没有了，你会接受我么？"她问道。

"我——"

我的阴谋得逞了，已经没有骗她的欲望了。

"你说吧，我不在乎结果，我就是想听真话。"黑暗里，她看着我的眼睛，凭借着外面的路灯，我能看到她眼睛里的镇定。

"我做不到。"我说出来之后，心里松了一大截。

"你今晚和我这样，只是为了安慰我，是吧？"

我被她问得无话可讲。

"睡吧，明天再说吧，我们都累了。"

这个疲惫的夜晚，我睡得很香甜，我做了个梦。在梦里，一个婴儿坐在婴儿车里对着我笑，他的样子顽皮而憨厚，可爱极了，我也对着他笑。我突然发现推车的是张晓兰，我朝她喊道：

"晓兰！"

晓兰笑而不语，这时候婴儿居然开口说话了，他稚气地喊着：

"爸爸……"

我一愣，随即开心地笑了起来，走过去挽住了晓兰的手。她却恨恨地看着我，挣脱了我的手。这时夏雨出现了，抱起了婴儿，对我喊道：

"老公，咱们走吧。"

我望着晓兰的背影，直至消失……

第二天临近中午的时候，我才依稀想起这个梦来。

早上离开的时候，我给夏雨留了些零钱，让她自己在附近买点吃的，我得晚上才回来。自从知道了她没怀孕之后，我心里轻松了很多。我想等她情绪稳定之后，让她知道我接受不了她。纵然之后的路很辛苦，但是我想这也是磨砺她的机会。而我，可以一心考虑如何向张晓兰表白。

晚上回到住处的时候，我发现房间里没有人，只看到桌上的一张纸条，上面写了短短的几行字：

"兰晓，谢谢你的安慰，我心里好多了，我明白了我们是不可能的，也就放手了，我会坚强面对一切，我不会再联系你了，再见！"

她走了。

我正期待着她回到巴黎，重新开始自己的生活，而她听到我昨晚的坦白之后，自己选择了放弃，这似乎是更好的方式结束。想到这里我顿时轻松了起来。本想今晚请假不去打工的，看来没必要请假了。

这个晚上，我在饭店打工一直到深夜才回来，因为心里想着学校的事情，我又认真复习了一下法语，然后踏实地睡去了。

我觉得，这个事情就这么结束了，我报复了夏雨的父亲，也让她明白我选择不和她在一起，是有苦衷的，算是比较好的收场吧。

在一场场暴雨之后，地中海变得躁动起来，5月的尼斯变得分外热闹，摩纳哥的F1国际方程赛，戛纳的第59届国际电影节都在这个时候举行。今年的电影节格外热闹，也格外让中国留学生激动，因为评委会主席就是香港导演王家卫。他们说，戛纳的街头都挂满了电影《花样年华》的剧照、海报，网上也写满了学生们找伴一起去看方程赛和电影节开幕式的帖子。

走在英伦散步大道，看到随处可见的中国旅游团，我有些想家了，想家想得会经常不自觉地走上去对拍照的人说，要不要给你们来个合影？然后我会和他们聊几句才走开。

偶尔走过张晓兰当时打工的面包房，我会去买块蛋糕。

我并不爱吃甜食。

我似乎淡忘了一切，除了张晓兰。

我收到了好几个学校的面试通知，认真地参加完之后，回到尼斯这个城市。我忍不住会想到她，长这么大，从来没有一个女人这么牵动我的心，纵然我违背自己的良心做了背离她的事情。

我开始彻底地反思自己。

我是一个害怕付出的人，多愁善感，渴望爱却害怕付出，多么懦弱，多么颓废……

我渴望见到她，哪怕只是说说话。

我不想把那封信给她，就让它在我枕头底下沉睡吧。我不想让她触及这个残忍的故事，不想让她知道我和夏雨发生的一切，纵然这些事情曾经如同化学液体般腐蚀着我的心。

我是认认真真喜欢她的，我必须呵护着她，不让她受到一点伤害。我常常想解释那次的事情，只是没能够想到一个更好的理由。我想以后一直在她的身旁，想安定下来，想和她一起分享美好时光，渡过难关。我想乞求她给我这个机会。

5月10日，我在网上看到了这样的新闻：某省检察院惊爆司法腐败大案，反贪局长夏某某因贪污、徇私舞弊……非法离境时被截获，经审判，对其罪行供认不讳，情节恶劣，被判死刑，此案关联数年前的潜逃法国的林某某走私大案和某市领导兰某自杀案，林某目前已通过司法引渡……

这样的新闻在网上并不算新鲜，几乎每天都有。尽管我知道这次和往常不一样，但是我没有去告诉任何一个人这则新闻其实和兰晓有关。

三天后，我收到了一个来自巴黎的快递单。

我满心欢喜地跑向邮局，以为是我的录取通知书来了。

没想到的是，我收到了夏雨给我寄来的包裹。

包裹里有个小小的盒子和一封信。

我大惊失色。

这封信，正是我写给张晓兰的那封！里面写着我欺骗夏雨的前前后后，事情的来龙去脉！

我打开盒子一看，是她的那块卡地亚手表！

我顿感不妙，连忙拨了夏雨的电话。

她手机关机了。

我一遍又一遍地打着，心急如焚，恨不得马上坐飞机去找她，我怕她做傻事。

我的心里，如同有千百只蚂蚁在爬，不知如何是好。

我焦急之际，打开了信封，除了那几页纸之外，还多了一张信纸，是夏雨给我写的信。

亲爱的兰晓（请容许我厚颜无耻地这么称呼你，我向你保证，以后不会这样了）：

那天你去学校之后，我起床的时候不小心把枕头弄在了地上，发现了这封信，想起来，这个不小心的动作是多么不幸。

你是个苦命的孩子，给你写这封信的时候我都在哭，此刻我很想抱抱你，真的，就像你熟睡的时候我悄悄地抱着你一样。

你要相信我，我一点都不恨你，纵然你害死了我爸爸，也欺骗了我的感情。但我是爱你的，直到这一刻我还渴望你能带我走，不管去什么地方！

你说的那个林叔叔和小范，我都认识。这个世界真的很小，小得让人无法想象。我来法国也是他们接我的，我的那辆车也是他们送的。他们现在都罪有应得了，我爸爸也罪有应得，我也是，你也该放心了。

很高兴能认识你，真的，我一点都不后悔。看到你的第一眼，我就觉得自己的心有了宽慰的感觉，你的忧郁让我莫名地心痛。当时我觉得这种忧郁就像是致命的罂粟，让我欲罢不能。我很想和你交往，然而你的冷漠让我退却，直到几个月之后你主动联系我，虽然这种过程是间接的。你是聪明的，你成功地让我产生了幻觉，让我感受到爱情，尽管这是虚假的，就像雨后的那道彩虹，片刻便会消失。

我曾经多么憧憬、能在夏天到来的时候和你一起去普罗旺斯，去看薰衣草。我期待我们看到那片紫色的时候天正好下雨。我要告诉你我的名字就是为你存在的，夏雨是夏天里凉爽的雨，让你忘记疲劳、烦恼和痛苦，夏雨能让薰衣草开得更加迷人，夏雨能让这紫色的世界更加浪漫。我曾多么憧憬能和心爱的人一起白头到老，即使去那个冰天雪地的国度，我也愿意。为了能让你去、我第一次欺骗你说自己怀孕，而且你还信以为真了。呵呵，男人傻的时候也很傻。不过你的回答让我伤心透了。我发现，真正傻的是自己，那个时候我就该明白你不是真心喜欢我。然而我要告诉你的是，这一次，我是真的怀了你的孩子，不对，是怀了我们的孩子——就是最后一次去你家的时候，我故意的，因为我想给你生个孩子，不管你要不要我们。

本来，那天晚上听说你不能接受和我在一起，我也就罢了，我想，大不了自己从头开始，像你那样，打工学习，最多把小兰晓抚养成人，做个单身妈妈，让他长大成人。他长大了，一定很像你，有点小帅，有点小忧郁。即使得不到你，也要能够在他身上看到你的影子。

然而今天我得到了消息，爸爸被判了死刑。我不敢面对这样的事实，爸爸一直是唯一真正爱我的人，我也爱他。虽然我想过这种不好的事情可能会发生，但那个时候我觉得会有你的陪伴，我能渡过难关，纵然天掉下来也有你。我不知道，送他去地狱的人其实是你，你居然趁着我睡着的时候偷走我的银行账单。现在我真的顶不住了，兰晓！

其实我父母早就离婚了，我和你说的加拿大的妈妈，早已经在那边成了家，她只是在帮我们联系落脚的地方而已。我说的团聚，也是我的一厢情愿，更多的是和你团聚啊，傻子，你不懂的！

　　我多么羡慕张晓兰——她赢得了你的心，我这才明白，之前你对我说的你喜欢一个人不会告诉她，原来不是我而是她。我一直活在这种幻觉里。我把这封信还给你的意图，就是让你去面对她，告诉她你对她的思念，真的，我希望你们能够在一起，一起奋斗，一起白头到老，我真心地祝福你们！

　　晓晓——请允许我这么喊你，我真的舍不得你，舍不得用这封简单的信作为和这个世界告别的仪式，我舍不得小兰晓，他还没见过这个充满了美好和丑恶的世界，就跟着我去另一个世界了，这是多么不公平！

　　我认了，我的存在，对于你来说一直是个笑话，我该自己了结这个笑话，现在，是时候了。

　　再见了，我的爱人！

夏雨绝笔

左盼右盼

第 44 章

　　我的手指开始颤抖，几分钟后我终于忍不住，在这个破旧的小屋里，流着眼泪大声地嚎叫起来，惨痛得如同死了妻儿的野狼。我发了狂一样地摔着家里的一切，我摔了那张承载着丑陋欲望的小床，我砸碎了厨房里所有的碗，我用手不停地击打着那些碎片，直到鲜血直流……

　　当天下午，我怔怔地在留学生论坛上看到了这样的新闻：昨日位于凯旋门附近的一栋公寓楼下，有一名中国女生坠楼，死因不详……下面的跟帖不断，种种猜测，有叹息的，有同情的，有冷言冷语的。我看得眼睛模糊，四肢冰凉。

　　我清醒过来的时候，几乎是跑着去机场的，我买了最快的一班去巴黎的机票。

　　我一身黑色打扮，面色憔悴，目光空洞，手捧着床头那束紫色的薰衣草干花，气喘吁吁。我在机场大厅焦灼地来回走，等待登机。

　　这束花，原本应该是送给张晓兰的，但是我心里迫切而执意要去送给夏雨，放在她已经冰冷的尸体旁，我要去巴黎好好陪陪她。

　　我在没人注意的时候，会悄悄留下泪水，然后迅速擦掉。

　　我眼看着窗外的天色慢慢黯淡，眼看着黑色笼罩大地，吞噬一切人间美好的生动。

飞机起飞的一刹那，我的脑子一阵眩晕，仿佛回到了两年前。从上海浦东机场起飞的那个瞬间。我闭上了双眼，那些幼稚的幻想一起涌现在脑海里：法国，巴黎，埃菲尔铁塔，香水，时装，浪漫的巴黎恋人……

我睁开眼睛看窗外的时候，尼斯正如一个睡去的美人，她妖艳柔美的身段在这个黑夜里舒展，暧昧昏黄的灯光将她的曲线勾勒得分外有层次，而那漆黑的大海，时时泛出一点亮色，低沉地咆哮着，怒吼着……

一个半小时后，飞机平稳地降落在巴黎奥赫利机场。走出机场大厅的时候，我似乎看到夏雨来迎接我时欢天喜地的样子，她知道我是来带她走的，带她离开这里，不管去什么地方……

我坐上了出租车，丝毫不顾热情的司机师傅幽默搭讪。我怀抱着那束薰衣草，这颜色，让我想起夏雨坠楼时身体里迸发的暗紫色的血。我如同抱着遍体鳞伤的夏雨，珍爱有加，虽然她已和薰衣草一样，成了美丽却没有生命的物体。

车子从巴黎环线下来，开到了凯旋门。这个巨大的建筑在黑夜里也格外宏伟。我让司机师傅放下了我，径自朝夏雨生前的住所走去。前天的现在，她还在流着眼泪给我写信。夏雨啊夏雨，你一定不知道，两天后的现在，我从尼斯来看你了，这次是真心真意来陪你的，你这个傻瓜……

我的眼泪流出来了，我走过了邮局，心里觉出丝丝寒意，这里就是我慌忙地寄出她爸爸死亡通知书的地方。我不敢停留，一直走到了她家楼下。在她的窗户下面，我蹲了下来，借着路灯，想找到她身体留下的一点点痕迹，哪怕一点点血迹……我趴在了地上，我像小狗一样，拼命嗅着铺满了小青石块的路面，巴黎今晚刚刚下过雨，地上只有潮湿的味道，没有一丝血腥。

我脚都跪麻了，这才慢慢站起来，往楼上走去。她住在四楼，我脚步越往上，越迈不动。我害怕，我害怕夏雨就站在门口，傻傻地对着我笑，脸上流满了血，我又渴望看到她，哪怕她张开血盆大口，将我撕咬吞噬。

她的房间门口还拉着封锁的警戒线。我试图进去，门是紧锁的。我坐了下来，饥饿困乏不堪的我睡了过去。

半夜里，我冻醒了，手脚麻木。我想起夏雨温暖的身体。我一阵寒战，手脚却僵住了无处可逃，我的眼睛忍不住流下泪水来。

在这个楼道里，我刻意用残忍的方式怀念着夏雨，我明白，她此刻正在冰冷的陌生世界里一个人睡去，她一定很需要我的陪伴。

楼道的天窗外，天色渐渐微亮起来，我在黯淡的曙光笼罩下，颤巍巍地从口袋里拿出那两封信，一封她写给我的，一封是我写给张晓兰的。我沉默了几分钟，掏出打火机将它们点着了，微弱的火苗窜动着，那些升腾而起的烟灰回旋缥缈着，精灵般地沟通着阴阳两界。

这个屋子里，我们曾经纵情欢笑，我曾对她说过甜言蜜语，曾经和她水乳交融，波澜起伏。在这里我曾经阴谋百出，在这里她曾经一败再败……

天亮之后，我在楼道里的住户出门之前擦去了泪痕，夹着那束干枯的薰衣草，离开了这里。

我一路打听，来到了街区的警察局。我对警察说我是从尼斯赶过来的夏雨的朋友，过来看看她。一个胖胖的女警察看我面色憔悴，没多问我什么，便七拐八拐地带我来到了一个小屋子。

我进了屋，看到白床单盖着的那具身体。

我快步走上前去，揭开床单，仔细地端详了她一会儿，此时的夏雨已经不再是光彩照人高傲的夏雨了，她面色苍白，鼻孔下面有着未擦干净的血迹。看到她这个样子我的心都碎了。

一股悲怆从心里涌向喉咙，我"呜呜"地哭了起来。

我后悔极了，我宁愿没有遇见她，宁愿那次没有陪曾洁出去见她，宁愿没有再遇见小张，宁愿没有替爸爸报仇，宁愿答应她陪她一起去一个陌生的地方……

她一定不知道我烧掉了那封给张晓兰的信，一定不知道我带着薰衣草来看她。

如果她知道，她会宽慰地露出笑容么？

我动情地抚动了她额前的头发，轻轻抚摸了她的面颊之后，端详了她很久很久，脚都站麻了，这才盖上了白床单。

从这个阴气十足的房间走出去的时候，我在门口做了最后的停留，我看到那束干枯的薰衣草在煞白的床单上摆放着，分外刺眼。

走出警局，越走越远，我突然停了下来，我多么想以另一种方式被带到这里。我期待着呼啸而来的警车在路边急停下来，我的脑子随即一片空白，周围聚满了看热闹的外国人和对我指指点点的中国人，他们在我脑子里仅存了一片黑压压的影子和模糊的狰狞表情。

我想被戴上冰冷的手铐，在众目睽睽下被押上警车。

我是个杀人犯，我害死了夏雨。

我按照她出生证明上她妈妈加拿大的地址，把那块卡地亚女表寄了过去。这是她想留给我，而我无力保存的遗物。

我失魂落魄地走到了香街上。中午之前的巴黎，一切都还没完全醒来，太阳缓缓地从东边升起了，透过昨晚未消退尽的雾气，投向这条数百年来持续辉煌的大道，在人和树的背后拖出斜长的影子。

我去了上次我们去过的咖啡店，坐了同样的位置，在服务员惊

左思右盼

奇的目光下要了两杯同样的咖啡，颤抖着拿出一包白色的万宝路，抽了起来。我想象中的夏雨似乎从那阴冷的房子里，掀开了白床单，手捧着那束干枯的薰衣草，朝我款款走来，坐在了我身边，优雅地从包里掏出香烟。我凑过去帮她点上，她朝我微微点头致谢，我们就这样背着太阳的方向，抽着烟望着远方。

此时的我，已经完全处在了幻觉中。我的身边分明坐着一个美丽但没有血色的女孩，她的表情和我一样淡定恬然，已经搞不清此刻是早晨还是傍晚，那朝阳仿佛成了带着光晕的落日，在我们背后渐渐下坠，拖下渐长渐淡的影子。

如果时间可以倒退。如果一切都是从后往前发展，我们会怎样。

我默默地看着身边的空位置，和虚幻的她相视而笑，沉默不语。

我感到全身寒冷，仿佛置身在她的冰冷的世界，在游人蜂拥着来来往往的时候，离开了这个热闹的街区。

我实在不知去向何方，如同一个迷途的孩子，在凯旋门的转盘上来回走了好多个圈子。恍惚间我仿佛看到了几年前那个开着敞篷奥迪A4的年少轻狂的兰晓，他无知的天真和快乐，在那些虚无的光环下，熠熠闪光。

他衣着整洁鲜亮，而我落魄至极，他目光轻狂，而我双目无神。我们都在转圈子，一边注视对方，他用不屑一顾的挑衅的眼神望着我，而我，只是静静地注视着他，疲惫而执着。

其实我能看到他，他看不到我。

我能看到他骨子里的落魄，也同样能看到那辆敞篷汽车漂亮的外表下骨架的扭曲和丑陋。

第 45 章

我就这样在巴黎转着圈子，如同疯子一样，我做不到若无其事地离开巴黎，若无其事地离开夏雨。

我终日在地铁里游荡，脑子麻木一片。我时而想起小娜，时而想起李冰，时而想起张晓兰，时而想起夏雨。她们交织着在我脑子里回旋出现，我分不清哪个是真实的哪个是虚假的，哪个是消逝的哪个是现实存在的。我时而在人群中穿行，时而在地铁车厢的角落里睡看，从这一头坐到那一头，浑然睡去。

迷迷糊糊地我会听到地铁里卖艺的人演奏和歌唱，他们在嘈杂的环境里有些歇斯底里，从一个隧道唱到另一个隧道，从一个车厢换到另一个车厢，上上下下，来来往往。我已经记不清哪一段旋律是我没听过的，哪一段旋律我已经听过了，这让我觉得是李冰在我跟前拉小提琴，而我只是无动于衷地在乐器声中睡去。

我其实一直做着属于自己的梦，不愿意醒来。

饿了的时候，我会下车去买火腿三明治，再回到地铁里，在因天热带来的密封车厢的浑浊空气里生硬地将它们吞下肚子。我不想让自己停下来，那样我会悲伤。

晚上我去上次住过的那家非洲旅馆，我会要同样的房间，那个窗口我可以看到皎洁的月亮，这很好。

我脑子里会出现幻想，我自己如同手指间升腾的烟雾，飘逸地

左眄右盼

从这个六楼的窗口跳跃下去，然后七窍流血，魂飞魄散，第二天早上被人发现躺在马路上，送往医院的停尸房。这样的画面平静地出现，我没有半点惧怕。我想变成夏雨那样，面容安静，全身苍白。这样我可以向她诚心地说抱歉，说带她去普罗旺斯看薰衣草。

两天后，警察局的人打电话通知了我，夏雨的家人从加拿大过来了，她的葬礼第二天上午10点在九十四省的THIAIS公墓举行。刚说完，手机就自动关机了。我忘了带充电器。

那天天气很晴朗，蓝蓝的天上飘着淡淡的浮云，暖洋洋的日光照在人身上，让人昏昏欲睡。我从地铁7号线的终点，搭乘着185号线公交车，到了墓地附近。我早到了一会儿，便躲在马路对面的干洗店里，和一个流浪汉坐在一起。他那个忠厚的大狼狗趴在地上，眼神无辜而呆滞。

他身上散发的味道让我受不了，虽然我也几天没换衣服。

他热情地递给我一张卷纸和一些烟草，我便毫不客气地卷了起来，熟练地沾了点口水，把小小的卷烟卷得紧紧地，点了起来。

"哥们儿，你从哪里来？"他醉醺醺地大着舌头和我搭讪。

"从中国。"我抽了一口卷烟，味道很重，很过瘾。

"中国？"他醉眼蒙眬地笑了。

"是啊，中国。"我喃喃自语地重复了一遍。

"远的。"他也喃喃自语。

"是的，很远。"我继续吸着他给我的烟草，手指间冒出黄黄的焦油，若有所思。

"那你来这边干吗？"他倒对我的到来产生了好奇。

我朝对面努努嘴，不说话。

"墓地？"他有些惊讶。

"是的。"我附和道。

"有道理，每个人都会去那里，早晚的事情。"他不再说话，从包里拿出一罐啤酒，朝我示意问要不要，看我摇了摇头之后，自己打开着喝了起来。

那条大狗，也安逸地摇着尾巴。

9点半的时候，我透过洗衣房的玻璃窗，看到一辆黑色的灵车缓缓驶进墓地的大门，随后来了几个中国学生，其中的一个男孩子手捧鲜花，泣不成声。

我看到一个头戴白色的小花的中年妇人。这个妇人，一定就是从加拿大赶过来的夏雨的妈妈了，她悲伤的背影，同时激起了我对妈妈那张发了黄的照片的想念。

待到没有人往里面走过去之后，我才穿过马路，走进墓地的大门，小心翼翼地往人群那边走去，站到了最后排。

我想躲开所有人的视线，目睹着夏雨灵柩的安放。

他们一定以为夏雨是受不了父亲的事情而自杀的，他们不知道，那个黑夜里面目狰狞的幕后推手，其实是站在他们背后的我。

只有曾洁，在牧师做祷告的时候会时不时地转过身来，看看我。我们目光交遇，彼此低下头不说话。

她一定后悔将她的夏雨姐姐介绍给我认识，只是她不明白这其中的来龙去脉，不明白这一切的背后，其实是我处心积虑的一场阴谋。

从墓地走出来之后，我又回到了洗衣房。那个流浪汉已经走了，我可以尽情流露心里的悲伤。

等所有人走远之后，我又鬼鬼祟祟地走进了墓地的大门，往夏雨墓碑的方向走去。

我看了一下四周，确定没人之后，坐了下来，抚摸着新铺的泥土，闭上了眼睛。

左岸右盼

我不想说什么后悔，不想说什么道歉，我不想说话，只是想来陪陪她。

她会在异国他乡，在这个繁华之都郊外的地方，沉睡一辈子。

因为我。

本来我可以带着她去一个没有人认识的地方的。

本来我可以早些向她坦白，让她不要靠近我，不要栢信那些鬼话的。

本来我可以看着她继续做富家女，活在光鲜的生活里的。

"兰晓。"

我的思绪被打断，回过神定睛一看，眼前站着的人，是曾洁。

她看我一个人坐在地上，也在我旁边坐了下来。

"你什么时候来的巴黎。"

"几天前。"

"是你害死了她！"她哭了起来。

我不想解释什么，只是平静地叙述。

"我从网上看到了这个新闻，然后就来巴黎了。"

"我知道，我知道她爸爸出事了，她从小到大的依赖没有了，希望一下子没有了，她受不了，加上你对她不好，所以是绝望了——"

"别说了！"我朝她喝道。

我不知道自己为什么不想听她说这些，她不再作声。

过了半晌，她一个人起身，问我道：

"你什么时候走，我今晚的飞机，一起走么？"

我摇了摇头，看都没看她一眼，继续陷入了自己的世界。

她走了。

墓地又恢复了安静。

天空慢慢飘过一阵云，顿时天色暗了下来。

我把头深深地埋到了膝关节处，不再看天空。

我不记得在这里待了多久，只是离开墓地搭乘地铁，来到了巴黎市中心的时候，暮色已经开始笼罩大地了。

我脑子茫然一片。

走到地铁站入口有两个背着书包发传单的戴眼镜的中国男生，递给我一张粉红色的宣传单。我刚想随手扔掉，其中一个对我说："今晚首次演出，免费的，去看看吧！"

我机械地接了过来，本想就近扔掉，无心一看，愣住了：

东方韵律——李冰首场小提琴个人音乐会。

傍晚我按照传单上面的地址，找到了那个社区的礼堂。

演出8点开始，我在附近溜达了一阵子，找到了一个花店，买了一束鲜花，淡黄色的玫瑰花，很素雅，我想她一定会喜欢。我写了一段话，藏到了一个小信封里，小心翼翼地放到了花里面。

到的时候礼堂里面已经坐了不少人，其中有很多中国学生。前排的学生早就准备好了鲜花，后面也坐了很多社区里的法国人。我在最后一排坐了下来。我完全忽略了主持人讲话。等李冰出场的时候，我有些惊讶，她比我认识她的时候，清瘦了很多。

她穿着红色的晚礼服，身材匀称，很美。

她的表情严肃而坚定，冷艳中仍然妩媚可见，远远地看着，似乎脱胎换骨成了另外一个人。

大厅内一片寂静，她开始演奏了，而第一首曲子，就是我遇见她的时候她在INDIANA酒吧演奏的那首《梁祝》。她的神态举止，正如我第一次见她的样子，人生若只如初见，我又一次领略到那个睡在我记忆里的她。

时空交错，我似乎又回到了那个雨夜，李冰在酒吧的角落，神色黯然地演奏。我的眼睛有点潮湿，她不知道我就在台下的一个角落里，目光有意无意地望着她，期待相遇却又享受那份隐秘感。

第一首曲子完毕，全场起立热烈鼓掌。她微笑着朝观众鞠躬。我也站了起来，虽然前排高个子挡住了我，我还是真诚地报以微笑。李冰，祝贺你！没有人会注意到我眼角的泪水。

李冰开始拉那首《花样年华》插曲的时候，礼堂的屏幕上画面正是梁朝伟和张曼玉在楼梯上，在昏黄的灯光下擦肩而过。

我们，不也是擦肩而过么？而此刻我想到的人不只是李冰，是张晓兰和夏雨。想到夏雨，我的心一阵抽搐。

我默默起身，心里缓缓地定了神，平静地朝主席台走去，朝一个工作人员走去。他完全沉浸在音乐里，仰着头注视李冰。我用手挡在他耳边说："麻烦你，帮我把这束花送给她好吗？"

他回头看看我，毫无表情地点了点头。

我就在这委婉缠绵的音乐里，悄然离开了礼堂，钻进了地铁。

鲜花卡上的留言是这么写的：

> 李冰，我又来了巴黎，但今晚我就走。很高兴再次遇到你，更重要的是，有幸看到了当年我们提及的演出，没想到你真的做到了，真的很精彩！祝福你！兰晓。

我在巴黎里昂火车站搭上了回尼斯的夜火车。

我累了，该回去了。

火车缓缓开出巴黎的时候，月亮高高在天际挂起，巴黎突然变得异常安静。我远望着有着古老钟楼的里昂火车站一点点地远离着我。巴黎的夜晚脱离了真实，有种超俗的美。今晚的巴黎背景是浓郁而华丽的黑色，如同李冰指下小提琴的华丽韵律。我就在这华丽而哀怨的小提琴乐里，慢慢离开了巴黎。

到了尼斯已经是深夜了。我走在冷清的大街上，脚步轻松起来，不知道是饿了，还是从一段噩梦中醒了过来。尼斯，这久违的城市和这个城市里久违的人，我又回来了。

回到家的时候，我把手机扔到了桌子上，倒头就睡。

半夜里我醒了过来。

我突然想起了什么。

我找到充电器充上电，一边打开了手机，听到了好几条留言。

张晓兰离开了。

我虽然从一开始就有预感再也见不到她，但是没想到这么快，而且连再见都没有说。

上天安排就是这样，在我一个人去巴黎，在地铁里漫无目的地游荡等待参加夏雨葬礼的时候，她打电话给我留言，说一个月之前投寄的简历通过了，自己被录用了，要去阿尔及利亚的一家中国公司工作，明天早上9点的飞机，问我能不能送送她。

第二条留言时间是那天晚上9点多，她沉默了一会儿，在留言里说："兰晓你在干吗呢，怎么不接电话？老许告诉过我了，那个女孩不是你女朋友，你们没发生什么，他还说你……算了，不说了！"

第三条留言是早上6点多，她说："我睡不着，马上就要开始新的生活里，心里忐忑不安，不是不想早点告诉你，而是接到通知很突然。"

最后一条是飞机起飞之前，她在机场大声嚷嚷："兰晓，你这个家伙怎么不接我的电话，虽然你逢场作戏我很难过，可是你也很过分啊，现在我可是很想见你啊！"然后她爽朗地笑了起来，说，"保重啊，以后可能我们再也不会见面了，这个号码不用了，你会想我么……我还想下个月和你一起去普罗旺斯的，你会和我一起去么？你要是不想我去阿尔及利亚，我说不定真不去了呢……你答应过我的，毕业了之后，我们会去同一个城市生活，你会做到么？"

听到最后这两句话的时候，我觉得心里好难受。

她会在想我么，她知道我此时想着她么？

她终于彻彻底底地离开了我，我打了她的电话无数次都是进了留言，我知道，这是徒劳。

我过去在封闭的空间里做的一切的努力，鼓起的勇气，现在都失去了意义。我开始回忆脑子里面所有的关于她的场景：在ANPE遇到她，在面包房遇到她，她对我投来的微笑，以及以后每一次她说话的样子。这所有的一切，我都是在偷偷观察，从来没有敢正视过，这是一种猥琐。这一切到底是为什么呢？

其实夏雨出事后的那个晚上，我在她家的门口烧掉那封长长的信的时候，我已经心里做了决定了。

这封写给张晓兰的信已经不复存在，永远不会再有另外的人知道，除了我和夏雨。

这封导致夏雨跳楼的信，我怎么会忍心拿给张晓兰，以此来换取她对我的感情呢？

第 46 章

我的生活，又回归了平静。

我是6月的第一天收到学校的录取通知书的，学校在斯特拉斯堡，一个紧靠德国的城市，9月中旬开学。

我知道那个陌生城市的冬天，会很阴冷。

我并没有太多的惊喜，只是觉得，我也要离开尼斯了，有些不舍得。我和打工的雇主挨个道了别，告诉他们我要去读书了。他们和我结清了工资，友好道别。

我给老许打了电话，告诉了他张晓兰已经走了，自己也要去斯特拉斯堡读书了。

"我早知道她走了啊，她告诉我了，还说她到处找你。我打你的电话你关机，我以为你消失了或者回国了。你个没良心的，人家喜欢上你了！"

我怔怔地听着这一切。

"兰晓，你在听么？"

"在的。"

"你听着，我后天就要回国了。"

"真的假的，你不读书了么？"我惊讶不已，觉得这一切的一切都太突然，即使是身边的普通朋友，都会离我而去。

"我想明白了，其实多学一门法语也没有很大用场，盲目地追求个文凭也不代表什么，出国并不是解决问题的所在，很多人留在这里，其实是放不下这张脸，回国了怕人笑话。不过我不后悔，出来了以后我明白了很多道理。"

我不说话，听电话那头他笑着说：

"另外，魏芬也回国结婚了，你小子没指望再联系张晓兰了。可惜啊，可惜！"

老许不明白我心里的苦。其实我明白，现在的我，不会去联系她了，那封写满思恋的信被我烧掉了。我荒唐地以为这样可以祭奠夏雨，毕竟她是因为看到这封信而明白整个骗局的。作为一个女人，最不能容忍的是感情的背叛。

老许走之前的那个晚上我们没有睡觉，而是喝了一晚上酒，很奇怪这次没有喝醉。我买了三包烟，都抽完了。

天亮的时候，我站起身，伸了个懒腰，说：

"走吧，你们都走吧。剩下我一个人在法国。"

老许没有说话。

这次我是亲自送他走的，我打了一辆出租车，他还是咕哝着说坐公交车就行，我说难得嘛，潇洒一次。

送老许的时候，我满脑子都是张晓兰。我也应该这样送她的，或许我会悄悄地握住她的手，一直到机场，或者我会在车上，告诉她为我留下来，我们一起去读书，一起回国结婚生子。

可惜老天没有给我机会。

我开玩笑对老许说："这钱应该花在张晓兰身上的，你小子赚了。"

他哈哈大笑："你别说，我总觉得你还能遇见她呢！"

从机场出来，我一直在反复想着老许的那句话，没准我还能遇见她呢！

在法国？在阿尔及利亚？

想着想着我居然"嘿嘿"地笑了起来，丝毫不顾旁边的人诧异的目光。

老许走了以后，我在这里就没有朋友了，我有空的时候就去英伦散步大道上闲逛，我喜欢极了躺在小鹅卵石上的海滩上晒太阳。

我终日昏昏欲睡，就那么懒散地躺在英伦散步大道下面的海滩上。6月地中海的太阳已经分外灼人，我每天下午都会在温热的日光下浑然睡去，像一只在慢慢加热的温水里酣然的青蛙，全然不顾潜在的危险。

我醒来的时候常常是傍晚，当落日的余晖照耀在这个城市的每个角落，海面也被染成金黄一片，所有人的脸都是灿烂的，似乎幸福已经降落在每个人头上。

我喜欢眯着眼睛朝海那边眺望过去，波光粼粼的海面成了金光大道，似乎通过它就能到达大海对面那些美好的意境。

我听得到，海水在拍打着礁石，海鸥停在不远处的海面，人们尽情嬉水打闹，岸上车水马龙，头顶上的飞机起起降降，一切都没有什么变化。

那个似乎每天都喝醉的老头，就在不远处红着脸弹奏那首《秋日的私语》，安静极了。明明是夏日他却弹着秋日的曲子，他一定是个不合时宜的人。

我会在这样安静的背景音乐里昏昏睡去，一直到天空暗淡，夜色朦胧，才慢慢睁开眼睛。海滩上常常只剩下我一个人。

海风吹得我觉得冷，鸡皮疙瘩都起来了。

我坐了起来，看到一轮又大又圆的月亮正从海面慢慢升起，暗红色的光把海面都蒙上了一层暗红。

好美啊，我心里感叹道。

"海上生明月，天涯共此时。"

触景生情，我自然而然想到了这个幼时背诵的诗句，我庆幸生平第一次体会此情此景。

海的那一面，就是阿尔及利亚。

今晚那边的月色，也是这样美么？我常常问自己。

几天之后，我收拾好行李并且寄去了我即将去的地方，然后买了来普罗旺斯的单程车票。

我累了，需要找个地方歇一歇。

我一直觉得，在这里，我有个约会，到底是和张晓兰，还是和夏雨，还是和我自己，我已经分辨不清。

记忆中那束薰衣草的味道，已经快被我遗忘。我的大脑处于半睡半醒的状态，明明心底埋藏了很多情愫，想起来却淡到了极点。

我想我等不到夏天了，我不会有机会和任何一个人来那片紫色的海洋，我只是想来这个地方度过整个夏天。

这里的空气里，一定弥漫着我想要的味道，对此我深信不疑。

而事实就是如此，你们也闻到了。

尾 声

东方亮起鱼肚白的时候，我突然停了下来，远处的橄榄树已经逐渐出现在我的视线之内，越来越清晰。

我从回忆里惊醒过来，仿佛经历了一次长途旅行，丝毫没有觉出黑夜的悄然撤退。

"故事讲完了？"侯婷婷泪流满面地说道

"完了。"我看了他们一眼，我看到侯婷婷面前已经摆放着一大堆纸巾，他们两个的眼睛都红肿并且布满血丝。

"这只是个故事，你们没必要当真。"我疲惫地说道。

顾强搂紧了侯婷婷，一言不发。

曙光出现在大地尽头，我朝那边指指，说道：

"那边，就是你们等下要去的地方。据说那边的薰衣草很漂亮，张晓兰的那张照片就在那边拍的，而我却不敢去那里——你们说，我是不是个懦弱的男人？"

"你不是的。"侯婷婷说道。

"我们得走了，天亮前我们想到达那片薰衣草，然后今晚就去尼斯。"顾强起身，和我握手告别。

我疲惫不堪，嗓子都有些哑了。

我看着他们收拾好帐篷，放进车里，车子发动后，我们互相挥手致意。

我们就这样简单告别，没有留下任何联系方式。

我目送那辆小车，直到它逐渐消失在太阳升起的地方，直到太阳的光芒照得我视线模糊，才低下头来，默默转身收拾整个夜晚我们留下的一大堆空酒瓶，放回桌子和凳子。

黎明的来临，终究会驱逐掉漫漫长夜的黑暗和恐惧，光和热会让人们觉得温暖。

我突然有些伤感起来，这个难忘的夏天即将离我而去，我害怕它的离去，正如我害怕它的到来一样。

尽管疲惫，我却丝毫没有睡意，我用一个晚上的时间说完了所有的心事，心情不再沉重。

我决定天亮之前，离开这个安静的房子和这个安静的小村庄。

我是该走了。

那片还没完成收割的薰衣草，我想，就留这里，让它们自然枯萎吧。

我留恋地左看右看，慢慢地轻声上了楼。我收拾好自己简单的行李，给杜博瓦太太留下那件我常穿的T恤，在上面写了几个汉字，这是法国人常说的一句俚语：

生活是美好的。兰晓

我想她应该会明白我写的这几个东方文字是什么。

我不想杜博瓦太太目送我的时候眼睛里流露出悲伤，更不想她塞给我这个暑假所谓的工钱。

轻声走下楼梯的时候，我远远地朝村子尽头的教堂望去，心中作别杜博瓦先生，大步朝太阳升起的方向走去。

几分钟之后，我停了下来，最后一次眺望了那片仅存不多的薰衣草，我放下了背包，扬了扬手，算是和它们作别。

我知道，这个世界永远是新旧交替，日出日落，四季轮回。夏天过后秋天会随之而来，秋天过去是漫长的冬天，冬天里又孕育着下一个春天；太阳沉下之后是黑夜，黑夜的尽头又是黎明，周而复返。

　　旭日渐渐升起，光晕越来越浓，在地平线的那一端，仿佛是地中海在涌动着，它积蓄了整个夜晚的能量，在拂晓时分蓄势待发，低声咆哮着涌向岸边。我挺起胸膛，迈着疲惫而有力的步伐，朝那片海走去。

全文完

左岸右盼

后 记

2017年2月初，我受出版商邀请，赴荷兰参加《巴黎地下铁》新书发布会和一系列读者交流活动。这次欧洲之旅，并无闲逛之意，倒是重新造访了曾经住过的城市，仿佛内心某种神秘力量驱使。

在雷恩求学的三年时间里，我利用餐馆打工的休息时间段，协助护理患有帕金森症的杜博瓦先生。杜博瓦夫妇退休前都在《西部法国》报社工作，老先生在我去尼斯之后已离世。后来便一直保持着和杜博瓦家人的联系。

到达雷恩的时候，夜幕已经降临。走进熟悉的街区，街道、房子都没变。见面一阵寒暄，杜博瓦夫人的女儿、女婿、外孙都来了，胖墩墩的杜博瓦夫人乐呵呵地端上精心准备的餐前点心。这才发现，她家客厅的餐边柜上还放着我当年送的折扇、鼻烟壶这些小玩意儿。

晚餐非常丰盛，酒过三巡后，杜博瓦夫人缓缓步入书房，出来递给我一张纸说，这张纸我保存了十几年，现在我把它还给你吧。

我惊讶地接过来，这是当年的简历，写着21岁，假期做过搬家工，苹果采摘工。

那一瞬间，我看到了当年的自己。

那年深秋的某个傍晚，从果园回住所的下班路上，我开着车从高处缓缓下坡，不远处有个古旧的巨大城堡，彼时夕阳正在西沉，明亮绚丽的光线从乌云间穿透，漫天的鸽子在城堡上方盘旋飞舞，在昏黄奇幻的光线中穿越翻腾，宛若一个神秘的童话场景。

诸如此类的场景，只存留于我们的记忆。

在尼斯，我在曾经租住的公寓前驻足良久，在地中海边发呆。

在巴黎，再次漫步在塞纳河畔，穿梭在地铁，看望了数位故友。

记忆仿佛是碎片，我断断续续地试图翻寻，但有些再也找不回来了。

另外，杜博瓦夫人并不知道，这个故事的开头多少和他们有关。

姚中彬

2018年冬 于上海